HÉROS D'UN JOUR

ŒUVRES DE DANIELLE STEEL
AUX PRESSES DE LA CITÉ

Album de famille
La Fin de l'été
Il était une fois l'amour
Au nom du cœur
Secrets
Une autre vie
La Maison des jours heureux
La Ronde des souvenirs
Traversées
Les Promesses de la passion
La Vagabonde
Loving
La Belle Vie
Kaléidoscope
Star
Cher Daddy
Souvenirs du Vietnam
Coups de cœur
Un si grand amour
Joyaux
Naissances
Le Cadeau
Accident
Plein Ciel
L'Anneau de Cassandra
Cinq Jours à Paris
Palomino
La Foudre
Malveillance
Souvenirs d'amour
Honneur et Courage
Le Ranch
Renaissance
Le Fantôme
Un rayon de lumière
Un monde de rêve
Le Klone et Moi
Un si long chemin
Une saison de passion
Double Reflet
Douce-Amère
Maintenant et pour toujours
Forces irrésistibles
Le Mariage
Mamie Dan
Voyage
Le Baiser
Rue de l'Espoir
L'Aigle solitaire
Le Cottage
Courage
Vœux secrets
Coucher de soleil à Saint-Tropez
Rendez-vous
À bon port
L'Ange gardien
Rançon
Les Échos du passé
Seconde Chance
Impossible
Éternels Célibataires
La Clé du bonheur
Miracle
Princesse
Sœurs et amies
Le Bal
Villa numéro 2
Une grâce infinie
Paris retrouvé
Irrésistible
Une femme libre
Au jour le jour
Offrir l'espoir
Affaire de cœur
Les Lueurs du Sud
Une grande fille
Liens familiaux
Colocataires
En héritage
Disparu

(Suite en fin d'ouvrage)

Danielle Steel

HÉROS D'UN JOUR

Roman

Traduit de l'anglais (États-Unis)
par Sophie Pertus

LES PRESSES DE LA CITÉ

L'édition originale de cet ouvrage a paru en 2018 sous le titre *Accidental Heroes* chez Delacorte Press, Random House, Penguin Random House Company, New York.

Les Presses de la Cité, un département Place des Éditeurs
92, avenue de France 75013 Paris

ISBN : 978-2-258-19173-0
Dépôt légal : mars 2021

Presses de la Cité | un département **place des éditeurs**

place des éditeurs

À mes merveilleux enfants que j'aime tant,
Beatie, Trevor, Todd, Nick, Sam,
Victoria, Vanessa, Maxx et Zara,
Vous êtes et vous serez toujours mes héros.
Vous avez fait face aux défis auxquels nous avons été confrontés avec sang-froid, dignité, courage et grâce.
Vous avez mon amour et mon admiration,
en toutes circonstances et pour toujours !
Je vous aime tant,
Maman/D S

Chers lecteurs,

Écrire *Héros d'un jour* s'est révélé aussi stimulant que passionnant en raison des multiples niveaux d'action et des relations entre les personnages. Ce roman m'a aussi permis d'évoquer les défis de nos voyages aériens. Il nous rappelle le nombre d'organismes chargés d'assurer notre protection lorsque nous nous déplaçons. Il peut nous arriver une mésaventure absolument partout (on peut glisser dans sa baignoire ou se prendre les pieds dans son chien en le promenant). En revanche, quand nous passons le contrôle de sécurité de n'importe quel aéroport, quel que soit notre agacement au moment d'enlever nos chaussures, d'attendre pour récupérer le bac où on doit déposer nos affaires, nous avons tendance à oublier que ces mesures sont prises pour garantir notre sécurité (et pas pour nous embêter). Aux États-Unis, la Sûreté aéroportuaire surveille tout ce qui se passe dans l'aéroport tandis que la Sécurité intérieure et tous les organismes fédéraux – tout le personnel hautement qualifié qu'ils emploient – agissent comme des anges gardiens. Nous ne les voyons pas mais ils veillent sur nous avant le décollage, pendant le vol et jusqu'à ce que nous ayons quitté l'aéroport une fois arrivés à destination. Voilà qui est extrêmement rassurant.

Si jamais il se produit quelque chose d'inattendu ou de suspect, de nombreux organismes et experts entrent en jeu pour résoudre le problème avant que cela tourne mal. Il ne faut pas l'oublier.

Je suis fascinée par les différents maillons impliqués, tout autant que par les personnages de ce livre : le responsable de la Sécurité intérieure à l'aéroport JFK (un homme extrêmement compétent dont la confiance a été ébranlée par un incident, et qui n'a plus droit à l'erreur), la psychiatre qui aide à évaluer les situations de crise, la jeune agente bardée de diplômes mais sans expérience, l'employée de l'Administration de la sécurité des transports (jeune mère célibataire, elle a l'intelligence et le courage de suivre son instinct), les passagers, la police, les agents fédéraux, l'extraordinaire pilote (une vétéran de l'armée de l'air), l'équipage et les passagers de l'avion.

J'aimerais aussi souligner le fait que nous ne savons jamais à l'avance comment nous allons réagir dans une situation inhabituelle. Les plus doux d'entre nous peuvent faire preuve d'un courage de lion. Dans des circonstances tragiques, nous nous découvrons parfois des ressources que nous ignorions posséder. Beaucoup d'entre nous se révèlent héros malgré eux au moment où ils s'y attendent le moins. J'espère que vous apprécierez les êtres que vous allez rencontrer au fil de ce livre, et tout le réseau de personnes qui font leur travail avec un talent remarquable en plein cœur d'événements difficiles. Bonne lecture !

Amitiés,

Danielle Steel

1

Comme presque chaque jour, Bernice Adams ouvrit les yeux juste avant la sonnerie du réveil. Elle ne voulait pas réveiller Toby, son petit garçon de 6 ans. C'était comme si l'instinct maternel la tirait du sommeil juste avant le déclenchement de l'alarme. Elle sourit en le regardant dormir à côté d'elle, dans ce grand lit qu'elle avait eu la chance de trouver d'occasion. Elle avait tout de même acheté un matelas neuf. Ils l'avaient essayé ensemble, et Toby l'avait trouvé moelleux comme un nuage. C'était une grosse dépense pour son budget serré, mais le sacrifice en valait la peine. Il fallait que Toby arrive à l'école reposé afin d'être attentif et bien travailler. Elle voulait qu'il ait toutes les chances pour réussir.

Quant au reste, elle était parvenue à décorer son petit deux-pièces avec des meubles de récupération, parfois trouvés dans la rue le jour des encombrants. Elle avait l'impression de jouer à la chasse au trésor, et elle avait réussi à y dénicher ses tables de chevet, une commode bleue et la table sur laquelle ils prenaient tous leurs repas. Le Formica s'écaillait un peu dans les coins, mais ce rouge vif égayait leur minuscule cuisine. Elle avait repeint elle-même les murs et certains meubles. Le tapis, lui, venait d'un magasin de seconde main. L'ensemble était accueillant et chaleureux. Pour faire plaisir à Toby, elle avait encadré dans la chambre des affiches de Spiderman, et au-dessus du lit une autre de Batman et Robin.

Elle élevait son fils seule. Le père l'avait quittée quand elle était tombée enceinte, à 19 ans, époque à laquelle elle était serveuse le jour et suivait les cours du City College de New York le soir. Elle ne l'avait jamais revu, mais avait entendu dire qu'il s'était marié et avait eu trois autres enfants. De toute façon, elle ne souhaitait plus avoir aucun contact avec ce baratineur que sa grossesse imprévue avait fait fuir sur-le-champ. Elle avait donc eu Toby à 20 ans et se débrouillait pour l'élever seule depuis.

Mais Bernice ne se laissait pas abattre. Elle voulait faire quelque chose de sa vie et montrer l'exemple à son fils. Elle tenait surtout à ce qu'il sache qu'il ne devait pas se laisser brider par son milieu d'origine. S'il faisait des études, il pourrait avoir un bon métier et une vie agréable, un jour. C'était ce à quoi elle aspirait elle-même.

Bernice était passée de famille d'accueil en famille d'accueil après la mort de ses parents lorsqu'elle était préadolescente. Certaines étaient épouvantables, d'autres tout à fait correctes. Quoi qu'il en soit, elle était bien décidée à ce que son fils ne connaisse pas le même sort. Sa famille se réduisait à son frère, Clive, qui, depuis ses 18 ans – il en avait maintenant 30 – faisait des allers-retours en prison pour fraude à la carte de crédit, vol de voiture ou trafic de drogue. C'était ainsi qu'il avait appris à gagner sa vie dans la rue. Elle ne l'avait pas revu depuis dix ans, pendant une libération sur parole, et préférait que ça reste comme ça. Il ignorait même qu'il avait un neveu. Clive n'était pourtant pas un mauvais bougre. Il avait même été plutôt gentil avec elle, dans la mesure de ses possibilités. Mais il n'avait pas su se tirer du piège dans lequel il avait été élevé.

Bernice et son fils vivaient sur la 125e rue, dans un immeuble propre et occupé par des familles respectables. Il avait même dû être assez beau, à l'époque de sa construction, dans les années 1930. Sauf que les grands appartements de standing avaient été morcelés et que les précédents occupants qui pouvaient se le permettre s'étaient rapprochés du centre. D'autres immeubles avaient été rénovés à mesure que le quartier s'embourgeoisait, et elle avait eu de la chance de trouver un appartement qui rentre dans son budget. Son salaire lui permettait tout juste de se débrouiller.

À la fin de ses études au City College, elle avait intégré la TSA, l'Administration de la sécurité des transports, à l'aéroport international JFK de

New York. Depuis cinq ans, elle y contrôlait les passagers qui franchissaient la sécurité, les observait attentivement, les guidait vers les portiques et procédait à des palpations. Elle suivait en même temps des cours de droit en ligne. Pour Bernice, les études et les efforts étaient la clé de tout ; personne ne l'en priverait. Et elle ne manquait jamais une occasion de le rappeler à Toby, tous les jours si c'était possible.

C'était dur de sortir du lit, de se détacher de son petit corps chaud niché contre son dos... Elle se leva néanmoins pour se préparer. En partant, à 4 heures, elle déposerait Toby chez sa voisine qui l'emmènerait à l'école avec ses enfants. Bernice travaillait de 5 h 30 à 13 h 30, ce qui lui laissait juste le temps d'aller le chercher à l'école pour passer la fin de la journée avec lui. Elle lui apprenait des choses qui n'étaient pas encore au programme puis faisait ses propres devoirs, avant de préparer le dîner et de le mettre au lit. Elle tâchait de se coucher à 21 h 30 ou 22 heures pour arriver à se lever à 3 h 30. Elle prenait son petit déjeuner dans le train pour gagner du temps, ne sortait jamais et n'avait pas vu un film depuis des années. Son existence se résumait à son fils, son travail et ses études, grâce auxquelles, un jour, ils auraient une vie meilleure. Ils en parlaient d'ailleurs beaucoup, même si Toby n'avait que 6 ans. Ils avaient presque des conversations d'adultes et elle lui avait expliqué que, une fois diplômée, elle pourrait devenir avocate et entrer dans un cabinet réputé. C'était son rêve. Or, si l'on se donnait assez de mal, les rêves se réalisaient – elle le lui répétait comme un mantra.

Une fois douchée, elle avala une tasse de café et enfila son uniforme. Afro-Américaine, elle portait ses cheveux tressés et attachés sur la nuque. Elle faisait attention à garder la ligne et sa tenue réglementaire de la TSA lui allait bien. Au travail, plusieurs hommes – surtout mariés – avaient voulu sortir avec elle. Mais elle avait toujours refusé. Une fois, au tout début, elle avait eu avec un collègue célibataire une courte histoire qui n'avait pas très bien tourné. Depuis, elle s'était bien gardée de commettre à nouveau cette erreur. Cela faisait des années qu'elle n'avait pas eu de relation sérieuse, et deux ans qu'elle n'en avait pas eu du tout. Elle aurait toute la vie devant elle lorsque, ses études terminées, elle aurait un meilleur poste. Son job à la TSA ne l'emballait pas, mais il lui permettait de vivre et lui laissait du temps pour travailler ses cours. Les horaires lui convenaient bien.

Une fois prête, elle enveloppa Toby, encore endormi, dans son sac de couchage Spiderman et le porta chez la voisine. Elle frappa discrètement au lieu de sonner pour ne pas réveiller les autres enfants, qui n'avaient pas école avant 8 heures. Toby ouvrit les yeux.

— Pourquoi il faut se lever aussi tôt ? se plaignit-il en se blottissant contre elle avant de refermer les yeux.

Il faisait encore nuit noire.

— Parce qu'il faut que j'aille travailler, répondit-elle en l'embrassant sur le front. Et toi, tu dois aller à l'école pour pouvoir faire un bon métier plus tard. Avocat ou médecin, par exemple.

— Moi je veux être policier, bougonnait-il lorsque la porte s'ouvrit.

La voisine le prit dans ses bras et sourit à Bernice. Elle savait quelle bonne mère c'était et l'admirait. Le petit était déjà presque rendormi. Il avait encore quelques heures de sommeil devant lui avant de devoir se lever, petit-déjeuner et s'habiller pour aller à l'école.

— Bonne journée, chuchota la voisine avant de refermer sa porte.

Elle lui rendait gratuitement ce service tous les matins. En échange, le week-end, Bernice surveillait souvent ses deux enfants le soir si elle sortait et les gardait même pour la nuit. Elle les installait sur le sofa ou les faisait dormir dans le lit avec Toby, tandis qu'elle prenait le canapé. Comme elles élevaient seules leurs enfants, les deux jeunes femmes faisaient leur possible pour s'entraider, d'autant qu'ils avaient tous les trois à peu près le même âge et s'entendaient à merveille.

Lorsque Bernice sortit de l'immeuble, cette journée de mai s'annonçait radieuse. Elle songea au centre aéré de la paroisse auquel elle avait inscrit Toby pour l'été, économisant les frais en sautant son déjeuner pendant cinq mois. Il pourrait y pratiquer toutes sortes d'activités.

Tous les matins, c'était la course pour attraper le premier train. Elle arriva à l'heure à l'aéroport, déposa son sac au vestiaire et se présenta à son poste à 5 h 30 pile. Dès qu'elle aurait décroché son diplôme de droit, elle pourrait obtenir un emploi de juriste dans un cabinet d'avocats en attendant de passer l'examen du barreau.

Pour l'instant, il fallait supporter quotidiennement les petites jalousies, les mesquineries, les chefs désagréables et la mauvaise humeur des passagers qui n'avaient pas envie d'ôter leurs chaussures ou qui se plaignaient de ce que Bernice dût inspecter leur sac pour vérifier qu'il ne contenait ni ordinateur ni liquide, ou parce que l'on voyait au scanner un objet suspect – qui se révélait presque toujours insignifiant. Ils étaient formés à rechercher des armes ainsi que des substances qui, assemblées, pouvaient donner des explosifs mais aussi tout ce qui pouvait sembler douteux à l'écran.

Sa responsable, Denise Washington, était particulièrement déplaisante. De toute évidence, elle détestait Bernice et tout ce qu'elle représentait : elle se tenait trop bien, elle était trop droite, trop bonne citoyenne, sans doute. Qui plus est, elle avait un jour commis l'erreur de lui raconter qu'elle suivait des cours de droit. Depuis, Denise n'éprouvait plus vis-à-vis d'elle que colère et mépris. Elle détestait ces filles qui parlaient de leur avenir radieux comme s'il allait de soi. Car elle savait bien, elle, que ça ne se déroulait pas comme ça. Depuis des années, les promotions lui passaient sous le nez ; elle ne cherchait même plus à savoir pourquoi. Elle se faisait toujours avoir par les petites ambitieuses de l'espèce de Bernice, prêtes à tout pour avancer. Et elle en avait assez d'elles. Alors Bernice était devenu un exutoire à sa frustration.

La jeune femme avait songé à s'en plaindre au supérieur de Denise, sauf qu'elle se doutait que cela ne ferait qu'aggraver les choses. Denise était constamment en colère, amère. Elle détestait son travail, mais n'avait jamais rien fait pour en changer. Et elle passait son ressentiment sur ses subordonnés. Bernice s'était habituée à ses remarques narquoises et même à ses insultes. Elle les attribuait à la jalousie. Pourtant, si elle avait bien voulu s'en donner la peine, Denise aurait pu faire la même chose qu'elle et quitter ce travail.

Comme chaque jour, elle prit son poste au contrôle de sécurité sous le regard noir de sa supérieure. Sans y prêter attention, elle se concentra sur les premiers passagers des vols du matin qui déposaient leurs effets personnels dans des bacs de plastique pour les faire passer au scanner avant de franchir eux-mêmes les portiques de contrôle en chaussettes ou pieds nus.

Quelques instants après son arrivée, elle vit approcher un équipage en uniforme. À en juger par leurs galons, le commandant de bord était une femme. Bernice sourit. Elle était contente de voir cela.

Il lui sembla aussi apercevoir la grande star de cinéma Susan Farrow, mais elle pouvait se tromper. Elle lui paraissait plus âgée qu'elle n'aurait cru et se cachait derrière d'énormes lunettes noires qui la rendaient presque méconnaissable. Habillée très simplement, en jean et pull, elle était aimable avec tout le monde. Bernice l'aurait sans doute imaginée plus glamour et moins gentille. Les surprises que son métier réservait étaient l'un de ses gros attraits. On ne savait jamais qui on allait voir ni ce qui allait se passer dans la journée. Elle avait toujours de quoi se distraire des piques de son odieuse responsable.

Helen Smith se leva à 4 h 30 pour avoir le temps de prendre une douche et d'avaler un café. Ainsi, elle serait bien réveillée quand elle quitterait, avec le reste de l'équipage, l'hôtel du quartier de Midtown dans lequel leur compagnie aérienne les logeait à chaque escale à New York. À cette heure matinale, l'absence de circulation permettait à la navette qui venait les chercher de quitter l'hôtel à 5 h 30 et d'être à l'aéroport une heure plus tard. Une fois arrivée, Helen n'aurait pas grand-chose à faire. La compagnie s'occupait du plan de vol et de la météo. À bord, tout ce qui restait à la charge de l'équipage avant le décollage était de s'assurer que tout était en ordre sur le plan mécanique.

Helen avait à son actif une brillante carrière dans l'aviation. Pilote de chasse dans l'armée de l'air pendant des années, elle avait rejoint la vie civile et cette compagnie voilà deux ans. Les années les plus difficiles de sa vie.

En rallumant son téléphone, elle reçut un SMS l'informant d'un changement d'appareil – c'était déjà le deuxième sur ce vol retour de San Francisco. La veille, on lui avait signifié qu'elle piloterait un Airbus A380 arrivé de Londres et attendu à San Francisco pour un vol à destination de Tokyo. En temps normal, l'A380, le plus gros des Airbus, ne volait pas entre San Francisco et New York. Toutefois, elle avait les qualifications requises et se réjouissait d'en prendre les commandes.

Mais on avait découvert pendant la nuit un problème mécanique sur l'avion qui ne pourrait donc pas décoller ce matin-là. Avec près de 300 passagers enregistrés, il avait été décidé de prendre un Airbus A321, nouveau mais plus petit, pour le vol de 8 heures à destination de San Francisco, et de compléter par un Boeing 757 qui décollerait à 8 h 20. Tous les passagers pourraient ainsi voyager à l'heure prévue sans souffrir du changement d'appareil. Cela signifiait qu'il faudrait un second équipage pour le 757. L'A321 avait été confié à Helen. Elle aimait beaucoup le piloter ; petit et maniable, il plaisait aussi à l'ensemble du personnel navigant. D'après le message qu'elle avait reçu, elle volerait avec l'équipage de départ, qui rentrait à San Francisco. Le seul changement concernait le copilote, Jason Andrews, qu'elle ne connaissait pas.

Les équipages des vols commerciaux étant variés et interchangeables, il lui arrivait fréquemment de ne pas connaître son copilote. Cela lui était égal. Certains étaient agréables, d'autres moins, mais l'avantage de travailler pour une compagnie de premier ordre comme la sienne, c'était qu'ils étaient tous aussi compétents. Quant à l'appareil, comme à l'armée, elle prenait celui qu'on lui attribuait. De toute façon, elle pouvait piloter n'importe quel type d'avion les yeux fermés. Fille d'un pilote militaire qui avait pris sa retraite avec le grade de colonel, elle avait l'aviation dans le sang.

On lui fit également savoir que le commandant Connor Gray voyagerait gratuitement à bord de l'appareil. Le vol étant plein, il prendrait place dans le cockpit avec elle. Il était simplement précisé que le commandant avait été relevé de ses fonctions et mis en retraite anticipée à la suite d'un incident au sol après un vol à destination de New York deux jours plus tôt. Les formalités de sa mise à la retraite seraient précisées dans les jours suivants, mais une chose était certaine : il ne pourrait plus piloter. La compagnie aérienne et la FAA, l'agence gouvernementale chargée des réglementations et contrôles de l'aviation, étaient intraitables concernant les problèmes médicaux graves. Helen le connaissait de nom ; c'était l'un des pilotes les plus expérimentés et avec le plus d'ancienneté dans la compagnie. Il avait certainement fallu un incident sérieux pour qu'il soit suspendu de façon si soudaine au beau milieu d'un voyage. Helen allait s'efforcer de lui rendre le retour aussi agréable que possible, malgré les circonstances.

Helen et son mari avaient été pilotes de chasse en Irak pendant plusieurs années. Tous deux avaient reçu des propositions d'embauche de la part de compagnies commerciales et, pour leurs enfants, il leur avait semblé que le moment était venu de retourner à la vie civile. Ils avaient décidé d'un commun accord qu'elle quitterait l'armée avant la fin de son affectation à lui.

Pour elle, qui avait pour ainsi dire été élevée dans l'armée, la transition s'était révélée très difficile. Surtout en l'absence de son mari. Et puis, quatre mois après le retour de Helen, huit semaines avant la date à laquelle il devait rentrer à son tour, il avait été tué.

Son avion avait été abattu et il avait été fait prisonnier puis exécuté dans des circonstances qui avaient reçu une importante couverture médiatique internationale et soulevé l'indignation de l'opinion publique. Il avait été décoré à titre posthume par le président, et sa médaille trônait maintenant sur la cheminée de la petite maison un peu délabrée de Petaluma où Helen vivait avec ses enfants, à moins d'une heure de San Francisco. Les premiers temps, le choc était tel que la mort de son mari lui paraissait irréelle. Ils avaient beau connaître l'un et l'autre les risques de leur métier, jamais elle n'aurait cru que cela pourrait lui arriver un jour. Comment allait-elle affronter la vie civile sans lui ? Elle avait même songé à se réengager pour retrouver l'existence qu'elle connaissait, mais elle ne pouvait pas faire cela à ses enfants. Leur projet était de leur faire découvrir une vie loin de l'armée – mais pas sans leur père. Celui de Helen faisait tout son possible pour aider sa fille, et gardait ses petits-enfants chaque fois qu'elle s'absentait. Dix-huit mois plus tard, elle ne s'était toujours pas habituée à cette vie sans Jack. Pour les enfants, cela n'avait pas été facile non plus. Tout était plus dur encore que ce à quoi elle s'attendait.

En tant que femme, son statut de pilote n'était pas sans causer quelques frictions au sein de la compagnie. Toutefois, elle n'était pas la première et la plupart de ses collègues – en particulier ceux qui connaissaient ses détachements en Irak – la respectaient pour ses états de service. Après ça, piloter des Airbus entre San Francisco et New York, ou même sur des vols internationaux, c'était du gâteau. À son retour, elle aurait cinq jours de repos et elle avait promis à ses trois enfants de les emmener camper. Elle s'efforçait de vivre le plus normalement possible avec ses deux garçons collégiens et sa fille de 7 ans.

Helen ne s'était pas encore fait beaucoup

d'amis dans le quartier. Elle n'avait pas grand-chose en commun avec les autres mères qu'elle rencontrait à l'école, aussi passait-elle le plus clair de son temps libre seule ou avec ses enfants. Elle devait maintenant assumer à la fois son rôle de mère et celui de père, ce qui lui donnait deux fois plus de travail, d'autant que ses garçons jouaient au base-ball et que sa fille était scout et prenait des cours de hip-hop après l'école. L'armée lui manquait parfois terriblement. En la quittant, elle avait eu l'impression de sortir d'un cocon protecteur. Au début de sa vie civile, elle était allée de choc en choc.

Finalement, elle n'était jamais aussi à l'aise, bien dans sa peau et sûre d'elle que lorsqu'elle volait. Le reste du temps, elle était comme un poisson hors de l'eau. Néanmoins, elle s'efforçait de s'adapter, et vivait au jour le jour. Ce qui était arrivé à Jack lui avait rappelé que l'avenir était incertain et que l'on ne pouvait compter sur rien. La vie était un jeu de hasard. Désormais, elle ne pouvait plus croire en rien ni personne d'autre qu'elle-même. Il lui arrivait même de se dire qu'elle ne suffisait pas à ses enfants – surtout aux garçons qui avaient spécialement besoin de leur père. Mais elle faisait de son mieux : elle ne pouvait faire davantage et ce n'était pas toujours assez.

Nancy Williams avait ouvert les yeux bien avant la sonnerie du réveil mais s'efforçait de rester au lit jusqu'à 5 heures. Elle s'était endormie en pensant à ce qu'elle ferait dès qu'elle se lèverait. La veille, tout à coup, elle s'était rendu compte qu'elle attendait peut-être un bébé. Après douze ans de traitements contre l'infertilité et huit tentatives de FIV, son mari et elle avaient fini par renoncer et remplir un dossier pour adopter une petite fille de 2 ans en Chine. Il leur tardait d'aller la chercher à Pékin. C'était pour très bientôt.

Et voilà que, soudain, la veille, sur le vol depuis San Francisco, elle avait réalisé être peut-être enceinte. Comme ça, sans hormones, sans traitement, sans ponction d'ovocytes. C'était trop beau pour être vrai. Le soir même, elle s'était rendue dans une pharmacie près de l'hôtel pour acheter un test de grossesse. Il l'attendait sur le coin du lavabo. Bien sûr, elle craignait une nouvelle déception. À 38 ans, elle était passée par là tant de fois que ces amères désillusions faisaient maintenant partie de sa vie.

À 5 heures, n'y tenant plus, elle se rendit dans la salle de bains tout en se répétant que cela lui était égal : de toute façon, elle aurait très bientôt une fille adoptive ; cela n'avait plus d'importance. Sauf que ce n'était pas vrai. Ils rêvaient, malgré tout, toujours d'un enfant biologique. Elle n'avait rien dit à son mari pour ne pas lui donner de faux espoirs. Pilote sur la même compagnie que la sienne, il était parti à Miami la veille et rentrait lui aussi à San Francisco dans la journée.

Elle fit le test et le posa sur le rebord du lavabo. Le temps que le résultat apparaisse, elle prit sa douche, bien plus vite que d'ordinaire. Cette fois encore, il fallait qu'elle sache. Elle avait à peine regardé qu'elle poussa un cri et serra le test dans sa main tremblante. Deux lignes roses. Elle était enceinte. Sans assistance. Après tant d'échecs, le miracle s'était produit. Mais qu'allaient-ils faire, maintenant, pour la petite fille en Chine ? Mille pensées, mille questions se bousculaient dans son esprit. Elle s'assit sur le carrelage, le test toujours dans la main. La tête lui tournait. Elle attendait un bébé ! Enfin ! Leur rêve s'était réalisé.

Joel McCarthy sortait de la douche quand son portable sonna. Il se dépêchait car il s'était levé un peu en retard. Grand, brun, ancien mannequin, il adorait son métier de steward. Voyant qui l'appelait, il sourit.

— Que fais-tu debout à cette heure-ci ? Il est 2 heures du matin pour toi, dit-il à Kevin, son compagnon, qui se trouvait dans leur appartement de San Francisco.

— Je n'arrive pas à dormir. Je ne pense qu'à vendredi.

— Moi aussi.

Ils sourirent tous les deux et un petit silence se fit sur la ligne. Joel avait 34 ans et Kevin 40. Ils s'étaient rencontrés deux ans plus tôt sur un vol où travaillait Joel et ne s'étaient plus quittés depuis. Ils allaient se marier dans deux jours, entourés de quelques amis proches et des parents de Kevin venus tout exprès de Los Angeles. Joel n'avait pas prévenu les siens, des ultraconservateurs de l'Utah, ni ses cinq frères et sœurs. Pas même celui qui était gay aussi et ne l'avait jamais dit non plus à leurs parents. Ni sa mère ni son père ne voulaient voir la réalité en face. Espérer qu'ils se réjouissent de son mariage avec un homme serait trop leur demander. Désormais, sa famille, ce serait Kevin. Joel aimait énormément ses parents ; hélas, eux ne parvenaient pas à l'accepter. Il lui avait fallu des années de thérapie pour l'admettre. Aujourd'hui, enfin, il se sentait en paix. S'apprêter à épouser Kevin était ce qui lui était arrivé de plus beau dans la vie.

— Mes parents sont arrivés ce soir, lui annonça Kevin, euphorique. Ma mère est encore plus excitée que nous.

Les parents de Kevin avaient accueilli Joel comme un fils, et sa sœur et son beau-frère s'étaient montrés tout aussi chaleureux. Ils formaient vraiment la famille dont il avait toujours rêvé.

Pour leur voyage de noces, ils iraient à Tahiti. Chirurgien plastique de renom, Kevin avait suggéré à Joel d'arrêter de travailler. Mais comme il aimait son métier et ne voulait pas dépendre de son mari, Joel préférait continuer à voler, dans un premier temps au moins, peut-être jusqu'à ce qu'ils adoptent un enfant ou trouvent une mère porteuse. Pour l'instant, ils habitaient l'appartement de Kevin ; ils chercheraient une maison à leur retour de Tahiti. Et un chien. Tous ces symboles de vie conjugale comblaient Joel de bonheur.

— Il faut que j'y aille, dit-il en voyant l'heure. Je vais être en retard. Je t'aime. À ce soir. Le dîner sera prêt quand tu rentreras.

— Mes parents veulent nous inviter à dîner dehors.

— Raison de plus pour aller dormir, sinon tu ne tiendras pas debout vendredi, fit Joel en souriant.

Ils ne pensaient qu'au grand jour qu'ils préparaient depuis des mois avec délice.

— Bon vol, conclut Kevin avant de raccrocher.

Il le lui disait à chaque fois, et cela touchait beaucoup Joel même si tous ses voyages se déroulaient sans accroc. Kevin, lui, avait peur en avion et s'inquiétait toujours pour son compagnon.

Joel enfila son uniforme, un large sourire aux lèvres. Quelle chance il avait d'épouser cet homme merveilleux ! Son humeur était au beau fixe quand il monta dans la navette avec le reste de l'équipage. L'heure matinale n'était pas propice aux conversations, mais les uns et les autres se saluaient en sourdine. Joel ne connaissait pas tout le monde, mais il avait déjà volé avec plusieurs d'entre eux à l'aller deux jours plus tôt.

— Ils nous ont passés sur un A321 et ajouté

un 757 pour compléter, annonça le commandant de bord, Helen Smith, d'un ton neutre.

Ce changement souleva quelques commentaires. Beaucoup étaient déçus car ils aimaient bien l'A380 même si, sur l'A321, avec moins de passagers tout serait plus simple pour les hôtesses et les stewards.

— Ce sera un équipage de New York dans le 757, ajouta le commandant Smith.

Elle jeta un coup d'œil à sa montre. Ils attendaient le copilote qui était en retard.

Joel et Nancy bavardaient à mi-voix. Nancy jubilait mais s'efforçait de ne pas le montrer. Elle ne voulait faire part de la nouvelle à personne avant de l'avoir annoncée à son mari. Joel, lui, bouillait d'excitation depuis le début de la semaine. C'était son dernier vol avant le mariage.

À bord de la navette, il y avait également deux hôtesses affectées à la première classe à l'aller et qui le seraient sans doute à nouveau au retour. L'une d'elles, Jennifer, était la cheffe de cabine. Quoique compétentes et expérimentées, elles ne cachaient pas leur lassitude des exigences des passagers de première. Nancy en avait fait la remarque à Joel à l'aller. Elle ne voyait pas l'intérêt de continuer à exercer un métier qu'on n'aimait plus, et pourtant, bon nombre de ses collègues plus âgées éprouvaient visiblement une certaine usure, voire de l'amertume. Elles supportaient de moins en moins les caprices de certains voyageurs. Cela se sentait à leur ton et même à leur attitude, dès le premier abord. Nancy avait horreur de travailler avec ce genre d'hôtesses qui répondaient aux demandes des passagers par le strict minimum. Tout ce qu'elle espérait, c'était ne faire équipe avec aucune de ces deux-là aujourd'hui. Ce matin, elles discutaient de leurs vols à destination de Hong Kong et Pékin le mois prochain. Quant aux deux plus jeunes, Bobbie et Annette, elles seraient certainement de nouveau en charge de la classe économique. Annette racontait à Bobbie un rendez-vous qu'elle avait eu la veille et elles riaient tout bas. Helen consulta de nouveau sa montre d'un air sévère.

En parcourant la navette du regard, elle avisa le pilote le plus âgé. C'était Connor Gray, celui qui venait d'être mis à la retraite et rentrait avec eux. Elle attendit que leurs regards se croisent pour lui sourire. Il lui répondit d'un signe de tête. Sa mine sombre n'avait rien d'étonnant. Quel que soit le problème de santé dont il avait dû souffrir à l'issue de son dernier vol, cet arrêt brutal et forcé de son activité avait de quoi l'abattre. Du reste, il ne desserrait pas les dents.

Enfin, le copilote qui faisait attendre tout le monde sauta dans la navette sans un mot d'excuse. Blond, avec un physique d'acteur de cinéma, il semblait de fait jouer un rôle. À peine se fut-il présenté – il s'appelait Jason Andrews – qu'il se mit à se plaindre du changement d'appareil. Il venait d'obtenir sa qualification pour l'A380 et aurait aimé le piloter sans attendre.

— Alors, c'est un vol de fille, aujourd'hui ? lâcha-t-il, sarcastique, en regardant Helen tandis que la navette démarrait – ce qui lui valut un regard noir de Connor Gray, visiblement outré par son manque de respect envers le commandant Smith.

Tandis que le minibus se faufilait entre les camions, il en remit une couche. Selon lui, les femmes ne faisaient que des pilotes de second ordre, et encore. L'équipage en resta bouche bée. Helen ne dit rien. Quelle importance ? Elle avait rencontré bien des hommes comme lui dans l'armée. Cela ne lui faisait ni chaud ni froid. Manifestement, elle avait affaire à un monsieur Je-sais-tout imbu de lui-même. Il suffisait de voir comment il portait de travers sa casquette de pilote pour se donner des airs désinvoltes. En arrivant à JFK, il fit une remarque au sujet de Bobbie qu'il trouvait « bonne ». L'intéressée l'entendit et rétorqua qu'elle était mariée.

— Et alors, où est le problème ? contra-t-il avec un sourire coquin avant de porter son attention sur Nancy, une grande blonde séduisante à la jolie silhouette.

Il semblait prendre toutes les femmes pour des proies faciles parmi lesquelles il n'avait qu'à faire son choix.

Nancy l'ignora et continua sa conversation avec Joel tandis qu'ils marchaient vers l'aérogare en tirant leur valise à roulettes. Une chose était certaine : le copilote ne s'était pas fait d'amis pendant le trajet. Les deux hôtesses plus âgées faisaient comme s'il n'existait pas et Bobbie chuchotait à Annette que ce n'était qu'un pauvre type. Il avait réussi à se mettre tout le monde à dos avec ses remarques déplaisantes dans la navette.

Alors que c'était à leur tour de passer au contrôle de sécurité et de déposer ordinateurs, téléphones et autres effets personnels dans les bacs en plastique et leur valise sur le tapis roulant, il fit une nouvelle remarque qui déplut fort à Helen :

— Bienvenue au cœur de l'Afrique.

Il avait marmonné entre ses dents, juste assez haut pour être entendu des autres membres de l'équipage, en regardant les agents de la TSA, presque tous d'origine afro-américaine.

— Pas de cela ! lâcha-t-elle d'un ton implacable qui rappela à tous son passé militaire. Vous êtes sous mes ordres jusqu'à l'atterrissage à SFO, Andrews. Ces propos pourraient vous valoir un blâme, voire une suspension.

Elle se rendit compte qu'une jeune employée de la TSA particulièrement jolie avait tout entendu. Bobbie avait vu juste : son copilote était un pauvre type.

— Vous m'avez mal compris, certainement, mon commandant, tenta-t-il, feignant le respect.

— Je l'espère. Faites en sorte que je ne me trompe plus.

Il se tut et suivit les autres jusqu'à la porte d'embarquement. Les deux avions à destination de San Francisco qui devaient décoller à vingt minutes d'écart étaient garés l'un à côté de l'autre. L'équipage originaire de San Francisco fut rejoint par celui de New York qui avait été ajouté pour le 757. Ils ne tardèrent pas à se séparer et à gagner leurs appareils respectifs. Une fois à bord de l'A321, Jennifer, la cheffe de cabine, assigna leur poste aux hôtesses et stewards. Comme l'avait deviné Joel, c'était les mêmes qu'à l'aller. Helen, Jason et Connor Gray s'installèrent dans le cockpit. Jason ne manqua pas de jeter au passage un regard chargé de mépris à Joel.

Helen prit place dans le siège du commandant et se tourna pour parler un peu avec Connor Gray. Elle se détendit. Dans le cockpit, elle se sentait chez elle. Elle n'aimait rien tant que piloter un avion. Connor aussi semblait plus à l'aise. Au fil de la conversation, il s'égaya. Il lui expliqua à mi-voix qu'il avait eu un petit accident vasculaire cérébral. L'épisode n'avait duré que quelques secondes au cours desquelles il ne reconnaissait plus son environnement. D'après les médecins, cela pouvait très bien ne jamais se reproduire, mais rien ne permettait de l'affirmer. Quoi qu'il en soit, sa carrière s'était arrêtée sur-le-champ. En effet, si c'était arrivé en vol, les conséquences auraient pu être désastreuses.

— Je suis vraiment désolée.

Il la remercia pour sa sympathie. Il avait énormément de respect pour elle sur le plan personnel autant que professionnel. Comme tout le monde ou presque, il avait assisté à l'exécution de son mari par les ravisseurs en direct à la télévision. Comment oublier ces images atroces ? Sans y faire allusion, il lui assura que c'était un honneur d'être à côté d'elle pour son dernier vol en uniforme. Pour elle aussi, répondit-elle avec une sincérité manifeste. Elle avait les cheveux châtains et des yeux bleus d'une grande vivacité auxquels rien ne semblait échapper. Son visage respirait l'intelligence et la gentillesse.

Pendant qu'ils bavardaient, Jason s'installa à la place du copilote sans leur prêter la moindre attention. Après avoir vérifié quelques jauges et appareils, il se mit à envoyer des SMS. En l'observant, Helen eut l'impression d'avoir affaire à un sale gosse pourri gâté monté en graine. Elle s'efforçait pourtant de dissimuler l'agacement que lui procurait son arrogance.

Après ce bref échange avec Connor, elle procéda aux vérifications d'usage et appela la tour de contrôle pour connaître le plan de vol. Tout était en ordre, nota-t-elle avec satisfaction. Heureusement qu'un second avion avait été prévu et que la moitié des passagers n'était pas restée au sol. Pour sa part, elle était ravie d'avoir été affectée à l'A321, un modèle récent très agréable à piloter. Plus vieux, le 757 était aussi moins confortable pour les passagers.

Les contrôleurs aériens lui avaient également annoncé une météo favorable sur tout le trajet. Elle adressa un grand sourire aux deux autres pilotes. Elle se sentait dans son élément.

— Messieurs, annonça-t-elle, tout indique que nous allons faire un agréable voyage.

Connor hocha la tête, mais elle lut de la tristesse dans ses yeux. Quant à Jason, il la fixa et soutint longuement son regard, comme par défi, avant de hausser les épaules et de replonger le nez dans son téléphone. Helen mit les moteurs en route et annonça aux passagers qu'ils allaient bientôt quitter la porte d'embarquement. Le vol devait se dérouler dans les meilleures conditions, ajouta-t-elle. Peut-être même atterriraient-ils avec un peu d'avance. La journée promettait d'être excellente.

2

Bernice observait les passagers des deux vols à destination de San Francisco qui défilaient maintenant au contrôle de sécurité. Les derniers se dépêchaient, pressés de gagner la porte d'embarquement.

Elle remarqua un jeune père qui semblait complètement débordé. Son bébé dans les bras, il jonglait avec un sac à langer d'où s'échappaient des vêtements, couches jetables, biberons et autres timbales, un ours en peluche et une tétine. Également chargé d'une sacoche d'ordinateur, il avait déjà fait tomber son téléphone deux fois. De toute évidence, il n'avait pas l'habitude de voyager seul avec un bébé.

Un couple se disputait et échangeait des piques tout en déposant pulls et chaussures dans les bacs. Il y avait aussi une femme d'affaires élégante, à l'air tendu ; cheveux blonds bien coupés, tailleur beige de marque et escarpins à talons hauts, elle était chargée d'un gros porte-documents. Elle devait avoir la quarantaine et semblait pouvoir diriger le monde. Bernice l'imaginait bien se rendre directement de l'aéroport à une réunion quelconque. Pourtant, derrière son allure très professionnelle, l'anxiété était palpable. Elle s'en prit à deux agents de la TSA qui vérifiaient le contenu de son attaché-case : s'ils ne se dépêchaient pas, elle allait manquer son avion. Tandis que la femme d'affaires franchissait le portique et rejoignait l'extrémité du tapis roulant, Bernice sourit à Della, la seule amie qu'elle s'était faite au travail.

— En voilà une qui a peur de l'avion, c'est sûr, lui glissa-t-elle dans un souffle.

— Comment tu le sais ?

Della ne travaillait là que depuis un an. Petite et ronde, elle s'en laissait facilement imposer par les passagers de ce style. Bernice, elle, avait tout vu mille fois en cinq ans à ce poste.

— Les gens qui ont peur de l'avion se conduisent toujours comme ça, lui expliqua-t-elle. Et à bord, soit ils se saoulent, soit ils prennent un Xanax.

Les deux jeunes femmes étouffèrent un éclat de rire. L'élégante femme blonde rangeait son ordinateur dans son porte-documents. Elle récupéra ensuite son téléphone, se rechaussa et fila vers la porte d'embarquement, déjà bien stressée de si bon matin.

Suivirent plusieurs hommes d'affaires manifestement habitués à voyager qui franchirent le contrôle de sécurité sans problème avant de se diriger à leur tour vers la porte d'embarquement du vol de San Francisco. C'était le bon avion pour faire une rencontre, fit remarquer Della. Depuis sa rupture avec son petit ami, elle cherchait quelqu'un d'autre. Bernice estima que les hommes auxquels elle faisait allusion étaient tous bien trop vieux pour elle.

— Et regarde leur main gauche, ajouta-t-elle en secouant la tête. Une alliance. Ils sont tous mariés.

Elle maîtrisait à la perfection l'art de juger les passagers en quelques instants.

— Mais peut-être pas tous fidèles..., objecta Della pleine d'espoir.

— Un homme marié qui trompe sa femme : le rêve. Merci mais je passe mon tour, fit Bernice sans l'ombre d'un regret.

— Et s'ils étaient prêts à divorcer ? suggéra naïvement son amie.

— Non, merci.

Bernice se retourna et croisa le regard de sa supérieure qui les observait d'un œil noir, comme d'habitude.

— En voilà une qui aurait bien besoin de s'envoyer en l'air un petit coup, commenta Della.

Elles durent se mordre l'intérieur des joues pour ne pas rire.

Cinq minutes après le passage de la femme d'affaires angoissée, Bernice remarqua un couple probablement originaire du Moyen-Orient. L'homme et la femme ôtèrent leurs chaussures pour les poser dans un bac avec leurs ordinateurs. Aimables et discrets, vêtus simplement, ils devaient avoir dans les vingt et quelques années. Elle les observa comme elle le faisait pour tous les passagers. La jeune femme portait un voile ainsi qu'une longue tunique de coton gris par-dessus ses vêtements. Son compagnon, en jean, avait un sac à dos en cuir. Ils étaient tous deux chaussés de baskets, comme la plupart des voyageurs de leur âge. Elle se rendit compte que Bernice les regardait et lui sourit. Lui semblait pressé d'embarquer et la poussait à se dépêcher. Bernice surveillait toujours les bagages à main qui passaient aux rayons X lorsqu'ils récupérèrent leurs effets personnels et filèrent vers la porte d'embarquement des vols pour San Francisco.

Un peu plus tôt, elle avait vu passer un groupe d'une petite quinzaine de jeunes filles entre 9 et 15 ans. À en juger par le sweat-shirt d'uniforme qu'elles portaient toutes, il s'agissait d'une chorale du Queens. L'imposante femme blonde qui les chaperonnait glapissait leurs prénoms en les menaçant d'appeler leurs parents. Elles avaient remporté un concours, ce qui leur valait d'aller donner un concert à San Francisco. Elles se conduisaient d'ailleurs bien mieux que leur chaperon qui faisait une scène à un agent de la TSA pour des flacons de cosmétiques qu'on l'obligeait à laisser derrière elle, du fait de leur volume non réglementaire. Elle alla jusqu'à noter le nom de l'agent en le menaçant de le signaler à ses responsables. Hélas, ce type de comportement était fréquent chez les voyageurs. Au moins, les jeunes choristes avaient l'air de bien s'amuser : elles riaient, se taquinaient mutuellement...

Ce fut ensuite le tour de deux enfants que leur mère, les larmes aux yeux, confia à une hôtesse en charge des mineurs non accompagnés. Celle-ci semblait pressée de s'éloigner de cette mère qui était sur le point de craquer et n'en finissait pas d'embrasser ses petits. Le garçonnet et la fillette semblaient bien moins bouleversés. Ils adressèrent un dernier signe de la main à leur mère au moment de franchir le portique de sécurité et se dirigèrent vers la porte d'embarquement. Quand ils eurent disparu, elle éclata en pleurs. Bernice essaya de la réconforter.

— J'imagine combien ce doit être dur, dit-elle avec douceur. Mais tout va bien se passer. Ils vont bien s'amuser, pendant le vol. Ils pourront regarder des films.

— Ils n'ont que 6 et 8 ans. C'est la première fois que je les laisse partir seuls. Ils vont chez mes parents. Je viens de divorcer. Mon mari m'a quittée, sanglota-t-elle.

Bernice lui tendit des mouchoirs. La femme la remercia.

— Moi aussi, j'ai un fils de 6 ans, précisa Bernice comme si cela lui donnait une certaine légitimité.

— Alors vous savez ce que c'est...

Elle n'arrêtait pas de pleurer. Bernice avait de la peine pour elle.

— Ça va aller, assura-t-elle.

La mère finit par s'en aller. Aussitôt Denise, sa responsable, s'approcha d'elle l'air contrariée.

— Décidément, tu ne peux pas t'empêcher de faire de la lèche à quelqu'un, Adams ? jeta-t-elle méchamment.

Bernice haussa les épaules et s'éloigna. Cela faisait longtemps qu'elle n'essayait plus de lui faire entendre raison, d'obtenir son approbation ou même d'être traitée de façon juste. Denise la détestait, il n'y avait rien à faire.

Après cette première salve de vols, il y eut une accalmie. Les deux avions pour San Francisco devaient atterrir à 11 heures et 11 h 20, heure locale. Comme Bernice n'avait plus rien à faire, elle se mit à ranger les bacs de plastique en prévision de la prochaine vague de passagers. Si les voyageurs changeaient, la routine restait la même. Alors qu'elle les empilait en songeant aux devoirs qu'elle aurait à faire ce soir, elle avisa une grande carte postale du Golden Gate Bridge abandonnée au fond d'un bac. Elle avait dû glisser d'un sac ou d'une poche de vêtement au moment de passer aux rayons X. Elle la retourna. Une phrase était inscrite au dos. « Tu ne m'oublieras *jamais* ! » déchiffra-t-elle. Cela ressemblait davantage à un ordre qu'à une déclaration d'amour. Par ailleurs, la carte était tout à fait banale. Elle allait la mettre à la poubelle quand un détail l'arrêta. Le mot « jamais » était souligné de deux traits insistants. Après tout, serait-ce un mot d'amour écrit après une nuit ou un week-end mémorable ? Au lieu de la jeter, elle la fourra dans un tiroir. Quelque chose lui disait qu'il fallait la garder, même si cela ne rimait pas à grand-chose. Cette phrase n'avait rien de remarquable et ne constituait pas non plus une menace. Elle se remit à s'affairer et n'y pensa plus.

Une fois son chariot ramené en tête de file, elle reprit son poste. Dire aux gens de se déchausser et de sortir leur ordinateur de leur sacoche pour le placer dans les bacs… Répéter la même chose, encore et encore, toute la journée. C'était lassant. Et l'agacement des passagers face à ces consignes constituait l'un des aspects les plus pénibles de ce métier.

Au moment de présenter les cartes d'embarquement, le jeune couple musulman fut prié d'attendre un instant sur le côté. Le jeune homme parut à la fois surpris et contrarié. Sa compagne lui dit quelques mots pour le calmer tandis qu'il grommelait qu'ils allaient manquer l'avion.

— Ils nous mettent à part ! protesta-t-il à mi-voix tandis que l'agent s'éloignait.

— Tu n'en sais rien, Ahmad, le rabroua calmement Sadaf, son épouse. Et puis, on ne va pas le leur reprocher. S'ils sont aussi prudents, c'est pour notre sécurité à tous.

Mais Ahmad paraissait toujours très agacé quand l'agent revint.

— J'ai une bonne nouvelle, leur annonça-t-elle

avec un sourire imperturbable, même devant les passagers les plus énervés. Du fait du changement d'avion, la classe économique de votre vol est surbookée. Nous allons passer certains passagers en business. Nous vous avons donc surclassés – gratuitement, bien sûr.

Elle rayonnait comme si elle leur annonçait qu'ils avaient gagné le gros lot. L'homme parut pourtant hésiter et s'entretint tout bas avec sa femme qui sembla le sermonner. Sadaf se tourna vers l'agent et répondit très poliment :

— Merci. Avec plaisir.

Elle saisit les deux nouvelles cartes d'embarquement et ils empruntèrent la passerelle télescopique jusqu'à l'avion en continuant d'échanger à voix basse. Une fois installé à sa place, Ahmad affichait toujours un air boudeur. Depuis leurs sièges, ils s'aperçurent que la porte du cockpit était entrouverte. Alors qu'ils se penchaient un peu dans l'allée pour tenter d'y jeter un œil, la femme en tailleur beige assise de l'autre côté les remarqua. On aurait dit qu'elle venait de voir deux terroristes à bord. Au même moment, l'hôtesse passa avec un plateau de verres de jus d'orange et de flûtes de champagne. La femme saisit deux coupes qu'elle vida d'un trait, visiblement au bord de la panique. Ahmad et Sadaf ne prirent rien, mais Ahmad commençait à se détendre. Ils avaient des places voisines, les sièges étaient extrêmement confortables et l'hôtesse semblait ravie qu'ils aient eu la chance d'être surclassés. Il sourit enfin.

Catherine James était la passagère dont Bernice avait deviné, avec justesse, la peur de l'avion. À peine avait-elle descendu les deux flûtes de champagne qu'elle sentit que son voisin la dévisageait.

— En principe, je ne bois pas à cette heure-ci, bredouilla-t-elle, gênée. Mais j'ai peur en avion.

Une hystérique saoule comme voisine, songeait-il, c'était bien sa chance. D'autant qu'il avait beaucoup de travail. Comme elle le fixait avec insistance, il finit par lui adresser la parole.

— C'est l'un des avions les plus sûrs du marché, affirma-t-il.

Cela ne suffit pas à la rassurer, mais l'hôtesse repassa avec son plateau. Elle reprit une coupe qu'elle but tout aussi vite que les deux premières. Cette fois, il décida de l'ignorer. Du reste, elle n'allait certainement pas tarder à s'endormir. L'homme en costume-cravate avait pris une connexion Wi-Fi en option et envoyait déjà des courriels, ce qui encouragea Catherine à sortir son ordinateur. Un peu apaisée par le champagne, elle pensait pouvoir maintenant se concentrer sur son travail.

Les hôtesses et stewards étaient en train de garnir leurs chariots et de se préparer à servir le petit déjeuner tandis que les passagers rangeaient leur bagage à main et s'installaient. Il n'y avait plus une place libre à bord de l'avion.

Un certain nombre de voyageurs de la classe économique avaient été surclassés en business : le jeune couple mais aussi quelques hommes d'affaires et les deux mineurs non accompagnés.

Le commandant de bord prit le micro pour se présenter, les remercier de leur patience malgré le changement d'appareil et leur souhaiter un bon vol. Ils étaient prêts à décoller dès que tout le monde serait assis, ajouta-t-elle. À ces mots, la frayeur de Catherine redoubla.

— Mon Dieu, dit-elle à son voisin, au comble de l'angoisse. Le pilote est une femme !

Il lui sourit.

— Il y a des femmes parmi les meilleurs pilotes. Je l'ai vue embarquer avec le reste de l'équipage. Je suis certain qu'elle est très compétente.

Sur quoi ils se remirent au travail. Catherine s'efforçait de se concentrer sur ses e-mails. Elle se rendait à San Francisco pour une réunion et un entretien extrêmement importants dans la Silicon Valley. Femme aux commandes ou pas, il fallait qu'elle arrive à destination. Quelques instants plus tard, le champagne faisant son effet, elle piquait du nez sur son ordinateur et s'assoupissait, sous le regard narquois de son voisin. L'avion s'éloigna de la zone d'embarquement et se dirigea vers la piste pour le décollage. Dix minutes plus tard, alors que Catherine dormait encore, ils étaient dans le ciel, direction San Francisco.

Au sol, profitant d'une nouvelle pause dans le ballet des contrôles de sécurité, les agents de la TSA bavardaient en attendant la prochaine vague de passagers. Bernice songea à la carte qu'elle avait trouvée au fond du bac. Elle la sortit du tiroir et la relut. Message amoureux, souvenir d'un week-end particulièrement agréable ou menace : toutes les interprétations étaient possibles. N'empêche qu'il y avait dans le ton une certaine dureté, un ordre donné au destinataire de ne *jamais* oublier l'auteur du message. Elle n'y sentait ni tendresse ni romantisme. Exagérait-elle les intentions du message ? Non sans une impression de ridicule, elle alla le porter à Denise, sa supérieure. Celle-ci était seule et semblait désœuvrée.

— Qu'est-ce que ça t'évoque ? lui demanda Bernice le plus innocemment du monde.

— Une carte postale, pourquoi ? rétorqua Denise en haussant les épaules.

Bernice s'arma de patience et d'amabilité.

— Je sais que c'est une carte. Je l'ai trouvée dans un des bacs des rayons X. Est-ce que tu la trouves inquiétante ?

Denise la regarda comme si elle était idiote.

— Inquiétante ? Qu'est-ce que tu veux qu'elle ait d'inquiétant alors qu'il y a seulement écrit : « Tu ne m'oublieras jamais » ? L'auteur doit être monté comme un âne, c'est tout.

Sa cheffe éclata de rire ; pas Bernice.

— C'est ce que je me suis dit, au début. Mais,

en la relisant, je l'ai trouvée bizarre. Elle m'a donné la chair de poule.

— Ça ne te ferait peut-être pas de mal de rencontrer ce mec, persifla Denise. Ne te prends pas trop au sérieux. Tu auras ta promotion en temps voulu. Pas la peine d'essayer d'inventer des combines pour que ça vienne plus tôt. Jette-moi cette carte : c'est des conneries. Si on s'affolait pour tout ce qu'on trouve, les avions passeraient 90 % du temps au sol.

Alors qu'elle s'apprêtait à s'exécuter, Bernice se ravisa à nouveau. Sans savoir pourquoi, quelque chose l'inquiétait. Elle glissa la carte dans sa poche et se remit au travail alors qu'une nouvelle vague de passagers commençait à arriver.

3

Entre les mains expertes de Helen, l'A321 à destination de San Francisco avait décollé sans heurt. Lorsqu'ils eurent atteint leur altitude de croisière, dans un ciel d'azur sans un nuage, elle activa le pilote automatique. La mine abattue, le commandant Gray n'avait pas desserré les dents depuis les quelques mots qu'ils avaient échangés avant le décollage. Malgré ses problèmes de santé, il lui paraissait plus morose que malade. Elle allait lui parler quand on frappa à la porte du cockpit. Une fois que Joel se fut annoncé, Helen appuya sur le bouton d'ouverture. Le steward leur apportait du café et des petits pains à la cannelle qui sentaient divinement bon. Jason se servit, avec un regard mauvais pour seul remerciement. Malgré tout, le steward resta parfaitement courtois et leur annonça avant de ressortir que leur petit déjeuner serait bientôt prêt.

— Je ne supporte pas ces types-là, lâcha Jason, la porte à peine refermée, qui ajouta aussitôt, malgré le regard réprobateur de Helen : Ils ont l'air de croire que le monde leur appartient. Ils me dégoûtent.

— Les femmes, les Afro-Américains, les homosexuels : ça commence à faire beaucoup. Une telle étroitesse d'esprit me laisse penser que vous n'êtes pas passé par l'armée, Andrews. Vous y auriez appris à fraterniser avec toutes sortes de gens. Cela ne doit pas être facile tous les jours, d'avoir affaire à tant de personnes qui vous hérissent.

Il s'abstint de répondre, mais son air suffisant en disait long.

Connor Gray l'observait attentivement non sans admirer le sang-froid du commandant.

— Dites-moi, qu'avez-vous contre les femmes pilotes ? s'enquit-elle, curieuse de savoir si ses préjugés reposaient sur une mauvaise expérience ou si, comme tout portait à le croire, son copilote était simplement rétrograde.

— Tout dépend de votre pilotage, répondit-il avec toupet. Enfin, j'imagine que ces crétins qui nous dirigent ne vous laisseraient pas les commandes si vous n'étiez pas compétente, concéda-t-il à contrecœur.

Il la défiait presque ouvertement, mais cela lui était égal. Elle l'écouta sans ciller, quoique frappée par ce regard haineux qui tranchait avec sa beauté juvénile.

— D'une manière générale, j'estime que les hommes sont de meilleurs pilotes. Cela étant, il y a sans doute des femmes qui ne se débrouillent pas trop mal. Là, par exemple, votre décollage était plutôt réussi. Il faut dire que, sur cet engin, c'est du gâteau.

Quelle arrogance ! En voulait-il donc à la terre entière ?

— C'est vrai, approuva-t-elle d'un ton aimable. Je vous passerai les commandes pour l'atterrissage à SFO, si vous voulez.

Décider qui effectuerait cette manœuvre faisait partie de ses prérogatives. Elle pourrait d'ailleurs reprendre les commandes à tout moment si sa manière de faire ne lui convenait pas. Ainsi la sécurité des passagers n'était-elle pas menacée. Elle ne l'aurait pas laissé poser le gros Airbus sur lequel il n'avait pas encore suffisamment d'heures de vol. En revanche, il était largement qualifié pour celui-ci.

Chez les militaires aussi, on trouvait toujours des pilotes pour penser que le ciel appartenait aux hommes. Heureusement, ni l'armée de l'air ni la compagnie civile qui les employait n'étaient de cet avis. Et la réputation de Helen n'était plus à faire.

— Savez-vous à qui vous vous adressez, jeune homme ? intervint brusquement Connor d'un ton furieux qui les fit sursauter tous les deux. Helen Smith est l'un des pilotes de chasse les plus décorés du conflit au Moyen-Orient. Est-ce que ça ne pèse pas un peu plus lourd que votre petite expérience ? Vous êtes encore loin du siège de commandant.

Sa voix tremblait d'émotion, mais Jason se rebiffa.

— Oui, je sais qui c'est. J'ai vu son mari se faire décapiter à la télé.

Helen en eut le souffle coupé. Elle n'en laissa rien paraître, mais ce coup bas avait atteint sa cible. Il lui broyait le cœur. C'était abject, songea Connor en voyant ses yeux brillants de larmes.

— Nous allons nous en tenir là, dit-elle pour mettre fin à la dispute entre les deux hommes avant que cela ne dégénère.

Malgré ces mots, qui l'avaient blessée au plus profond, c'était elle le commandant de bord. Ils se turent donc l'un comme l'autre. Quelques instants plus tard, Nancy et Joel leur servaient le petit déjeuner. La porte du cockpit se referma et se verrouilla automatiquement sur eux. Les pilotes étaient toujours servis en premier, par le personnel de la classe affaires. Les hôtesses et stewards de première, aux petits soins en permanence pour leurs passagers, prêtaient parfois main-forte s'ils n'étaient pas trop occupés. Quant à ceux de la classe éco, ils étaient aussi débordés, non pas par des caprices mais par le nombre de gens dont ils avaient la charge. Les plateaux des pilotes se composaient d'une omelette, d'une salade de fruits, de pain grillé et d'un assortiment de viennoiseries. Nancy et Joel les déposèrent dans un silence à couper au couteau.

— Appelez-nous quand vous voudrez qu'on

vous débarrasse, dit Nancy d'un ton enjoué en ignorant le regard appuyé de Jason.

Il se conduisait comme si avoir la chance de coucher avec lui était un insigne honneur pour toutes les femmes. Mais elle avait bien plus important à l'esprit, et notamment son test de grossesse positif. Il lui tardait tant de retrouver son mari pour le lui annoncer ! Helen et elle échangèrent un regard plein de solidarité féminine. Nancy et Joel constatèrent l'un et l'autre que le commandant retraité avait l'air de mauvaise humeur.

— Dis donc, chuchota Joel en sortant, c'est la fête là-dedans. C'est le seul truc qui me chiffonne dans notre boulot. On ne sait jamais quelle ambiance on va trouver à bord. J'adore voler sans arrêt avec de nouvelles têtes, mais c'est sûr qu'un boulet a vite fait de nous gâcher la journée. Là, ils n'ont pas l'air de se marrer en tout cas.

Trois menus différents étaient proposés pour le petit déjeuner et il y avait fort à faire pour réchauffer le pain et les parts de quiche au four. Il y avait également des œufs brouillés accompagnés de saucisses, du saumon fumé et des bagels et des flocons d'avoine avec de la salade de fruits. Ce repas était toujours copieux sur les vols qui décollaient de si bonne heure d'autant que, avec le décalage horaire est-ouest, une longue journée attendait les passagers dont la plupart allaient enchaîner les réunions jusqu'au soir.

Quelques minutes plus tard, Joel et Nancy passaient entre les rangées de sièges avec leur chariot. Tout de suite après le décollage, ils avaient distribué les casques audio et plusieurs passagers regardaient déjà un film. C'était le cas de Nicole et Mark, les deux enfants non accompagnés, qui étaient sages comme des images. La petite était adorable et son grand frère s'occupait très bien d'elle.

D'autres voyageurs avaient sorti leur ordinateur et attaquaient déjà leur journée de travail. Les passagers des vols les plus matinaux étaient rarement les plus exigeants. Nancy les préférait à ceux du soir qui, fatigués, grognons, stressés par une mauvaise journée, avaient tendance à forcer sur l'alcool et s'en prenaient ensuite au personnel navigant. À cette heure-ci, tout le monde était encore frais et de bien meilleure humeur.

L'effet du champagne maintenant dissipé, Catherine James s'était réveillée et pianotait sur son ordinateur, tout comme son voisin. Le jeune couple de l'autre côté de l'allée parlait toujours à voix basse. Lui paraissait encore contrarié. Il opta pour la quiche végétarienne. Son épouse fit un sourire complice à Nancy comme pour s'excuser d'avoir un mari aussi bougon. C'était fou ce qu'il était renfrogné, par rapport à sa charmante femme si chaleureuse et manifestement heureuse de ce voyage, enchantée qu'ils aient été surclassés.

— Il n'a pas eu l'air emballé quand je leur ai proposé un casque, remarqua Joel. Il n'avait même pas l'air de vouloir qu'elle en prenne un.

Je crois qu'il lui a demandé en arabe de refuser. Il n'y a sûrement aucun problème, mais, de toute façon, j'imagine que quelqu'un a vérifié qu'ils n'étaient pas sur la liste des interdictions de vol avant de les laisser embarquer...

Personne – ni les navigants ni le grand public – ne savait exactement comment fonctionnait cette liste. Seulement que les individus suspects d'activités ou de liens terroristes étaient recensés quelque part et que la Sécurité intérieure faisait son travail avec zèle.

Nancy le rassura en souriant :

— Je n'ai pas l'impression que ce soit un terroriste. Juste un grincheux parmi d'autres. Elle, en revanche, est adorable.

Il leur était arrivé à tous les deux de voir des passagers se faire refuser l'embarquement ou être obligés de quitter l'avion avant le décollage parce qu'on s'était aperçu qu'ils étaient fichés. Ils savaient également qu'un agent de sécurité armé était présent incognito sur tous les vols, généralement en première, avec parfois un adjoint ailleurs dans l'avion. Leur rôle consistait à protéger les passagers et l'équipage si quelqu'un devenait violent ou tentait de prendre le contrôle de l'appareil. La rumeur circulait que les compagnies cherchaient à faire des économies sur ce poste en réduisant leur nombre, mais personne n'y croyait vraiment. Nancy comme Joel avaient toujours volé avec un agent de sécurité embarqué à bord ; c'était très rassurant.

— J'ai cru que la femme du 2C allait faire une crise cardiaque quand le couple a embarqué, remarqua Joel.

— Celle qui s'est jetée sur le champagne ? fit Nancy en riant. Elle a l'air d'avoir dessaoulé, remarque.

Il n'était pas rare que des passagers boivent pour avoir moins peur, même tôt le matin, ce qui ne manquait jamais de stupéfier Nancy.

Joel nettoya le coin cuisine de l'avion pendant que sa collègue rapportait les plateaux un par un. Nancy proposa des cahiers de coloriage et des crayons de couleur aux deux enfants. Nicole en prit un. Mark, lui, était captivé par son film, le dernier Disney, une histoire de dragons.

Joel resservit du café aux pilotes. Après le petit déjeuner, l'atmosphère s'était légèrement détendue. Quand il entra, Jason était en train de se plaindre de la politique de la compagnie, bien trop autoritaire, selon lui, avec les jeunes pilotes qu'elle laissait en outre éternellement dans le siège de copilote.

— Ici, l'avancement se mérite, répliqua froidement Connor. Vous voudriez prendre la place des autres à peine arrivé ?

L'ancien commandant sourit à Joel qui lui servait du café.

— Elle, je parie que c'est ce qu'elle a fait, contra Jason en désignant Helen d'un coup de menton.

— J'avais accumulé beaucoup plus d'heures

de vol que la moyenne, dans l'armée, expliqua modestement l'intéressée qui ne voulait surtout pas de scène avec son copilote.

— Quant à moi, renchérit Connor, j'ai passé des années à votre place. Il va falloir un peu de patience, mais je suis certain que vous passerez commandant de bord en temps voulu.

À condition de changer d'attitude et de tenir sa langue..., aurait-il aimé ajouter, mais il s'en abstint par prudence. Ce jeune homme était une tête brûlée ; son impertinence ne devait pas l'aider à se faire bien voir de sa hiérarchie. Aux commandes, il fallait des pilotes calmes, maîtres d'eux-mêmes et capables de faire face à toutes les situations – aussi bien mécaniques qu'humaines – avec sang-froid. Ce qui était loin de correspondre à Jason Andrews. Il avait encore beaucoup à apprendre sur la manière de traiter les gens et de se conduire avec ses supérieurs. Malgré sa jeunesse, il avait l'air de croire que tout lui était dû ; c'était une partie du problème. Cette attitude et cette nouvelle génération de pilotes ne plaisaient pas à Connor. Helen avait bien davantage le profil de commandant de bord que recherchait la compagnie. Qu'elle soit une femme n'avait aucune importance. Rien ne semblait pouvoir la perturber. Même lorsque Jason avait évoqué l'assassinat de son mari en direct sur toutes les télés du monde, un coup en dessous de la ceinture destiné à la blesser gratuitement, elle n'avait pas craqué. En ce moment, alors que l'appareil était en pilote automatique et que la météo s'annonçait idéale tout le voyage, elle restait vigilante et continuait à surveiller les conditions et les cadrans.

Connor s'éclipsa pour aller bavarder un peu avec le personnel de cabine. Il salua les hôtesses de première et passa un petit moment avec Nancy et Joel dans le coin cuisine de la classe affaires. Lorsqu'il les rejoignit, ils parlaient de Susan Farrow, la célèbre actrice, qui était à bord – en première. Jennifer, la cheffe de cabine, le leur avait confirmé avant le décollage. Elle était revenue les voir tout à l'heure et leur avait dit que la star était particulièrement agréable et d'une modestie étonnante. Elle voyageait en compagnie d'un petit chien qu'elle avait enregistré auprès de la compagnie comme « animal d'assistance affective » de façon à pouvoir le garder avec elle en cabine. Connor prit part à la conversation pour leur raconter qu'il l'avait rencontrée sur un de ses vols et que, à l'époque, c'était une femme magnifique et d'une grâce infinie.

— Elle est encore très bien. Elle doit pourtant avoir au moins 70 ans, hasarda Joel. J'ai vu tous ses films.

Elle avait à son actif une carrière exceptionnelle couronnée de trois Oscars.

— Il me semble qu'elle a été mariée trois ou quatre fois et que son dernier mari est mort l'année dernière. Elle a aussi été l'épouse d'un célèbre réalisateur, avec lequel elle a tourné son dernier grand rôle. Il était très malade et il est mort peu de temps après. J'ai lu tout ça dans *People*, avoua-t-il, un peu gêné de raconter des potins.

Connor Gray, que ce bavardage avait un instant distrait de sa tristesse, s'assombrit de nouveau. Il alla aux toilettes puis retourna dans le cockpit en leur faisant un signe de tête au passage.

— Le pauvre, il a l'air complètement abattu. Il paraît qu'il vient d'être mis à la retraite, chuchota Nancy à Joel. J'avais une copine sur le vol à la suite duquel c'est arrivé. Je n'ai pas tous les détails, mais je crois qu'il a fait une crise cardiaque ou un truc du genre juste après l'atterrissage. Une attaque, peut-être. Ce n'était pas grave, à ce qu'il paraît, n'empêche que c'est fini pour lui. Il n'était qu'à un an ou deux de la retraite, cela dit. Mais bon, il ne peut plus voler. Ce doit être dur pour un type comme lui d'être forcé d'arrêter sa carrière du jour au lendemain, sans avoir le temps de s'y préparer. Cela étant, on ne peut pas se permettre d'avoir des pilotes dont l'état de santé pourrait mettre autant de vies en péril.

— Oui, la santé aussi bien physique que mentale, renchérit Joel bien qu'il fût lui aussi désolé pour le commandant Gray.

C'était d'ailleurs la raison pour laquelle le personnel navigant subissait chaque année des examens médicaux et psychologiques des plus rigoureux. Et personne ne rechignait jamais. Il était rassurant pour tous de savoir que la compagnie faisait le maximum pour éviter que des problèmes, voire des catastrophes, surviennent en vol.

— C'est quelqu'un de bien. Je n'ai entendu que des éloges à son sujet.

— En tout cas, moi, j'aime bien Helen Smith. Professionnellement, elle a plus que fait ses preuves. Et je ne sais même pas comment elle a résisté à ce qui est arrivé à son mari. À sa place, j'aurais pété les plombs. Franchement, comment a-t-elle réussi à se relever après avoir assisté à la décapitation de son mari à la télé ? Le perdre de cette manière, c'est déjà l'horreur. Mais le *voir*...

Rien qu'à l'idée, Nancy en avait les larmes aux yeux. Joel hocha la tête. Cela avait été horrible. Les États-Unis avaient d'ailleurs riposté par d'importantes représailles au sol.

— En plus, elle a sans doute des enfants. Malgré cette tragédie, elle a quand même l'air posée, calme, charmante.

— On ne sait jamais comment les gens vivent ce genre de choses. C'est quasi impossible à imaginer. Elle a sûrement été accompagnée pour arriver à s'en remettre.

— Tu crois qu'on peut s'en remettre ? objecta Nancy d'une voix triste. Je ne vois pas comment. Pourtant, elle n'a pas l'air en colère. Un peu sombre, peut-être. Ou introvertie.

— Comme beaucoup de pilotes, en fait. Ce ne sont pas tous de grands bavards. Enfin, à part les moulins à paroles qui papotent tout le vol et nous cassent les oreilles à la radio. Tiens, et notre délicieux copilote du jour… Ça me désole, mais on dirait que c'est un vrai connard. Je ne sais pas pour qui il se prend. C'est vrai qu'il est mignon, mais personne ne l'est assez pour se permettre une telle attitude. Il est raciste – et homophobe, je le sens. Je me suis fait tabasser par des mecs comme lui dans l'Utah quand j'étais gamin. C'est pour ça que je me suis installé à San Francisco dès la fin de mes études. Mes parents m'avaient obligé à aller à Brigham Young University, je me suis tiré deux semaines après mon diplôme. Ils n'étaient pas contents, mais je n'en pouvais plus. J'ai un frère qui est gay et qui vit toujours là-bas. Impossible pour lui de faire son coming-out : il dit à tout le monde qu'il a une petite copine. Sauf que la copine s'appelle Henry… J'ai de la peine pour lui à chaque fois que je l'entends mentir. Ce n'est pas une vie.

Sur un coup de tête, même s'ils ne se connaissaient pas bien, il décida de lui faire part de la grande nouvelle. Débordant de bonheur, il ne pouvait plus garder le secret.

— Mon copain et moi, on se marie vendredi !

Nancy le félicita.

— Moi aussi, il m'arrive un truc génial, ajouta-t-elle en souriant sans préciser de quoi il s'agissait. C'est notre jour de chance, on dirait.

— Le mien, ce sera vendredi, la corrigea Joel en riant. On est ensemble depuis deux ans. C'est le mec le plus adorable de la terre. On s'est rencontrés sur un vol de Miami – sur lequel je remplaçais une copine pour lui rendre service parce qu'elle voulait mon vol de Boston pour voir son chéri. Et moi, j'y ai trouvé un mari. J'ai gagné au change !

Tandis qu'ils bavardaient, Bobbie, l'une des hôtesses de la classe éco, les rejoignit. Quoique jeune et pleine d'énergie, elle avait l'air à bout.

— On a une chorale de quatorze ados qui courent partout, avec un chaperon qui nous rend dingues et qui les laisse faire n'importe quoi. Et je ne vous parle même pas du type dont le bébé hurle depuis le décollage – ni des toilettes qui viennent de nous lâcher. Vous, vous avez la belle vie. Je n'en peux plus de l'éco.

Sa description les fit rire. Eux aussi, ils étaient passés par là. Savoir où on allait tomber, c'était un peu la loterie, mais tous avouaient une nette préférence pour la classe affaires. En première, il y avait trop de gens capricieux qui se croyaient tout permis, qui exigeaient que l'on soit aux petits soins pour eux, et les repas étaient plus compliqués. Et la classe éco, c'était la jungle. En business, en revanche, on avait essentiellement affaire à des adultes en déplacement professionnel. Exceptionnellement, il pouvait y avoir des enfants comme les deux petits d'aujourd'hui qui s'étaient retrouvés surclassés – mais qui, pour l'instant, étaient de vrais anges.

Après avoir vidé son sac, Bobbie retourna en « classe enfer », comme elle disait. Nancy et Joel s'assirent et passèrent le temps en papotant et en feuilletant des magazines en attendant que quelqu'un les appelle. Joel revint sur le sujet de son mariage. Il lui tardait d'atterrir et de retrouver son futur mari avec qui il allait partir en voyage de noces à Tahiti. Quant à Nancy, elle brûlait d'impatience d'annoncer la grande nouvelle à son mari. À cinq heures de l'atterrissage à San Francisco, ils étaient tous les deux d'humeur radieuse. Pas la moindre turbulence, pas le moindre problème dans le ciel ni à bord ne menaçaient de troubler la fin du voyage.

Cela faisait maintenant une heure que le premier vol de San Francisco, l'A321, avait décollé, et quarante minutes pour le second, le 757. Bernice n'arrêtait pas de penser à la carte postale qu'elle avait toujours dans la poche. Et si c'était grave ? S'il y avait un danger ? Si elle ne faisait rien et qu'il arrivait quelque chose à l'un des deux appareils ? On voyait tant de choses complètement dingues dans l'aviation... Depuis le 11-Septembre, on ne pouvait plus écarter aucune hypothèse, même la plus extravagante. Il fallait qu'elle signale sa découverte à quelqu'un d'autre que sa supérieure qui l'avait envoyée promener. Tant pis si on lui reprochait un excès de zèle.

Elle se dirigea donc vers un bureau pour téléphoner. Elle savait qui appeler dans ce genre de situation. Se ferait-elle réprimander si elle se trompait ? Peu importait. Son instinct lui dictait de le faire, quoi qu'il en coûte. Elle composa donc le numéro de la direction de la sécurité de l'aéroport. En préambule, elle précisa qu'il ne s'agissait pas d'une alerte à la bombe ni d'un bagage abandonné, mais qu'elle avait trouvé dans un bac quelque chose qui la tracassait et dont elle aimerait faire évaluer le risque par un agent.

Peut-être la trouverait-on ridicule, mais elle aurait fait son maximum. Soit ce n'était rien du tout, et alors tant mieux, soit l'équipe chargée de la sécurité partagerait ses craintes et ce serait le branle-bas de combat. Elle attendit, tremblante. Elle n'avait fait part de sa décision à personne, pas même à Della.

Elle espérait sincèrement faire preuve d'un excès de prudence. Toutefois, il lui était arrivé en plusieurs occasions d'avoir du flair s'agissant de passagers transportant de la drogue. Et même une fois, à propos d'un étudiant qui voulait voir s'il parviendrait à faire passer les composants d'une bombe et qui avait écopé de trois ans de prison. Cela avait valu à Bernice une mention honorifique qui figurait désormais dans son dossier à la Sécurité intérieure. Là, cependant, c'était autre chose. Certes, il n'y avait peut-être pas de quoi fouetter un chat, mais elle ne voulait pas que son silence puisse faire courir le moindre risque. La vie de plusieurs dizaines de personnes était entre ses mains. Si elle se trompait, elle en assumerait les conséquences – et les moqueries de Denise auxquelles elle ne couperait pas.

Bernice n'avait jamais hésité à agir selon ses convictions ni à défendre ce qui lui semblait juste. D'ici combien de temps la sécurité allait-elle envoyer quelqu'un ? Elle attendait, le ventre noué, le cœur battant, les mains moites. Elle sentait des auréoles de sueur se dessiner sous ses bras. C'était interminable. Elle pressentait une catastrophe imminente. Pourvu qu'elle se trompe !

4

La secrétaire qui avait pris l'appel de Bernice avait tout écrit : il ne s'agissait pas d'une alerte à la bombe, mais un objet suspect avait tout de même été trouvé dans un bac du contrôle de sécurité. D'après elle, ce n'était pas une priorité absolue, mais, si un agent de la TSA appelait, il fallait aller vérifier. La secrétaire porta donc la note à Dave Lee. Celui-ci poussa un profond soupir en la voyant entrer dans son bureau et saisit le billet à contrecœur. Impossible de se dérober, mais la matinée avait été chargée.

Deux Indonésiens avaient tenté d'entrer sur le territoire avec beaucoup plus d'argent qu'autorisé. Dave avait aussitôt transmis l'affaire à la Sécurité intérieure. Puis une étudiante avait été surprise en train de vendre de la marijuana et de la cocaïne dans les toilettes par une voyageuse qui l'avait dénoncée. C'était du ressort de la police aéroportuaire, mais il avait dû rédiger un rapport. Enfin, un sac abandonné avait été découvert au Terminal 4 : Dave avait dû faire intervenir les démineurs. Ceux-ci avaient radiographié le bagage ; il contenait des échantillons pharmaceutiques et une boîte de préservatifs. Un représentant fatigué l'avait sans doute oublié. Il n'était donc pas nécessaire de faire exploser le sac qui avait simplement été déposé aux objets trouvés. Dave rêvait d'avoir le temps de lever le pied cinq minutes pour boire un café avant la prochaine alerte. Manifestement, ce n'était pas pour tout de suite. Il parvenait rarement à s'accorder une pause dans sa journée de travail, cherchant toujours à résoudre tous les problèmes au plus vite.

Il fallait se pencher sur tous les cas qui leur étaient rapportés, même ceux qui semblaient futiles, puis les transmettre le cas échéant aux autorités concernées. Né aux États-Unis de parents originaires de Chine, Dave avait un frère spécialiste du nucléaire et aurait voulu être lui-même ingénieur chimiste. Dix ans après un job d'été qui lui avait paru sympa et insolite, il était devenu responsable de la sécurité. Ses parents ne comprenaient toujours pas ce qu'il faisait à l'aéroport – et, parfois, lui non plus. Certains jours, il adorait son travail et se sentait utile à l'humanité ; d'autres fois, c'était beaucoup plus pénible et il avait la désagréable impression de vivre une mauvaise blague ou une émission de télé-réalité. Comme cette fois où on l'avait appelé au sujet d'un homme qui avait tenté de voyager avec un alligator apprivoisé dans une boîte de transport, en le faisant passer pour un chien. Un agent de bord l'avait repéré avant le décollage.

— Cette Bernice Adams, c'est une responsable ? s'enquit-il.

Cela ne changerait rien, il irait de toute façon. Cependant, l'appel avait plus de chances d'être sérieux s'il émanait d'un responsable. Et encore, ce n'était pas toujours le cas. En dix ans à JFK, il avait vu pratiquement tous les cas de figure. Il avait aidé une femme qui affirmait ignorer être enceinte de huit mois à accoucher de jumeaux parce que l'équipe médicale n'était pas arrivée à temps. La mère et les enfants se portaient bien et elle avait donné son prénom à l'un des deux ; n'empêche qu'il espérait ne jamais revivre cela.

— Elle dit que non, répondit la secrétaire.

Elles étaient trois à se relayer pour prendre les appels et porter les messages aux agents disponibles.

— De quoi s'agit-il ? demanda-t-il, intrigué.

— Un objet suspect qu'elle a trouvé dans un bac au contrôle de sécurité mais qui n'est pas une bombe.

— C'est déjà ça.

Il prit sa veste sur le dossier de sa chaise et sortit. Le trajet jusqu'au terminal en question était assez court. En arrivant, il demanda à un responsable de lui indiquer Bernice Adams. L'activité avait repris à plein ; de longues files de voyageurs s'étaient formées. Bernice était en pleine discussion avec un passager qui affirmait être accompagné d'un chien d'assistance mais n'avait pas les documents nécessaires pour le prouver. L'animal était énorme, avec des airs de pitbull, et il voulait le garder avec lui en cabine, sans cage.

Denise avait entendu Dave Lee demander à l'un de ses collègues qui était Bernice. Elle alla l'interroger.

— Qu'est-ce qu'il voulait ? Qu'est-ce que la sécurité fait ici ?

— Je ne sais pas. J'imagine que Bernice les a appelés, répondit vaguement son collègue. C'est peut-être au sujet de ce chien. Il a l'air capable d'arracher le bras de quelqu'un.

En effet, autour d'eux, les gens semblaient inquiets. Le chien s'était mis à grogner et montrait les crocs. Le propriétaire exigeait de le garder avec lui. Pas question de le mettre en soute dans une caisse de transport ; tous les arguments y passaient. Bernice ne fut pas mécontente d'être débarrassée du problème par l'arrivée de Dave Lee.

— Merci, chuchota-t-elle tandis qu'ils s'éloignaient et qu'un responsable la remplaçait.

— Vous avez l'air de bien vous amuser, fit-il avec tant de décontraction qu'elle se permit de rire.

— Oui. La semaine dernière, je me suis fait mordre par un chihuahua qu'une dame m'avait demandé de lui tenir. Je n'imaginais même pas qu'il avait des dents.

Il sourit. À peine étaient-ils entrés dans un bureau vide qu'il alla droit au but.

— De quoi s'agit-il ? Qu'avez-vous trouvé dans ce bac ?

Dave lui trouva un air vif et intelligent, même si elle semblait hésitante.

— En avez-vous parlé à votre supérieur ?

Elle fit oui de la tête.

— Et alors ?

— Elle croit que je me fais des idées. Elle a peut-être raison, mais j'ai une drôle d'intuition qui ne me quitte pas depuis que j'ai ramassé cette carte ce matin.

Elle la sortit de sa poche pour la lui donner.

— Une carte postale ? C'est tout ?

Elle avait pourtant l'air futée, pas du genre à se monter le bourrichon pour si peu. À moins qu'un message de menace soit inscrit au dos... Il la retourna et lut.

— Je ne sais pas, bredouilla-t-elle, contrite. Je sens une certaine agressivité dans cette phrase. Surtout ce *jamais* souligné rageusement. Et puis la photo du pont. Si c'était un bouquet, des cœurs ou quelque chose de neutre, ce ne serait pas pareil. Mais le pont et ce message... je trouve ça bizarre.

Il y réfléchit longuement en fixant la carte comme si un élément nouveau allait apparaître. Puis il regarda de nouveau Bernice.

— Je vois ce que vous voulez dire. Au premier abord, cela me semblerait plutôt romantique, voire érotique. Mais je comprends pourquoi vous voyez une menace dans l'association de la photo et du message. Quel est votre sentiment, au juste ?

Il attendit la réponse en scrutant Bernice, les yeux plissés, comme pour déchiffrer sa réaction. Être capable ainsi d'évaluer les êtres sans se tromper était une part très importante de son métier et il y excellait.

— Je ne sais pas pourquoi, avoua-t-elle franchement, mais j'ai l'impression que quelque chose cloche. J'ai failli jeter la carte plusieurs fois, mais je n'ai pas pu m'y résoudre.

Il devait la prendre pour une folle, mais c'était la vérité.

— Depuis combien de temps travaillez-vous ici ?

— Cinq ans. J'ai déjà arrêté quelques trafiquants qui essayaient de passer de la drogue. Mais je n'ai jamais eu ce genre d'intuition à propos d'objets trouvés dans un bac. Et on récupère toutes sortes de choses : des bijoux, de l'argent, des téléphones… même un pistolet, une fois. Ce n'est qu'une carte postale, je sais bien, et je me trompe sans doute, mais elle m'a fait peur. Et si quelqu'un visait le pont ?

Il hocha la tête. Il avait la même crainte, même si cela semblait peu probable. Mais qui aurait pu imaginer le 11-Septembre ? Depuis, tous les services de sécurité restaient sur le qui-vive. On ne savait pas ce qui pouvait arriver.

— À quelle heure l'avez-vous trouvée ?

— Nous avions deux vols pour San Francisco à 8 heures ce matin. C'est à peu près à ce moment-là. Juste avant le décollage. On a remplacé l'A380 annulé par deux avions pour prendre en charge tous les passagers.

Il hocha la tête, pensif. Il y avait donc au moins deux vols à contrôler s'il décidait de donner suite. Autrement dit, deux fois plus de complications et deux fois plus de travail pour tenter de découvrir s'il y avait un danger, et lequel. Il pouvait tout aussi bien s'agir d'une fausse alerte et d'un message sans conséquence. Il se remit à fixer la carte. Comment savoir si le danger était réel ? Évidemment, le lien entre le Golden Gate Bridge et les deux vols de San Francisco était vite fait…

— Vous voulez savoir ce que j'en pense ? demanda-t-il à Bernice Adams comme s'ils collaboraient sur cette affaire. Je me dis que ce n'est sans doute rien du tout. Ou peut-être un mec qui a demandé une fille en mariage sur le pont ; elle a dit non et il lui fait comprendre qu'elle le regrettera. Ou même quelqu'un qui n'a jamais mis les pieds à San Francisco et qui a pris le vol à destination de Saint-Louis ce matin. Impossible à dire. Dans l'ensemble, les infos que nous recevons sont totalement aléatoires. Il faudrait être devin pour connaître le fond des choses. En attendant, ce sont presque toujours des affaires sans suite. Il y a donc 99,9 % de chances que nous ayons affaire à une carte postale tout ce qu'il y a de plus banale. Ce qui parle à votre instinct, c'est le risque infinitésimal qu'il s'agisse d'une menace réelle. Et c'est ce sur quoi je m'appuie dans mon travail. Nous sommes sans doute tous les deux à côté de la plaque, mais mon rôle est précisément de ne pas ignorer ce genre d'avertissement. Je n'ai aucune envie de prendre la responsabilité de décider que ce n'est rien et de découvrir que je me suis trompé lorsque le pont sautera. Il est quasi certain que cela n'arrivera pas. Sauf que, dans le cas contraire, je saurai au fond de moi que nous aurions pu l'éviter. Je vais donc appeler le bureau principal de la Sécurité intérieure et leur refiler le bébé. S'ils estiment qu'il n'y a pas de quoi réagir, eh bien nous laisserons tomber. Mais je ne peux pas prendre cette décision sans me référer à eux. Disons que je ne veux pas.

Bernice l'écouta avec attention. Elle en venait à se demander si elle n'avait pas déclenché une tempête dans un verre d'eau. C'est alors que Denise entra.

— Qu'est-ce que tu fais encore comme histoires ? lança-t-elle à Bernice avec un regard furibond.

Dave les observait, intrigué par ce qui se jouait. De toute évidence, la responsable n'aimait pas l'agent qui l'avait fait appeler. Sa colère et son mépris pour elle étaient palpables. Mais pourquoi ? Était-ce simplement parce qu'elle était plus jeune et plus jolie qu'elle ? Bernice lui semblait pourtant intelligente et efficace. Serait-ce là le problème ? En tout cas, il estimait qu'elle n'avait pas eu tort de le faire venir. Elle avait parfaitement bien agi en suivant son instinct.

— Êtes-vous la supérieure de Mme Adams ? lui demanda-t-il gravement.

— Oui, concéda-t-elle sans enthousiasme. Qu'est-ce qui se passe ?

— Je me présente : Dave Lee, sécurité de l'aéroport. Je viens au sujet de la carte postale qu'elle a trouvée. Elle vous en a parlé, je crois ?

Denise s'affola. Cela allait lui retomber dessus, elle le sentait. L'affaire commençait à prendre un tour officiel. Quelle idiote, cette Bernice, de les avoir appelés ! Elle aurait dû lui demander son accord avant. Elle ne l'aurait pas laissée faire, et elle le savait bien.

— Je partage ses craintes, reprit Dave. Tout en étant pratiquement certain, comme elle, que ce n'est rien, je ne parierais pas ma vie – ni celle de quiconque – là-dessus. Je vais donc transférer le dossier au bureau principal de la Sécurité intérieure. À eux de se débrouiller. S'ils ne veulent pas donner suite, ce sera leur problème.

Il décrocha le téléphone du bureau et composa le numéro. Il décrivit la situation, écouta la réponse et raccrocha. La conversation n'avait duré que quelques instants.

— Ils envoient quelqu'un d'ici vingt minutes. Je vais me chercher un café. Je serai de retour avant leur arrivée.

Sur quoi il sortit.

Denise ne décolérait pas. Elle attendit qu'il soit suffisamment loin pour ne plus l'entendre avant de s'en prendre à Bernice.

— Tu te rends compte des problèmes qui vont te tomber dessus si tu as déclenché tout ce cirque pour rien ?

— Oui, répondit humblement la jeune femme.

Elle y avait songé, bien sûr, et cela ne l'avait pas empêchée d'appeler.

— Tu auras de la chance si tu ne perds pas ta place, insista Denise avec rage.

Elle-même était en mauvaise posture pour n'avoir pas donné suite aux inquiétudes de Bernice. Si cette dernière avait vu juste, c'était Denise qui se retrouverait sur la sellette.

— J'en suis bien consciente, mais je n'ai pas pu faire comme si de rien n'était. Bien que je n'aie aucune certitude, si cela se confirmait, ce serait trop grave.

— Eh bien, tu peux prier pour ne pas te tromper, ma petite. Sinon, tu vas être dans la merde jusqu'au cou.

Il ne lui restait que deux mois de cours par correspondance, se répétait Bernice. Ensuite, elle pourrait au moins postuler à un emploi d'auxiliaire juridique.

Denise sortit, Bernice sur les talons. Maintenant, l'affaire était entre les mains de la Sécurité intérieure qui allait devoir prendre la décision de poursuivre ou non. Bernice n'avait pas ce pouvoir à la TSA et Dave Lee, malgré toute son expérience, ne s'en sentait pas capable non plus, ce qui était un peu réconfortant.

Dès qu'elle eut franchi la porte, Della vint à sa rencontre.

— Qu'est-ce qui se passe ? chuchota-t-elle. Il paraît qu'un responsable de la sécurité de l'aéroport est venu te voir ? Que même la Sécurité intérieure arrive ? Denise a l'air furax, en tout cas.

— Je sais. J'ai trouvé un truc dans un bac ce matin. Mais bon, c'est sûrement sans importance.

Inutile de trop en révéler pour le moment.

— Pourquoi tu ne m'en as pas parlé ? D'habitude, on se dit tout...

— Je me suis dit que j'étais parano. Quand je suis allée voir Denise, elle m'a envoyée balader. Je pense que c'est pour ça qu'elle est énervée maintenant. Comme ça continuait à me turlupiner, j'ai appelé la sécurité de l'aéroport sans lui en parler et le responsable a décidé de faire venir les mecs de la Sécurité intérieure pour trancher. Ils vont sûrement me prendre pour une folle et me faire virer. En tout cas, c'est le point de vue de Denise.

— Laisse tomber. S'ils ont appelé la Sécurité intérieure, c'est que tu as bien fait de les alerter. C'est une menace ?

— Peut-être.

Bernice préférait rester vague tant que les hauts responsables n'avaient pas pris de décision.

— Tiens-moi au courant.

Della retourna à son poste pour faire passer les voyageurs au scanner corporel.

Bernice, elle, était en pause. Elle resta dans les parages à attendre l'arrivée de la Sécurité intérieure. Finalement, elle préférerait avoir donné l'alerte pour rien. Même si cela devait lui coûter son job, cela vaudrait mieux qu'un incident qui ferait des victimes. De toute façon, elle n'en pouvait plus de ce boulot et du harcèlement de Denise. Il lui tardait d'avoir son diplôme pour aller voir ailleurs. Ces cinq années à la TSA lui avaient rendu grand service en lui donnant à la fois de quoi vivre et élever son fils et le temps libre nécessaire à ses études. Mais vivement qu'elle soit débarrassée de Denise et des petits chefs de son espèce ! Cette perspective lui redonna du courage pour affronter la suite des événements.

Ben Waterman en était à sa troisième tasse de café et commençait à avoir les nerfs à vif. De toute façon, ces temps-ci, il était toujours à cran. Il avait repris le travail ce matin après un mois d'arrêt, à la suite d'une prise d'otages qui avait mal tourné. L'affaire, qui s'était déroulée dans un entrepôt de l'aéroport, avait fait grand bruit. Une unité d'intervention du SWAT avait donné l'assaut pour libérer des otages retenus depuis vingt-quatre heures. Forcer l'entrée de l'entrepôt avait été décidé par le commandant de l'unité du SWAT, en collaboration avec la police et la direction de la Sécurité intérieure, et Ben, qui avait également eu son mot à dire, s'était rangé de leur côté. La panique commençait à gagner les preneurs d'otages, il le sentait. Certain que des innocents allaient être tués, il s'était battu pour une intervention rapide. Hélas, les ravisseurs avaient tué tous leurs otages, y compris un enfant, lors de la fusillade finale, puis s'étaient suicidés avant d'être pris. Personne ne reprochait ce drame à Ben. La situation était de toute façon inextricable, tous les éléments dont ils disposaient maintenant le confirmaient. Les auteurs de ce massacre n'avaient qu'un but : attirer l'attention du monde entier sur leur cause extrémiste. D'après ses supérieurs, les otages étaient sans doute condamnés depuis le début. C'était malgré tout une maigre consolation face à ces seize morts.

Un mois de thérapie et de débriefings intensifs n'y avaient rien changé : Ben s'en voulait encore d'avoir pris part à cette décision malheureuse et se le reprocherait sans doute toujours. Comment trouver la paix quand on avait le sang de seize personnes sur les mains ? Comment se persuader qu'il n'y avait pas de bonne décision ? S'il y en avait eu une et qu'elle lui avait échappé ? Il avait fait partie des premiers sur place après la fusillade et avait découvert un véritable carnage. Certaines victimes respiraient encore et il avait fait tout son possible pour les maintenir en vie, en vain. Il avait pratiquement fallu l'arracher de force à la scène de crime tant il s'acharnait.

On lui avait proposé de s'arrêter trois mois – plus, même, s'il en éprouvait le besoin – mais il était revenu après trente jours seulement. Rester enfermé chez lui était pire que tout. Il ne faisait que ressasser la scène épouvantable dont il avait été témoin à l'issue de l'assaut, et à la vue de laquelle il avait éclaté en sanglots. Aujourd'hui, il avait donc repris son poste, encore ébranlé, certes, mais pressé de se remettre au travail.

Il était assis à son bureau depuis une heure et demie exactement lorsque Dave Lee l'avait appelé au sujet d'un possible « problème » au Terminal 2. Il n'avait vraiment pas besoin de cela. Il était revenu pour s'occuper des questions douanières de routine : non-déclaration de grosses sommes d'argent ou de bijoux, voire trafic de drogue. Par pitié, qu'il n'ait pas à prendre de décision importante ! Et voilà que Dave Lee lui annonçait qu'il allait devoir se prononcer au sujet d'un possible « problème ». Il lui aurait bien raccroché au nez. Dave avait ensuite précisé qu'il ne fallait pas traîner car cela pouvait concerner deux avions actuellement en vol, à destination de San Francisco. Il n'y avait donc pas de temps à perdre, et, pourtant, Ben restait rivé sur place à se demander comment faire pour se décharger de l'affaire.

Il avait 45 ans et, jusqu'à ce récent drame, une carrière irréprochable derrière lui. Ses supérieurs étaient convaincus qu'il allait reprendre du poil de la bête, même s'il en doutait lui-même sérieusement. Il lui semblait être condamné à se réveiller chaque jour avec la vision de la scène de l'entrepôt. Elle l'obsédait au coucher comme au lever. Il avait tenté d'en parler au psy qui lui avait dit que ça s'apaiserait peu à peu, mais Ben avait peine à le croire. Elle restait gravée dans son esprit aussi nettement qu'au premier jour. Et il y pensait encore quand Phil Carson, son chef, entra dans son bureau.

— Je viens de recevoir un coup de fil du directeur de la sécurité. Il me dit qu'on t'a appelé pour évaluer une situation délicate. Ça va aller ?

Ben aurait voulu lui répondre que non, ça n'allait pas aller du tout. Mais puisqu'il était revenu travailler, il se sentait obligé d'assumer. On disait bien qu'il fallait remonter en selle rapidement après une chute, même s'il n'y croyait pas trop. La Sécurité intérieure, ce n'était pas pour les âmes sensibles. Il n'y avait pas de place pour un agent incapable de se remettre de la vue de seize morts gisant sur le sol d'un entrepôt à l'issue d'une mauvaise décision. C'était les risques du métier, il fallait les accepter s'il voulait garder son job. Cela commençait toujours ainsi : un problème, une situation délicate, et des décisions à prendre qui mettaient des vies en jeu.

— Oui, oui, répondit-il en se levant lentement

avant d'ajouter, en toute honnêteté : Enfin, si on a quelqu'un d'autre à envoyer, je ne suis pas contre. Qui est là, ce matin ?

— Personne. Harkess s'est cassé la cheville la semaine dernière et Thompson et O'Dougherty ont la grippe. Quant à Jimenez, il est reparti en voyage de noces. Il va falloir qu'il arrête : cela lui revient cher en pensions alimentaires et ça nous coûte beaucoup de congés. Bref, il n'y a que toi, conclut son chef d'un air ennuyé.

Il savait que Ben n'était pas remis du choc qu'il avait subi et qu'il avait repris du service trop tôt.

— Ça n'a pas l'air trop grave, le rassura-t-il. Si jamais ils ont des doutes sur un passager, vérifie le manifeste de cargaison et assure-toi que personne à bord ne figure sur le registre des interdictions. Surtout, n'hésite pas à m'appeler s'il y a le moindre souci.

Ben était l'un de ses meilleurs éléments. Il ne voulait pas le perdre ni l'achever en le surchargeant dès son jour de reprise. Au moment où Ben allait partir, une idée vint à Phil.

— Tu n'as qu'à emmener Amanda. Si ce n'est pas trop risqué, tu pourras la laisser gérer. Ça lui fera du bien.

Ben soupira profondément. Amanda Allbright était l'une des dernières recrues de l'équipe. Âgée de 31 ans, elle était titulaire d'un double master de psychologie et de criminologie – d'aussi peu de valeur l'un que l'autre, selon Ben. Elle avait une théorie sur tout, mais qui ne correspondait jamais à la réalité. C'était un véritable moulin à paroles. Et par-dessus tout, c'était l'archétype de ces agents de la Sécurité intérieure d'un nouveau genre dont la philosophie allait à l'encontre de toutes les convictions de Ben. C'était tout juste s'il arrivait à lui dire bonjour sans sentir la moutarde lui monter au nez.

— Tu veux ma perte, j'en ai la preuve, fit-il d'un ton malheureux. Je suis vraiment obligé ?

On aurait dit un enfant qui n'avait pas envie de prendre son médicament ou d'emmener son petit frère jouer au ballon.

— Allez, ça te donnera de quoi te marrer. Mais essaie de la ramener en un morceau et de ne pas la tuer. Je n'ai pas envie de t'apporter des oranges.

Amanda se prenait pour une féministe engagée, mais Ben la voyait plutôt comme une casse-pieds de première, et ses théories bidon l'exaspéraient.

— Je ne te garantis rien. J'ai été autorisé à reprendre le boulot, mais de là à travailler avec elle... Je crois qu'il me faudrait une année complète de thérapie.

— Ne l'écoute pas, c'est tout. Parle-lui de base-ball, de sport, de ce que tu veux...

— Si elle débite encore ses références de Stanford et Columbia, je vais l'étrangler.

— Sois sympa. Branche-la sur les Yankees.

Il partit à sa recherche avec un sourire dépité. Alors qu'il adorait les femmes, rien, chez elle, ne lui plaisait. Marié et divorcé par deux fois, il n'avait jamais eu d'enfants. Ses deux ex-épouses et lui s'accordaient sur un point : sa passion pour son métier et le temps qu'il y consacrait n'étaient pas compatibles avec la vie de famille.

Lorsqu'il faisait une rencontre, ce qui était rare, c'était toujours une femme de son âge. Il n'aimait ni les écervelées ni les je-sais-tout, le fonds de commerce d'Amanda en somme. La moindre conversation avec elle l'agaçait. Elle avait beau être jeune et sexy, avec des jupes archi-courtes, elle n'avait rien pour l'attirer – et surtout pas ses spéculations sans fin sur le crime et les criminels. Ce qu'elle racontait n'était étayé par aucune expérience, elle avait tout appris dans les livres. C'était la raison pour laquelle Ben, comme presque tous ses collègues d'ailleurs, estimait qu'elle disait n'importe quoi et ne l'appréciait pas. Et la réciproque était vraie. Elle tenait tous ses collègues pour de vieux croûtons râleurs tout juste bons à raconter des blagues salaces, et les menaçait régulièrement de les dénoncer pour harcèlement sexuel et conduite sexiste. Elle n'avait peut-être pas tort, concédait Ben, mais cela ne la rendait pas plus aimable à ses yeux et, de toute façon, les gars n'allaient pas changer. Elle ne donnait que des coups d'épée dans l'eau.

Il la trouva à son bureau, en train de remplir un rapport. La veille, elle s'était occupée d'une saisie de drogue. Lorsqu'il entra, elle leva la tête sans un sourire. Même si elle ne se réjouissait pas de ce qui lui était arrivé, comment pouvait-elle lui exprimer de la sympathie vu le climat d'hostilité ouverte qui régnait entre eux ?

— Ça va ? lui demanda-t-elle tout de même. Contente de te revoir.

— Merci. J'ai des sueurs froides. Phil veut que tu viennes avec moi au Terminal 2, répondit-il pour la provoquer.

— Et pas toi.

— Ce n'est pas ce que j'ai dit.

En effet, ce n'était pas la peine, mais ni l'un ni l'autre n'était dupe.

— Qu'est-ce qui se passe, au T2 ? s'enquit Amanda en se levant.

Elle allait l'accompagner, mais pas sans faire d'histoires, pressentait-il. Elle voulait toujours tous les détails de tout, à l'excès, selon lui. En général, personne ne comprenait le rapport entre ses questions et le sujet. Pour l'instant, il fallait reconnaître qu'elle n'en faisait pas encore trop.

— Je ne sais pas. Apparemment, ce n'est pas une menace directe. Il y a une décision à prendre. On verra sur place.

Elle lui emboîta le pas. Une fois de plus, avait-il pensé quand elle s'était levée, elle portait une jupe beaucoup trop courte à son goût. Elle avait de jolies jambes, d'accord, mais son caractère gâchait tout. Qu'importait son physique quand elle symbolisait tout ce qu'il détestait ? Chemin faisant, il décida tout de même de suivre le conseil de Phil.

— Tu aimes le base-ball ?

Elle le regarda comme s'il avait perdu la tête.

— Non, pourquoi ?

— Les Yankees ont la gagne, remarqua-t-il en se mordant les joues pour ne pas rire. Je me suis dit que ça pouvait t'intéresser.

— Tu veux m'inviter à un match ?

Elle en resta bouche bée. Pour qu'il veuille sortir avec elle, il avait forcément dû subir des électrochocs pendant sa thérapie.

— Holà, non ! Je me demandais juste si tu t'intéressais au sport.

— Je n'aime pas le base-ball, non. Ça m'ennuie. En revanche, j'ai joué au volley à la fac et on a gagné le championnat deux années de suite. Je fais aussi du badminton et du tennis, et je vais à la salle de sport pour garder la forme. Et toi ?

— Je soulève de la fonte dans mon salon, maintenant que ma femme est partie. Je suis ceinture noire de karaté, mais j'ai arrêté depuis la dernière fois que je me suis cassé l'épaule. Pendant mes études, j'ai aussi beaucoup pratiqué le bière-pong, conclut-il en se rengorgeant.

— Moi aussi. J'étais imbattable d'ailleurs, déclara-t-elle, toujours prête à rivaliser avec ses collègues masculins.

— Ça ne m'étonne pas…

Cette conversation ridicule leur avait permis d'arriver au Terminal 2 sans se disputer : une première. Dave Lee les attendait. Ben lui présenta Amanda sans enthousiasme, puis ils se laissèrent guider jusqu'au bureau du responsable de la zone TSA où Bernice les attendait. Contrairement à elle et Dave, Ben et Amanda étaient en civil comme tous les agents de grade supérieur de la Sécurité intérieure qui le souhaitaient.

Dave leur montra la carte postale que Ben examina longuement avant de demander :

— Et donc, quelle est la question ?

— La question est : de quoi s'agit-il ? Un gros que dalle ? Un truc entre deux amants ? Moi, j'y sens plutôt de la colère, voire une tentative d'intimidation... Ou alors carrément une menace contre le Golden Gate Bridge ?

Ben émit un sifflement et étudia de nouveau la carte en plissant les yeux.

— C'est quand même peu probable, non ?

— Sans doute. Mais qui sait, par les temps qui courent ? On a tous vu pire, avec des indices encore plus minces.

Et souvent sans sommation. Mais là, s'agissait-il vraiment d'un avertissement, d'un indice ? Quel sens donner à cette carte ? C'était toute la question.

— Qu'est-ce que tu as en vol actuellement ? s'enquit Ben.

— Des avions à destination de tout le pays, et notamment deux pour San Francisco qui ont décollé il y a une heure et demie, à un quart d'heure d'écart. Un A 321 et un 757.

— Tu as contrôlé le manifeste de cargaison et la liste des passagers de chacun des deux ?

— J'imagine que quelqu'un a dû vérifier qu'il n'y avait aucun voyageur interdit à bord, oui, répondit Dave calmement. On ne m'a appelé qu'après le décollage.

La liste des passagers interdits était établie par la Sécurité intérieure et la CIA. Elle contenait des informations hautement sensibles fournies par les agences gouvernementales internationales. Y figuraient les personnes coupables, ou soupçonnées, d'activités terroristes ou jugées indésirables aux États-Unis. Elle visait à éviter que des individus subversifs et dangereux entrent dans le pays ou circulent à bord des avions. Tout le monde avait en mémoire ce vol Air France qui avait embarqué deux passagers figurant sur la liste sensible. À l'arrivée, l'avion était resté scellé – autrement dit, aucun voyageur n'avait pu débarquer – et avait été renvoyé à Paris.

— Relisons les manifestes pour voir qui il y a dans ces deux appareils.

— Il nous faut un profil psychologique pour tout le monde – les passagers comme les membres d'équipage, intervint Amanda.

Ben se retint d'exploser.

— Ce serait une super idée s'il s'agissait d'un paquebot de croisière dans les Caraïbes. Là, nous avons quatre heures et demie grand maximum. Ça nous laisse le temps d'obtenir le profil des membres d'équipage et d'un certain nombre de passagers clés, mais certainement pas de toutes les personnes qui se trouvent à bord des deux vols.

Puis il se tourna vers Dave.

— Commençons par les équipages. Il faut être certains qu'on n'a pas un dingue là-haut qui serait passé entre les mailles du filet. On peut aussi s'assurer à nouveau qu'on n'a pas de passager interdit et effectuer des vérifications pour ceux qui sont douteux. Je vais confier ce travail à mon bureau. Nous devrions pouvoir boucler ça assez vite.

En effet, les premiers retours ne se firent pas attendre bien longtemps. Bernice observait et écoutait tout très attentivement mais se taisait. Amanda lui avait posé quelques questions sur son ancienneté à la TSA et son niveau hiérarchique ; elle n'avait rien de plus à ajouter. Lorsque Dave reçut le manifeste par courriel sur son téléphone, il le partagea avec Ben et Amanda. Celle-ci, impressionnée, ne put retenir un commentaire en découvrant que Susan Farrow faisait partie des voyageurs.

— Mouais, ce n'est pas elle notre problème, rétorqua Ben.

Aucun nom particulier ne ressortait de la liste des passagers du second vol. Sur le premier, en revanche, il releva un nom à consonance orientale qui retint son attention sans l'inquiéter outre mesure.

— J'imagine que quelqu'un a vérifié qu'ils

n'étaient pas sur la liste des passagers interdits, dit-il à Dave.

— Absolument. On vérifie tout le monde. Évidemment, un loupé est toujours possible, mais j'en doute fort.

— De notre côté aussi, les vérifications ont certainement été faites, confirma Ben. Je recontrôle. On aura la réponse dans quelques instants.

Dave hocha la tête d'un air grave.

— Je suppose qu'on a des agents de sécurité armés à bord des deux appareils, de toute façon, remarqua Ben, songeur, avant d'appeler Phil pour s'en assurer.

Le bref silence au bout du fil quand il posa la question à Phil l'étonna. Puis son chef soupira.

— On a eu un petit problème en ton absence. Apparemment, quelqu'un a ordonné des coupes budgétaires sans nous prévenir. Du coup, certains vols ont décollé sans *air marshal*, mais les pilotes ne sont pas au courant. On est tous furieux de cette situation, mais le fait est que, depuis un mois, nous ne sommes pas à 100 %. Je vérifie ce qu'il en est pour ces deux avions. Comme le vol a été divisé en deux appareils à la dernière minute, il est fort possible qu'on ait un seul *air marshal*. J'espère que non, mais je ne peux pas l'affirmer. Je te rappelle.

Cinq minutes plus tard, le téléphone sonna. Phil avait une mauvaise nouvelle.

— Il y a bien un *marshal* à bord du second

avion, mais pas sur l'A321. Et le commandant de bord n'a pas été prévenu.

— Bon sang, ils sont cinglés ou quoi ?

Ben était fou de rage. Surtout compte tenu de la situation.

— C'est un fait : il n'y a pas d'agent de sécurité sur ce vol. Nous avons également passé les deux noms à consonance arabe à la moulinette : ils ne figurent pas sur la liste des passagers interdits et on n'a aucune information sur eux. Autrement dit, soit ce sont de parfaits innocents, soit nous sommes dans la merde.

— Eh bien, grouillez-vous de le savoir, nom d'un chien.

Phil était habitué au style de Ben ; c'était l'un de ses agents les plus efficaces, alors tant pis s'il lui arrivait de s'énerver. Surtout après ce qu'il venait de traverser.

— Tu crois vraiment qu'il peut y avoir un problème ?

— Je ne sais pas encore. Il me faut d'autres éléments. À commencer par le profil des membres de l'équipage des deux avions. Et tout ce qu'on peut trouver sur ces deux passagers d'origine arabe, au cas où.

Et dire qu'il n'y avait même pas d'*air marshal* sur ce vol !

Hormis ces noms, seul celui de la grande actrice Susan Farrow avait retenu leur attention, or ce n'était pas une terroriste. Phil allait appeler un contact à la CIA pour se renseigner sur ces deux passagers. Ben s'appuya au dossier de son siège et regarda la petite équipe réunie dans le bureau.

— En gros, dit-il sans chercher à cacher son mécontentement, tout ce que nous pouvons faire, c'est nous couvrir. Nous n'avons pas le moindre élément. Deux avions pleins de gens ordinaires, deux voyageurs arabes qui ne figurent pas sur la liste des passagers interdits et qui sont inoffensifs... ou pas. Et pas d'agent de sécurité sur un des deux vols. Si nous lâchons l'affaire et qu'un cinglé crashe l'avion sur le Golden Gate Bridge, on aura la mort de cent onze personnes sur la conscience, sans compter celle des gens qui se trouvaient sur le pont. Et je ne vous parle pas du tapage médiatique, surtout avec une star de cinéma à bord, comme si on avait besoin de ça. Ma raison me dit qu'il n'y a rien de grave, mais mon instinct me titille et je ne sais pas pourquoi. Au cas où, j'aimerais parler au commandant de bord de l'A321 sur lequel se trouve le couple arabe. Je préfère l'avertir qu'elle a peut-être un problème sur les bras et qu'il n'y a pas d'agent de sécurité armé dans son avion. Elle va m'adorer.

Sur ces mots, Ben rappela Phil pour savoir s'il y avait des téléphones satellites dans le cockpit de l'A321. C'était le cas, ce qui permettait une conversation privée avec le pilote, sans que personne entende. Son chef annonça qu'il allait se procurer le numéro auprès de la compagnie et le lui transmettre rapidement.

Aussitôt fait, Ben appela Helen et se présenta. Elle parut étonnée de l'entendre et assura que tout allait bien à bord.

— Presque, corrigea-t-il. Votre *air marshal* est dans l'autre avion. Vous, vous n'en avez pas.

Elle marqua un petit silence et décida de ne pas faire part de cette information aux autres. Il avait bien fait d'utiliser le téléphone satellite plutôt que la radio. Ainsi, elle seule était au courant qu'ils n'étaient pas protégés.

— Roger. Bien reçu, fit-elle d'une voix égale sans rien ajouter.

— Un agent de la TSA a trouvé une carte postale qui ne nous dit rien qui vaille. Pour être exact, ce n'est peut-être rien. En tout cas, il n'y a pas de menace directe. Simplement un message très suspect en lien avec San Francisco. Nous continuons à enquêter. D'autre part, vous avez à bord deux passagers d'origine arabe sur l'identité desquels la CIA est en train de se renseigner à notre demande. Ils ne figurent pas sur la liste des passagers interdits donc il n'y a sans doute aucune raison de s'inquiéter. Et pendant qu'on y est, on va vérifier qu'il n'y a pas d'autre cas suspect. Je vous tiens au courant. Je voulais surtout vous avertir de l'absence d'*air marshal*, sans doute à cause de la répartition du vol initial sur deux avions.

Cela n'aurait pas dû arriver, ils le savaient tous. Mais il était trop tard pour y remédier.

— Merci de m'avoir prévenue, répondit Helen, toujours impassible.

Ben promit de la rappeler et raccrocha. Elle se tourna alors vers Jason.

— Nous avons deux passagers en business qui pourraient poser problème. Ils font les vérifications nécessaires et ils nous rappellent dès qu'ils en sauront plus.

— Quel genre de problème ? demanda Jason, sur le qui-vive.

Et d'abord, pourquoi donc l'avaient-ils appelée sur le téléphone satellite ? Ils devaient avoir une dent contre lui, c'était sûr. Il avait eu quelques prises de bec avec la compagnie qui avaient considérablement ralenti son avancement. Cela étant, Helen n'en avait pas parlé et ne semblait pas au courant.

— Il semblerait que les deux passagers en question aient un nom à consonance arabe. Mais comme ils ne figurent sur aucune liste, c'est sûrement une fausse alerte. C'est tout ce que je sais pour le moment. Vous voulez bien aller faire un tour en cabine et avertir l'équipage *discrètement* ? Histoire que l'hôtesse et le steward les surveillent du coin de l'œil et nous préviennent s'ils remarquent quelque chose d'anormal – les concernant, eux, ou n'importe qui.

— Et dans ce cas, qu'est-ce qu'on fera ?

En effet, ce serait un gros problème, surtout sans agent de sécurité à bord. Mais Jason n'était pas au courant de ce dernier point.

— On avisera, dit-elle sans manifester la moindre inquiétude.

Jason quitta le cockpit quelques instants plus tard pour s'acquitter de sa mission. Alors, Connor se tourna vers Helen.

— Y a-t-il un plus gros problème encore ?

Elle hésita, fit non de la tête. Il ne faisait pas partie de l'équipage, elle n'avait pas à lui communiquer les détails.

— Si vous souhaitez que je fasse quelque chose, n'hésitez pas.

— Je n'y manquerai pas, promit-elle avec un sourire rassurant. Ne vous inquiétez pas, profitez plutôt du vol.

Jason revint et la porte se reverrouilla automatiquement derrière lui. Ben avait suggéré à Helen de ne plus laisser entrer personne d'autre que les pilotes dans le cockpit tant qu'ils n'en savaient pas davantage. Il avait raison.

— Messieurs, annonça-t-elle, nous allons nous passer de déjeuner en attendant les résultats de l'enquête sur nos passagers.

Il ne fallait prendre aucun risque. Néanmoins, alors que le silence était revenu dans le cockpit, elle demeurait calme et détachée. Du reste, Ben n'avait pas évoqué de menace directe contre l'avion. Il avait simplement mentionné San Francisco. Sauf que, dans le monde actuel, tout pouvait arriver, et elle était bien placée pour le savoir. Et pas forcément pour des raisons politiques. Il suffisait d'une personne dangereuse déterminée à abattre un avion. Pour le moment, il n'y avait rien d'autre à faire qu'attendre l'appel de Ben avec des nouvelles de la CIA.

5

Il fallut moins de trois minutes au service des ressources humaines de la compagnie pour leur transmettre le profil de chaque membre des deux équipages. À mesure que Ben les lisait, à l'affût du moindre signe de danger, il les classait en deux piles – une pour chaque vol – qu'Amanda épluchа à son tour.

Ben revenait sans cesse aux fiches des trois pilotes à bord de l'A321. Quelque chose clochait. Pourtant, ils ne savaient toujours pas s'il y avait un problème ; et si oui, il pouvait s'agir de l'un des pilotes dans le cockpit, d'un membre du personnel de cabine ou de n'importe quel passager. Cela paraissait invraisemblable. C'est alors qu'il se rappela la présence de Bernice. Avait-elle remarqué quelque chose d'inhabituel chez les voyageurs qui avaient passé le contrôle de sécurité avant ces deux vols ? Sur le 757, tout paraissait normal. Il n'en était pas aussi certain pour l'A321. Quand il l'interrogea, elle hocha lentement la tête en se remémorant sa prise de poste et ce qu'elle avait vu. Non, rien ne l'avait frappée avant qu'elle découvre la carte postale dans le bac.

— Et concernant l'équipage ? demanda-t-il en la fixant d'un regard pénétrant. Pas le moindre petit détail ?

Elle ferma les yeux pour essayer de bien tout se rappeler.

— J'ai remarqué que le commandant de bord était une femme et qu'elle avait l'air agréable. Elle n'a pas dit grand-chose, mais je l'ai trouvée aimable. Le copilote était du genre je-sais-tout. Il n'a pas arrêté de faire des remarques désobligeantes sur les origines afro-américaines de la plupart des agents de la TSA. Le commandant de bord l'a rappelé à l'ordre et l'a menacé de signaler son comportement. Après cela, il s'est tu. Je n'ai rien noté de spécial chez les hôtesses et les stewards. Ils sont passés vite. Comme d'habitude.

Ben hocha la tête. Ce n'était pas le personnel de cabine qui l'inquiétait mais les pilotes.

Il demanda ensuite à Bernice de sortir quelques instants et s'adressa à l'équipe de sécurité présente dans le bureau fermé.

— Si on se demande d'où peuvent venir les problèmes, on peut se pencher sur les trois pilotes présents dans le cockpit de l'A321. Il y a quelques jours, l'un d'eux a eu un petit accident vasculaire cérébral qui a conduit à sa mise à la retraite instantanée à l'issue d'une carrière de quarante ans sans un seul faux pas. Il ne serait pas étonnant qu'il éprouve de la colère ou de l'amertume à l'égard de la compagnie, voire qu'il ait des pensées suicidaires. Certes, il n'a pas d'antécédents psychiatriques, mais sa femme est morte l'année dernière et voilà maintenant qu'il vient de perdre son boulot. Autant dire qu'il pourrait avoir envie de se venger de la compagnie. Si c'est le cas, il tient là sa dernière chance. Dans le cockpit, il est idéalement placé pour cela – et ce qui est sûr, c'est qu'il sait piloter un avion. De son côté, Helen Smith a traversé des choses extrêmement pénibles ces deux dernières années. Elle a d'abord quitté l'armée de l'air au sein de laquelle elle vivait depuis sa plus tendre enfance – elle a été élevée par son père, un ancien colonel de l'Air Force. Après quoi elle est devenue pilote dans le civil, en attendant que son mari en fasse de même quelques mois plus tard. Sauf que celui-ci s'est fait descendre en Irak, a été fait prisonnier et décapité en direct à la télévision. Je ne vois pas comment on peut se remettre d'une telle tragédie. Aujourd'hui, elle se retrouve donc seule avec ses trois enfants dans un environnement inconnu. J'ignore si elle a des soucis d'argent, mais tous les éléments sont réunis pour un épisode psychotique. Elle aussi pourrait même vouloir se suicider. Vu son dossier, je ne la vois pas entraîner avec elle un avion plein de gens ; cela dit, il n'y aurait rien d'étonnant à ce qu'elle craque.

Alors que ce qu'il avait vécu était bien moins dramatique, Ben avait lui-même pensé au suicide plusieurs fois depuis la mort des otages, rongé qu'il était par la culpabilité. Il se garda, toutefois, d'en faire part à Amanda et Dave qui buvaient ses paroles.

— Elle pourrait, par exemple, s'en vouloir d'avoir quitté l'Irak avant lui ou bien souffrir du syndrome du survivant, ajouta-t-il néanmoins. Rien ne l'indique, mais elle aurait toutes les excuses du monde pour ne pas tenir le coup mentalement. Quant à Jason Andrews, je le qualifierais de franc-tireur. Son dossier en dit long : actes d'insubordination et problèmes de comportement en tout genre. Il doit en vouloir à mort à la compagnie de freiner son avancement pour ces raisons. Il a déjà vu plusieurs promotions lui passer sous le nez – bel et bien à cause de son attitude, et non pas de ses compétences. Si j'en crois ce que je lis, c'est un excellent pilote, mais il est incapable de se modérer. Il y a deux ans, il a même été contraint de suivre des cours de gestion de la colère. Ça a l'air d'être un emmerdeur de première. Franchement, je m'étonne même qu'il n'ait pas déjà été viré. Heureusement pour lui, d'ailleurs, parce que je ne sais pas ce qu'il deviendrait. Il ne sait rien faire d'autre que piloter, or personne ne l'embauchera après un licenciement par cette compagnie. Bref, vous savez tout. Nous avons dans ce cockpit trois personnes dont deux pourraient avoir des raisons de se suicider, surtout Connor Gray qui est, pour ainsi dire, en bout de course. Quant à Jason Andrews, c'est un type difficile à cerner, incapable de gérer des mouvements d'humeur dont nous ne savons pour l'heure pas grand-chose d'ailleurs. Comment savoir jusqu'où il serait prêt à aller ?

— Il a une petite amie ? s'enquit Dave.

Ben chercha la réponse dans le dossier.

— Je ne sais pas. Il a vécu avec une femme qu'il avait inscrite comme personne à prévenir en cas de problème, mais elle a été rayée.

— On pourrait envoyer quelqu'un lui parler ? Elle pourrait savoir des choses qui nous éclaireraient sur son cas. Si ça se trouve, on n'a aucune raison de s'en faire. Les compagnes savent ces choses-là.

— Bonne idée.

Ben allait appeler Phil pour lui demander de s'en occuper quand Amanda intervint. Elle avait lu les dossiers très attentivement, sans rien dire, ce qui ne lui ressemblait pas. Maintenant, elle affichait son air le plus sérieux et le plus professionnel.

— Je ne suis pas du tout d'accord avec toi, Ben. Je crois que tu n'as rien compris à la psychologie de ces individus – de deux d'entre eux, en tout cas. Connor savait qu'il devrait prendre sa retraite l'année prochaine de toute façon. Un an de plus ou de moins, ce n'est pas ça qui va pousser au suicide un homme de son calibre.

Je suis persuadée qu'il a déjà des projets : monter une affaire, passer du temps avec ses petits-enfants… Il ne va pas crasher un avion et tuer des dizaines d'innocents. Cela ne correspond pas à son caractère. Sa femme est morte depuis un an : pourquoi se suicider maintenant ? D'autant que, d'après le dossier, elle était malade depuis plusieurs années. Il y était certainement préparé. En ce qui concerne Jason Andrews, c'est une tête brûlée, mais il a devant lui une brillante carrière. C'est un pilote hors pair. D'accord, sa grande gueule l'a fait passer à côté d'une ou deux promotions, et alors. Il ne va pas se tuer, détruire un monument emblématique et emmener avec lui dans la mort des innocents parce qu'il aura attendu deux ans de plus pour passer commandant. Ce serait de la folie. Quelqu'un qui peine à maîtriser sa colère donne un coup de poing dans un mur ou insulte un collègue, mais ne tue pas cent onze personnes et lui avec. Cela ne colle pas du tout avec son profil psychologique. Croyez-moi, à son âge, il ne va pas faire une croix sur son avenir comme ça. Non, celle qui m'inquiète, c'est Helen Smith. Je ne vois pas comment on peut survivre à ce qu'elle a enduré sans en garder de terribles cicatrices psychologiques et une colère latente, tapie bien profond jusqu'au jour où elle va péter les plombs et faire feu sur vingt personnes au supermarché, ou descendre son propre avion. Elle a toutes les raisons d'en vouloir à la vie. La vérité, c'est qu'elle s'est fait avoir. Ce qui lui est arrivé est profondément injuste. Ça me paraît inimaginable de voir mon mari décapité à la télé et de pouvoir reprendre un jour une vie normale. Avec elle, je pense qu'on est à deux doigts de la catastrophe. Je n'en reviens pas que la compagnie ne soit pas de cet avis et qu'elle pilote encore. Si nous avons un problème, pour moi, c'est elle. Elle a tout le potentiel pour être très dangereuse, autant pour elle-même que pour les passagers. C'est la candidate numéro un à l'épisode psychotique suicidaire.

Amanda avait fait de brillantes études, c'était indéniable. N'empêche que Ben n'était pas d'accord avec un mot de ce qu'elle venait de dire.

— Je crois que tu te trompes complètement sur elle, déclara-t-il. Et sur les deux autres aussi. Pour moi, Connor Gray est certainement déprimé et au bord du suicide. Quant à Jason Andrews, ce connard incontrôlable, je l'imagine tout à fait capable de tuer cent onze personnes dans un accès de fureur. Et davantage s'il pilotait un plus gros avion.

Manifestement très contrariée d'être contredite, Amanda argumentait encore quand Phil rappela Ben. Il avait eu la CIA.

— Rien à signaler du côté de ton couple arabe, dit-il avec un certain embarras. Ou plutôt si : ils sont l'un et l'autre issus d'éminentes familles saoudiennes. Ahmad, le mari, appartient même à la famille royale. Ils sont étudiants et commencent leur cursus à Berkeley dans quelques jours – lui dans une business school, et elle en master d'histoire de l'art. Ils voyagent avec des visas étudiants. On ne fait pas moins terroriste. Ce n'est pas eux qui vont descendre ton avion. Du coup, qu'est-ce qu'il nous reste ? Est-ce qu'on a une crise, oui ou non ?

— C'est encore à déterminer, répondit Ben calmement. Mais ce que tu me dis réduit considérablement le champ d'investigation. C'est le cockpit du premier avion qui nous inquiète, avec trois possibilités de scénarios explosifs et des problèmes psychologiques complexes. On peut tout à fait concevoir qu'un des trois pilotes décide de descendre l'avion – bien que nous ne soyons pas d'accord sur lequel. Par ailleurs, j'ignore si l'un des trois voudrait détruire le Golden Gate Bridge par la même occasion, mais je dirais que le copilote en est capable. Alors est-ce qu'on déclenche le plan de crise pour essayer d'empêcher quelque chose qui pourrait aussi bien ne pas se produire ? Est-ce qu'on se ridiculise en sauvant un avion qui n'est même pas en danger ? Ou est-ce qu'on laisse tomber, quitte à n'avoir que nos yeux pour pleurer quand il apparaîtra que nous n'étions pas paranos ? D'un point de vue rationnel, je me dis qu'il ne va rien arriver, que c'est bien trop peu probable. Sauf que mon instinct me répète que nous courons à la catastrophe si nous n'intervenons pas.

Dave hochait la tête, d'accord à 100 % avec

Ben. Quant à Amanda, elle désignait le dossier de Helen d'un air déterminé.

— En ce qui me concerne, répondit Phil, je partage ton avis sur la plupart des points. Nous nous emballons un peu. Une carte postale, c'est un peu mince pour prédire un désastre. Et je vois mal comment une compagnie pourrait employer trois pilotes capables de descendre un avion dans une mission suicide – d'autant que nous parlons de pilotes stars, au moins pour deux d'entre eux. Cela étant dit, je ne sais pas pourquoi, j'ai moi aussi un mauvais pressentiment. C'est le genre de situation qui fait trop souvent la une de la presse et que personne n'a vu venir. Si nous estimons qu'il y a le *moindre* risque que ce que nous craignons se produise, j'estime que nous devons tout faire pour l'empêcher, quitte à passer pour des imbéciles ensuite si nous nous sommes trompés. J'aime mieux avoir l'air d'un idiot qu'avoir la mort de dizaines de passagers sur la conscience.

— Nous sommes sur la même longueur d'onde, conclut Ben, rassuré.

— Alors au boulot, décida Phil en déchargeant Ben d'une partie de la responsabilité de la décision. Mettons en place tout ce que nous pouvons et croisons les doigts pour ne pas être passés à côté d'un problème à bord du 757.

— Non. Je n'y crois pas du tout. Aucun passager ne se démarque et tout l'équipage est sans histoire, affirma Ben avec conviction. Nous savons où est le problème – si problème il y a. Il se trouve à bord de l'A321 et, pour moi, il n'y a qu'un pilote suspect : Jason Andrews. Les autres sont bien trop responsables par nature pour crasher un avion délibérément, quelle qu'en soit la raison.

— Au fait, la compagnie nous a fourni un nouvel élément concernant Helen Smith. Sa fille souffre d'un léger handicap neurologique. Je ne la vois pas l'abandonner, pas plus que ses autres enfants, surtout maintenant qu'ils n'ont plus de père.

— Pour moi, c'est réglé, déclara Ben fermement. C'est Andrews notre homme. La question est de savoir ce que nous faisons pour l'empêcher de nuire.

Une minute de réflexion lui permit d'élaborer un début de stratégie.

— L'avion doit atterrir à SFO vers 11 heures, heure locale. Je veux que le Golden Gate Bridge soit fermé à 10 heures pour « travaux ». Il n'y aura qu'à dire aux gens qu'il y a une grosse fuite de gaz : cela devrait éloigner les curieux. Prévoyons des bateaux de secours des gardes-côtes au cas où il arriverait jusque-là. Ne prenons aucun risque.

Ben était redevenu lui-même, comme avant la prise d'otages, nota Phil avec satisfaction. Il n'avait plus peur de prendre des décisions ni de se fier à son instinct.

— Et le commandant de bord ? Tu vas la prévenir ? s'enquit-il.

— Il va bien falloir que je lui dise quelque chose, répondit Ben. Bien entendu, je vais commencer par lui annoncer que le couple arabe est hors de cause. Mais je veux aussi l'avertir qu'elle pourrait avoir un gros problème dans le cockpit. Il faut qu'elle s'y prépare. Tout compte fait, ce n'est peut-être pas un mal que Connor Gray y soit avec elle. Je vais l'appeler sur le téléphone satellite et rentrer au bureau.

Au moment crucial, il serait mieux à sa base que dans ce bureau de superviseur de la TSA du Terminal 2. Il proposa à Bernice de se joindre à eux – Dave avait déjà annoncé qu'il l'accompagnait. Lorsque Ben raccrocha, Amanda le fixait d'un air furibond.

— Est-ce que tu te rends compte de ce que tu es en train de faire ? Tu te trompes complètement de cible. Et si c'était moi qui étais dans le vrai ? Si c'était Helen qui avait toutes les raisons de descendre l'avion ? Tu auras la mort d'une bonne centaine de personnes sur la conscience si tu ne l'empêches pas de mener à bien son projet.

Cette phrase faillit le démolir tant elle faisait résonner l'affaire des otages.

— C'est un risque à prendre. C'est moi qui décide et j'assume l'entière responsabilité de mes décisions, rétorqua-t-il pourtant d'un ton glacial qui ne suffit pas à arrêter Amanda.

— Je te préviens que, si tu te trompes, j'informerai nos supérieurs que je n'étais pas de ton avis et que je te l'ai fait savoir.

— Ne t'en fais pas, Amanda. Si je me trompe, tu n'auras pas à te donner la peine de me faire virer : je démissionnerai.

Il avait été à deux doigts de le faire après le drame. Pour l'en dissuader, Phil avait dû le convaincre que ni lui ni personne n'aurait pu prévoir que les otages allaient être abattus et que n'importe lequel de ses collègues à sa place aurait pu prendre la décision de donner l'assaut au moment où il l'avait fait. Il avait été soutenu à 100 % par sa hiérarchie.

Amanda enfonça le clou, hors d'elle.

— Tu es nul en psychologie. Je t'ai écouté : ce n'est qu'un fatras de conjectures qui ne reposent sur aucune donnée scientifique. Ta manière de procéder est désinvolte et très peu professionnelle.

— Non, cela s'appelle l'expérience. Toi, tu ne jures que par tes bouquins, mais tu n'y connais rien. Ça fait vingt ans que je suis sur le terrain. Ce sont des trucs qu'on n'apprend pas dans les livres. Il faut connaître les gens.

— Ah oui, comme tes preneurs d'otages par exemple ? Excuse-moi, se reprit-elle aussitôt, regrettant visiblement ce coup bas. Je n'aurais pas dû dire ça. Mais je suis intimement persuadée que tu te fourres le doigt dans l'œil à propos de Helen Smith. Pour moi, c'est elle qui va crasher l'avion.

Amanda n'en démordait pas.

— Peut-être que personne ne fera rien, rappela Ben. Nous partons d'une carte postale qui n'a peut-être aucune signification. Nous n'en sommes vraiment qu'au stade des suppositions. Tout ce que nous pouvons faire, c'est nous préparer au pire et aviser en fonction de ce qui arrivera. S'il ne se passe rien, nous aurons tous l'air bêtes, et tant mieux. J'aime mieux être ridicule que voir mourir des gens quand j'aurais pu l'empêcher.

Il ne parvenait pas à se défaire de l'idée qu'il aurait pu sauver la vie des otages.

— Justement. Débrouille-toi pour faire sortir Helen Smith du cockpit. Jason Andrews est le seul des trois pilotes à qui l'avenir sourit encore. Fais-lui confiance. Non seulement il ne va pas descendre l'avion, mais il pourrait bien le sauver.

Ben secoua la tête.

— Désolé, je ne peux pas.

Sur quoi, il quitta le terminal. Amanda et Bernice lui emboîtèrent le pas. Inutile de poursuivre cette discussion : Amanda ne comprenait rien à rien.

Bernice se sentait un peu dépassée par le branle-bas général qu'elle avait déclenché. Denise la regardait quittant le terminal avec les autres d'un œil mauvais et se demandait ce qui allait se passer. Ben avait bien spécifié que personne ne devait dire un mot à la presse. Quant à Dave, il les suivait à distance, son portable à l'oreille. Sa conversation finie, il les rattrapa et prit Ben à part.

— Génial. Voilà qu'on a aussi sur l'A321 un type qui a enlevé son bébé de dix mois. Il s'est brouillé avec son ex-femme à qui il doit des pensions alimentaires. Il lui a laissé un mot pour lui dire qu'il prenait cet avion. Elle est sens dessus dessous. La police compte le cueillir à l'atterrissage à San Francisco. Il a une correspondance pour le Japon. Autrement dit, il ne faut pas le louper ; il va falloir le choper à la porte et placer le bébé en garde provisoire de protection. Nom d'un chien, qu'est-ce qu'on va encore avoir comme tuile sur ce vol ?

— Aucune, j'espère.

Dans les bureaux, ils retrouvèrent Phil qui les attendait. La tension entre Ben et Amanda était palpable. Elle lui fit part de sa théorie au sujet de Helen. Phil l'écouta avec attention et prit des pincettes pour lui répondre. Elle était la seule à voir les choses sous cet angle ; personne, lui compris, n'était d'accord avec elle.

— Désolé, mais je vais me ranger à l'avis de Ben, fit-il gentiment.

Il ne voulait pas la vexer, mais la lecture des dossiers lui avait permis de se forger son opinion. Bien qu'elle ait vécu des choses monstrueuses, Helen était solide comme un roc. Connor était un homme honorable. Certes, la fin de sa carrière avait dû lui porter un coup au moral, mais pas au point de le pousser à tuer cent onze personnes. Si un sale tour se préparait, ce que personne ne pouvait encore affirmer, cela viendrait de Jason. Il n'avait aucun doute.

De retour dans son bureau, Ben commença par téléphoner à Alan Wexler, le chef du bureau de la Sécurité intérieure à San Francisco, pour lui demander d'envoyer des agents interroger l'ex-petite amie de Jason, infirmière au centre médical de la UCSF, l'Université de Californie à San Francisco. Si elle acceptait de leur parler, il voulait en savoir davantage sur les accès de colère de Jason. Jusqu'où était-il capable d'aller, selon elle ?

Puis il appela Helen sur le téléphone satellite pour l'informer de l'évolution de l'enquête.

— Nous n'en sommes pas absolument certains, mais nous pensons qu'il y a un problème à bord de votre avion, annonça-t-il avec précaution. Encore une fois, nous n'avons rien de sûr pour l'instant, mais nous le supposons d'après les quelques éléments dont nous disposons. Cependant, d'après moi, le souci ne vient pas des passagers – du reste, le couple d'Arabes est sans histoires, il s'agit de membres de la famille royale saoudienne qui vont entrer à l'université. Non, le problème serait plutôt dans le cockpit, à côté de vous. Vous comprenez, commandant ? demanda-t-il au bout de quelques instants comme elle ne répondait pas.

— Oui, je crois.

Connor Gray lui semblait au-dessus de tout

soupçon. Elle ne pouvait pas en dire autant de son copilote. Ben avait certainement raison.

— Pas de problème pour le moment ?

— Tout va bien, répondit-elle avec conviction.

C'était vrai. Depuis une heure, Jason n'avait pas desserré les lèvres. Il était absorbé dans ses pensées – mais comment savoir s'il tramait quelque chose ?

— On vous rappelle bientôt, promit Ben à Helen. Nous récoltons d'autres informations. Au fait, on a une affaire d'enlèvement parental en classe éco. Mais c'est réglé, cela ne vous concerne pas.

Elle rit jaune.

— C'est tout ?

Dire qu'elle avait imaginé un vol sans problème...

— On vous tient au courant.

— Avec plaisir.

Son calme et son sang-froid de pilote de chasse avaient pris le dessus. Même au combat, elle gardait les idées claires.

— Surtout ne le laissez pas prendre les manettes pour l'atterrissage à SFO, ajouta Ben.

— Certainement pas.

Quand elle eut raccroché, elle se tourna vers Jason pour lui annoncer qu'il n'y avait a priori rien à craindre du couple arabe. Il l'écouta et hocha la tête sans un mot. Elle se remit à contempler le ciel bleu devant eux. Ils étaient à trois heures de San Francisco. À la moitié du voyage.

Phil Carson entra dans le bureau de Ben au moment où il raccrochait.

— J'ai repris le manifeste du premier vol, puisque le second ne nous inquiète plus. Je viens de repérer un nom intéressant, annonça-t-il en pointant du doigt le haut de la liste. Il me disait quelque chose alors j'ai vérifié. Thomas Birney. C'est le représentant américain du constructeur de l'avion, mais j'ai lu quelque part que, suite à un désaccord professionnel avec le PDG, il allait démissionner. C'est un ancien de l'armée de l'air américaine, et il bénéficie du plus haut niveau d'accréditation des services de sécurité. Il pourrait peut-être nous donner un coup de main, dans la mesure où nous n'avons pas d'*air marshal* à bord. Par exemple pour aller voir un peu ce qui se passe dans le cockpit. D'autant qu'il a l'excuse tout à fait plausible d'une visite de courtoisie aux pilotes. Le commandant Smith pourrait avoir besoin d'aide. Vois si tu peux obtenir son adresse e-mail auprès de son employeur. Il y a le Wi-Fi à bord : on pourra lui envoyer un courriel.

C'était une bonne idée. Ben appela aussitôt le bureau new-yorkais de la société. Amanda était sortie pendant son échange avec Phil, et Bernice attendait sur une chaise dans le couloir. Plusieurs des agents les plus expérimentés, sans doute prévenus par Phil, les avaient rejoints dans son bureau. S'il s'agissait bien d'un vol suicide, quel qu'en soit l'auteur, il leur restait trois heures pour agir et empêcher la catastrophe.

Le responsable du bureau américain de la société se montra des plus coopératifs. Dès qu'il comprit que Ben travaillait pour la Sécurité intérieure et qu'il s'agissait d'une urgence, il lui donna l'adresse e-mail de Tom Birney. S'il pouvait faire autre chose, il ne fallait pas hésiter. Il assura Ben de tout son soutien quand celui-ci eut répondu qu'il n'avait besoin de rien de plus.

Tandis que Bernice attendait dans le couloir la suite des événements, Della l'appela pour savoir ce qu'il se passait.

— Dix mille trucs et peut-être rien du tout, répondit-elle. Là maintenant, c'est la folie, en tout cas.

Dire que c'était elle qui avait déclenché ce tsunami avec la malheureuse carte qu'elle avait trouvée… Elle se garda bien d'en parler à Della.

Ensuite, elle appela l'école de Toby pour qu'il reste à la garderie. Si elle devait se tenir à la disposition de la Sécurité intérieure, elle ne serait jamais rentrée à temps pour le récupérer. Et si cela durait plus tard encore, il faudrait qu'elle demande à sa voisine d'aller le chercher. Après cela, elle demeura assise dans le couloir, songeant à tout ce qu'elle avait entendu depuis son appel à la sécurité aéroportuaire. Pourvu que la Sécurité intérieure parvienne à sauver l'avion et tous ses passagers... Elle préférait ne pas songer à ce qui aurait pu arriver si elle avait obéi à sa cheffe et n'avait pas donné l'alerte.

6

Robert Bond tenait son bébé dans les bras depuis trois heures, mais le petit Scott n'arrêtait pas de hurler comme s'il sentait qu'il y avait un problème. Robert ne pouvait pas lui expliquer que tout allait bien se passer. Ils allaient faire un beau voyage, tous les deux. Ils passeraient la journée à San Francisco et, ce soir, reprendraient un avion vers le Japon. Il avait besoin de réfléchir, et aussi d'être seul avec son bébé, sans Ellen sur le dos pour lui dire combien de temps il avait le droit de garder Scott et à quelle heure il devait le ramener. C'était toujours trop court. Ce n'était pas juste. Lors du jugement provisoire pour la garde, le juge était tombé d'accord avec Ellen pour dire que le bébé était trop petit pour passer la nuit chez son père. Pour être bien sûre que ça ne change pas, Ellen continuait de l'allaiter complètement. Elle commençait à ajouter des petits pots aux fruits et aux céréales à son alimentation, mais elle tenait à rester indispensable à Scott. Robert avait cru qu'ils étaient prêts à avoir des enfants ; ce n'était visiblement pas le cas. Tout avait changé – et pas pour le mieux – dès qu'elle était tombée enceinte.

Rien ne le liait particulièrement au Japon. Tout ce qu'il voulait, c'était partir le plus loin possible d'Ellen. Bien sûr qu'il ramènerait le bébé. Plus tard. Dans un mois ou deux. D'ici là, il espérait qu'Ellen serait devenue plus raisonnable. Il lui avait laissé un gentil mot pour lui expliquer la situation et tout ce qu'il ressentait. Il était tellement amoureux d'elle lorsqu'il l'avait épousée... Mais la grossesse l'avait métamorphosée. Elle ne pensait plus qu'au bébé. Après la naissance de Scott, cela n'avait fait qu'empirer, jusqu'à virer à l'obsession. Elle n'avait plus rien à faire de Robert avec qui elle ne voulait même plus rester mariée. Tout, chez eux, devait être absolument parfait et sans aucun risque pour le petit. Il y avait des babyphones, des barrières et des affaires de bébé partout. Tout devait être fait à sa manière à elle. Elle n'avait pas voulu reprendre le travail, si bien qu'ils n'avaient même plus les moyens d'aller au cinéma. Les parents d'Ellen payaient tout et menaient la barque.

Cela faisait des mois que Robert économisait en secret. Et voilà, il pouvait enfin emmener son fils à Tokyo et à Kyoto ! Tout ce qu'il avait lu et vu au sujet du Japon sur Internet l'avait émerveillé : la politesse des gens, la propreté du pays... Après avoir visité Tokyo, il prendrait une chambre dans un village de montagne et apprendrait la paternité en solo. À 25 ans, il ne s'était pas senti prêt à être père. Du reste, au début, il ne voulait pas de cet enfant. Mais, maintenant, il allait se consacrer de tout son cœur à son rôle de parent.

Cela faisait six mois qu'ils étaient séparés. Ellen avait demandé le divorce en l'accusant d'irresponsabilité. Ses parents lui avaient proposé de s'installer chez eux, ce qu'elle avait fait. Pour Robert, c'était inconcevable. Ses parents à lui n'avaient jamais aimé Ellen et ne voulaient pas que leur fils revienne vivre sous leur toit. Puisqu'il avait voulu jouer à l'adulte, disaient-ils, il fallait qu'il se conduise comme tel et donc qu'il se débrouille. Ce qu'il avait fait. Il n'avait pas caché ses intentions ni sa destination – il n'en avait parlé à personne, c'est tout. Il avait fait faire le passeport de Scott un après-midi où, ayant à faire, Ellen lui avait permis d'emmener le petit au parc.

Puisqu'il ne pouvait compter sur l'aide de personne, il avait pris leur enfant sans demander la permission. Il était passé par le garage à l'heure où il savait qu'Ellen prenait sa douche, après que ses parents étaient partis au travail. Tout avait été très facile, jusqu'à maintenant. Sauf que, depuis l'embarquement, Scott ne faisait que hurler en se tirant l'oreille.

Robert était assis à côté d'une dame plutôt forte aux cheveux décolorés qui portait un parfum écœurant. Elle accompagnait une bande de filles assises tout autour d'eux qui ne l'écoutaient absolument pas. D'après sa voisine de siège, le petit avait mal aux oreilles. Mais comment le savoir ? Robert n'avait encore jamais passé autant de temps seul avec lui. D'ici un jour ou deux, il enverrait un e-mail à Ellen du Japon pour lui dire qu'ils avaient fait bon voyage et que le bébé allait bien. Il faudrait qu'elle se passe de lui jusqu'à leur retour. Ce n'était ni à Ellen ni au juge de lui dire ce qu'il avait le droit de faire ou pas. Il avait pris les choses en main. Voilà, il était devenu ce que tout le monde attendait de lui : un adulte. C'était aussi simple que ça.

De l'autre côté de la rangée, un couple n'arrêtait pas de se disputer depuis l'embarquement. Ils se rendaient en Californie pour le mariage de sa sœur à lui et elle n'avait aucune envie d'y assister. Elle soutenait que sa belle-famille était toujours méchante avec elle. Oh, Robert connaissait bien ça... De toute façon, elle détestait la future mariée, et rappela à son mari que lui non plus ne s'entendait pas avec sa sœur et qu'il ne pouvait pas supporter le type qu'elle s'apprêtait à épouser, qu'il considérait comme un escroc. Alors à quoi bon y aller ? Et pourquoi étaient-ils obligés de loger chez ses beaux-parents qui la critiquaient sans cesse ? Lui non plus n'aimait pas ses parents à elle, répliqua-t-il. Ils le traitaient comme un chien. Du reste, ses sœurs ne lui adressaient pas la parole, son frère était stone à chaque fois qu'ils le voyaient et son dealer de cousin serait bien mieux derrière les barreaux.

Cela n'en finissait pas. Robert n'entendait pas tout à cause des cris du bébé, mais il se serait cru devant une émission de télé-réalité. Pour couronner le tout, elle déclara qu'elle détestait leur appartement du Queens. Si au moins il était capable de décrocher un meilleur boulot, ils pourraient déménager dans un endroit convenable et avoir un enfant. Elle avait 36 ans. Ils étaient mariés depuis huit ans et son horloge biologique tournait. Sauf que lui ne se sentait pas prêt à être père et son travail lui plaisait. Il n'aimait pas sa famille, c'est tout. Pas plus qu'elle n'aimait la sienne. On se serait vraiment cru dans une émission du style « Qui peut sauver ce mariage ? ». Personne, pensa Robert.

Ce même couple était au centre de la conversation des deux hôtesses.

— Non mais tu les as entendus se disputer ? demanda Bobby à Annette. À ce rythme, ils vont s'entre-tuer avant l'atterrissage.

— Et si on faisait une annonce pour demander s'il y a un conseiller conjugal à bord de l'avion ? suggéra Annette en riant.

— Quand on les voit, on a envie de rester célibataire. Elle pleure depuis le début du voyage, et lui a l'air d'un vrai connard.

— J'ai eu une relation de ce genre. J'ai tenu le coup quatre ans, je ne comprends même pas pourquoi. Sans doute que j'avais peur de ne retrouver personne d'autre. Le jour où il est parti, j'ai eu l'impression de sortir de prison, confia Annette dans un soupir.

— La relation de mes parents était du même style, commenta Bobbie. Ça a beaucoup mieux marché pour eux deux la fois suivante – avec d'autres partenaires.

— Tu crois que ce bébé va finir par arrêter de hurler ?

— Oui. Il va s'endormir cinq minutes avant l'atterrissage. C'est à cause de gamins comme lui que les enfants ont mauvaise réputation.

Cette remarque les fit rire toutes les deux.

— C'est de la faute des parents, pas des enfants. Le père ne sait absolument pas s'y prendre. J'ai l'impression que le petit est malade.

— C'est ce que lui a dit sa voisine.

— Attention aux petites choristes, au fait. Elles n'arrêtent pas de nous piquer des trucs à grignoter. C'est tellement sympa, la classe éco, hein…

— Oui, j'adore. Tu parles.

Le vol étant complet, elles étaient deux pour soixante-dix passagers dont un bébé braillard et quatorze gamines déchaînées. Autant dire que ce n'était pas de tout repos. Quelqu'un avait fumé de l'herbe dans les seules toilettes en état de marche : c'était sûrement l'une ou plusieurs des plus grandes filles. Et leur chaperon restait totalement passive face à ce groupe turbulent. Sans doute estimait-elle que ses protégées ne risquaient rien à bord de l'avion et que cela la dispensait de les surveiller. Elle regardait un film et n'avait pour ainsi dire pas quitté ses écouteurs depuis le début du vol – peut-être pour ne pas entendre les pleurs du bébé. Quoi qu'il en soit, pour ses voisins, le parfum de cette femme devait être plus incommodant encore que lesdits pleurs.

Bobbie rendit une autre petite visite à Nancy et Joel en business. Ce qu'ils avaient de la chance ! Pour eux, le voyage était sans histoire.

Au récit effarant qu'elle leur fit du vol en éco, ils se réjouirent doublement d'être en classe affaires. Ils lui racontèrent que, d'après les deux hôtesses de première, Susan Farrow était la passagère rêvée et qu'elle leur avait même signé des autographes. Cela les avait rendues beaucoup plus aimables.

Nancy, qui avait pourtant compté n'en parler à personne, ne résista finalement pas à la tentation de confier à Bobbie qu'elle avait découvert ce matin même qu'elle était enceinte. Elle n'y tenait plus et souriait d'une oreille à l'autre quand elle lui annonça la grande nouvelle. Sa collègue la félicita chaleureusement et l'embrassa.

— Vu mon âge, je pourrais déjà avoir un enfant à la fac, reconnut-elle, mais je m'en fiche. Nous attendons ce moment depuis si longtemps ! Tout ce que j'espère, c'est qu'il n'arrivera rien de mal car je ne retomberai sans doute jamais enceinte. C'est un vrai miracle.

Elles continuèrent de bavarder quelques

minutes avant que Bobbie retourne à son poste. Joel, qui était allé apporter un rafraîchissement à un passager, vint se rasseoir et se remit à parler de son mariage. Parce qu'ils s'apprêtaient à vivre des moments cruciaux de leur vie, il leur tardait particulièrement d'arriver. Plus que deux heures et demie.

Au sol, Ben, Phil, Dave, Amanda et une demi-douzaine d'agents de la Sécurité intérieure hésitaient à ordonner au commandant de bord de ne pas continuer jusqu'à San Francisco et de poser l'avion à un autre aéroport. Sauf qu'une carte postale et leur instinct à tous ne constituaient pas une preuve suffisante pour prendre une telle décision. Un atterrissage anticipé à peu près à mi-chemin risquait de causer un mouvement de panique et des drames à bord de l'appareil, peut-être pour rien. Pour Phil, qui dirigeait l'opération, rien de concret ne justifiait cela pour le moment. Bien sûr, si la situation évoluait, ils pourraient l'envisager plus sérieusement. En attendant, il fallait maintenir la destination initiale de SFO, quitte à changer d'avis un peu plus tard. Ils savaient Helen capable de réagir, quoi qu'il arrive – en espérant tout de même qu'elle n'ait pas à gérer une virée de l'horreur du côté du Golden Gate Bridge. Qui plus est, une modification du plan de vol à ce stade risquait de pousser Jason à tenter une manœuvre dangereuse ou désespérée où qu'ils se trouvent. L'A321 présentait un avantage non négligeable : s'ils décidaient de le faire atterrir plus tôt, l'avion, qui pouvait se poser avec le réservoir plein, n'aurait pas à larguer son carburant, ce qui aurait constitué un problème supplémentaire sur un autre appareil. Quoi qu'il en soit, pour l'instant, ce n'était pas à l'ordre du jour.

— Très bien, conclut Ben calmement. On ne change rien pour le moment. On maintient la destination de SFO.

Il n'était pas utile de faire part à Helen de leurs hésitations puisque, pour l'instant, après mûre réflexion, ils avaient décidé de ne rien changer. Car non seulement la carte postale ne constituait pas un indice suffisant, mais évoquer l'existence d'une menace allait attirer l'attention des médias avant même l'atterrissage, ce qui risquait de provoquer une réaction irréfléchie chez Jason. Le plus sage restait donc, après quelques vérifications supplémentaires, de le neutraliser puis d'atterrir comme prévu.

Catherine James ne s'était pas rendormie et envoyait des courriels depuis plusieurs heures. Elle avait ôté sa veste et remonté les manches de son chemisier en soie. Une voiture l'attendait à l'aéroport pour la conduire à Palo Alto où elle avait rendez-vous pour un entretien d'embauche. Il fallait qu'elle décroche ce poste. Pour faire bonne impression, elle s'était abstenue de reprendre du champagne ou du vin après le décollage malgré l'inquiétude qui ne la quittait pas. Heureusement qu'il n'y avait pas de turbulences... Le vol s'était déroulé au mieux jusqu'à présent et il ne restait que deux heures. Elle allait tenir le coup. Elle en était capable. Son voisin n'avait pas non plus levé le nez de son ordinateur. Elle lui demanda ce qu'il faisait. Il était ingénieur aéronautique, répondit-il. Impressionnant.

— Je travaille pour le constructeur de cet avion, précisa-t-il en souriant.

Finalement, comme elle n'était ni ivre ni excessivement bavarde, il se montra plus aimable qu'au décollage. À son tour, il lui demanda ce qui l'amenait à San Francisco. Elle lui parla de sa réunion à Palo Alto. Si tout se passait bien, elle espérait déménager en Californie. Il ne lui révéla pas qu'il venait de démissionner et rentrait d'un entretien d'embauche à New York. De toute façon, il lui restait un mois de préavis qu'il comptait bien effectuer. Cadre supérieur de la société, il se sentait des responsabilités vis-à-vis d'elle, d'autant que le *New York Times* s'était fait l'écho de sa démission. Son employeur essayait encore de le convaincre de rester, mais Tom estimait leurs désaccords trop profonds. L'attitude du PDG qui ne l'avait absolument pas soutenu lors de son bras de fer avec le directeur du bureau de New York lui déplaisait. Il s'en allait donc pour une question de principe. Il avait passé quelques entretiens dans des sociétés équivalentes de l'est des États-Unis ; pour l'instant, aucune ne lui plaisait autant. Il ne trouverait sans doute pas mieux que celle qui l'employait actuellement et dans laquelle il partageait son temps entre les bureaux de New York et ceux de San Francisco. Il n'aurait pas souhaité changer sans cette incompatibilité d'humeur avec son supérieur. Il lui restait un entretien à passer dans une société de Los Angeles dans deux semaines avant de devoir se décider.

À son tour, il interrogea Catherine sur son travail. Elle était dans la finance, à Wall Street, mais rêvait depuis des années d'entrer dans une société de capital-risque de la Silicon Valley. Et ce rêve était en train de devenir réalité puisque le job idéal lui tendait les bras.

— J'ai récemment rompu avec mon petit ami, précisa-t-elle. C'est le moment de changer de vie.

Tom s'était demandé si elle était célibataire ou divorcée et si elle avait des enfants, mais il n'avait pas osé le lui demander. Il reçut cette information comme un encouragement. Il faut dire qu'elle était fort séduisante. Et quelles jolies jambes !

Il était encore en train de bavarder avec elle quand il reçut un e-mail de Ben Waterman, de la Sécurité intérieure. Il se pouvait qu'il y ait un problème à bord de l'avion et Ben lui serait reconnaissant d'aller faire un petit tour dans le cockpit pour lui décrire l'atmosphère et lui transmettre ses observations sur l'équipage. Le commandant Smith avait été prévenue de cette visite de courtoisie dès qu'ils avaient découvert qu'il figurait sur la liste des passagers, ajoutait le message.

— Un souci ? s'inquiéta Catherine.

Elle devait lui sembler complètement parano... Mais vu son métier, il serait certainement le premier averti s'il y avait un problème à bord de l'avion.

— Bien sûr que non, lui assura Tom calmement avec un sourire. Tout va bien. D'ici deux heures, nous serons au sol et vous vous rendrez à votre réunion. Vous allez les scotcher.

Quand il se leva, sans doute pour aller aux toilettes, supposa-t-elle, elle ramena les jambes vers elle en souriant pour le laisser passer. Il était bel homme, songea-t-elle en le regardant s'éloigner. Et il n'avait pas d'alliance, avait-elle remarqué. Était-ce parce qu'il ne la portait pas ou qu'il n'était pas marié ? C'est alors qu'elle le vit dire quelques mots à une hôtesse de première classe et frapper à la porte du cockpit. Elle se raidit. L'angoisse la reprenait. L'e-mail qu'il avait reçu devait bien contenir une mauvaise nouvelle. Autrement, pourquoi irait-il dans le cockpit juste après l'avoir consulté ? Il s'était assombri en le lisant et s'était levé presque aussitôt. Lui avait-il menti parce qu'il savait qu'elle avait peur en avion ? S'agissait-il d'une défaillance mécanique ? Elle regarda par le hublot mais ne vit ni fumée ni flammes au niveau des moteurs.

Avertie de la visite de courtoisie de Tom, le commandant de bord avait prévenu la cheffe de cabine qu'il était attendu ; le copilote lui ouvrit aussitôt. Il salua les trois pilotes. Helen parut contente de le voir. Ils bavardèrent quelques instants, échangèrent des souvenirs de l'armée, et Tom souligna que le vol se déroulait très agréablement. Constatant que Jason les fixait intensément, il se tourna vers lui pour lui parler. Le jeune copilote paraissait extrêmement crispé.

Pour justifier sa visite et ne pas éveiller de soupçons, il posa quelques questions sur les performances de l'avion. Helen lui assura que c'était un plaisir de le piloter.

— Rien à signaler ? Vous n'avez pas de modifications à suggérer ? Nous aimons bien avoir des retours réguliers des pilotes.

C'était à la fois la vérité et une excuse bien pratique pour expliquer sa présence dans le cockpit. Il ignorait la nature du problème, mais une chose était sûre : malgré le calme et le professionnalisme du commandant Smith, l'atmosphère était tendue.

Il s'attarda un peu pour tenter d'en comprendre davantage. S'agissait-il d'une simple mésentente entre pilote et copilote, ou y avait-il un problème ou un désaccord quelconque ? Le pilote qui venait d'être réformé l'observait également. Décidément, quelque chose clochait entre eux trois, mais il n'arrivait pas à saisir quoi. Le visage impassible du commandant Smith ne lui fournissait aucun indice. Elle prit quelques notes sur un bloc. Tom sentait le copilote impatient de le voir partir.

Finalement à court d'excuses pour rester, il prit congé non sans remercier Helen pour ce vol sans accroc. En lui serrant la main, il eut la surprise de sentir un papier dans le creux de sa paume. Heureusement qu'il l'avait saluée en dernier... Il glissa discrètement le message dans sa poche et, en sortant du cockpit, alla s'enfermer dans les toilettes pour le lire. Elle avait noté les codes d'accès au cockpit, y compris le code d'urgence. Ben Waterman avait raison. Il devait y avoir un vrai problème pour qu'elle agisse ainsi. Il se dépêcha de retourner à sa place pour le contacter.

— Tout va bien ? s'inquiéta encore Catherine quand il se rassit. Je vous ai vu entrer dans le cockpit.

— Visite de courtoisie, expliqua-t-il en souriant avant de reprendre son ordinateur.

Il voulait tenir Ben au courant sans tarder. Il lui relata sa visite aux pilotes et la tension qui régnait dans le cockpit sans qu'il puisse l'expliquer ni en donner la raison. Le commandant l'avait accueilli très aimablement, Connor Gray n'avait pas dit grand-chose, quant au copilote, il lui avait paru anxieux et pressé de le voir s'en aller.

Ce ne fut pas pour rassurer Ben. Le rapport de Tom renforçait l'impression qui pesait sur eux depuis le début de la journée : il manquait une pièce essentielle du puzzle et son instinct lui criait que le pire était à craindre. Pourquoi Jason était-il donc si pressé de voir partir le visiteur ? Et Helen devait sentir un réel danger si elle lui avait donné les codes d'accès au cockpit.

— Je pense qu'il y a un vrai problème sur ce vol, confia Ben à Phil avant de lui résumer le message de Tom.

— Ça ne me dit rien qui vaille, répondit son chef d'un air préoccupé.

Ils avaient maintenant confirmation de leurs soupçons et de leurs craintes – mais toujours aucune preuve concrète pour appuyer leur théorie, outre ce papier avec les codes.

— À moi non plus, convint Ben tandis qu'Amanda entrait et s'asseyait.

Elle était retournée un moment dans son bureau pour échapper à ce qu'elle considérait comme un excès de testostérone, raison pour laquelle, selon elle, ils refusaient d'admettre ses hypothèses concernant Helen Smith. En tant que femme, elle disait connaître la psychologie féminine et était donc absolument certaine d'avoir raison : le commandant de bord était sur le point de craquer, si ce n'était pas déjà fait, et ils allaient être témoins de terrifiantes conséquences. Ben et Phil, eux, redoutaient quelque chose de bien pire.

Lorsque Tom Birney eut quitté le cockpit, Jason regarda Helen d'un air soupçonneux.

— Qu'est-ce que c'est que ce plan ? Il est venu me surveiller ?

— Bien sûr que non ! Pourquoi donc ?

Elle commençait à ranger ses affaires pour se préparer à l'approche et à l'atterrissage. Ils n'étaient plus qu'à deux cents miles nautiques de l'arrivée. Elle n'allait pas tarder à appeler la tour. Elle s'était déjà signalée un peu plus tôt mais devait le faire à nouveau quand ils seraient plus près.

— Il ne travaille pas pour la compagnie, rappela-t-elle à Jason. Vous avez entendu ce qu'il a dit : ils aiment bien avoir le retour des pilotes sur la performance des machines. Ces échanges directs sont aussi profitables pour eux que pour nous.

— Alors pourquoi il ne m'a rien demandé ? contra-t-il avec un regard noir.

Helen sentait la colère le gagner.

— Mais voyons, ses questions s'adressaient à nous trois. Vous auriez très bien pu répondre si vous l'aviez souhaité.

Elle inclut Connor puisque, quelques jours plus tôt, il pilotait encore ces appareils et que Tom ignorait sa récente mise à la retraite.

— Je n'avais rien à lui dire, fulmina-t-il. Je me fiche pas mal de la façon dont sont construits leurs foutus avions. De toute façon, la compagnie ne me laisse pas les piloter.

Il se remit à bouder en attendant qu'elle lui passe les commandes pour l'atterrissage à SFO. Elle ne lui avait pas encore annoncé qu'elle ne le ferait pas. Elle le lui dirait au dernier moment afin de lui laisser le moins de temps possible pour réagir si cela le rendait fou de rage.

Ben répondit immédiatement au message de Tom en le priant de rester sur le qui-vive au cas où il se produirait quelque chose d'inhabituel. Catherine le scrutait pour essayer de comprendre ce qui se passait. Elle était persuadée qu'il y avait un problème et qu'il le lui cachait. Peut-être cela relevait-il du secret professionnel…

Nancy déballait des cookies que Joel disposait sur des assiettes pour les proposer aux passagers avant l'arrivée. Il leur resterait encore à récupérer les écouteurs en classe affaires et en première, et à faire un brin de ménage avant l'atterrissage.

Elle profita d'une courte pause pour envoyer un message à son mari. Ce n'était pas dans ses habitudes, mais, soudain, elle en eut envie. « Je t'aime », lui écrivit-elle simplement.

Il répondit sur-le-champ, visiblement inquiet. « Il y a un problème ? »

« Mais non, pas du tout. »

« Dans ce cas, moi aussi, je t'aime. À ce soir. »

Il quittait tout juste Miami parce que son vol avait du retard. Il tardait tellement à Nancy de lui annoncer la grande nouvelle quand ils se retrouveraient. Il leur avait fallu douze ans pour y arriver. Alors quelques heures de plus ou de moins… Mais ils allaient devoir parler de beaucoup de choses, et notamment de l'adoption de cette petite fille en Chine. Qu'allaient-ils faire ? Ce n'était pas la peine d'y réfléchir maintenant, sans son mari, songea-t-elle en servant les cookies tandis que Joel ramassait les écouteurs.

Le jeune couple saoudien accepta les biscuits en souriant. L'excitation les gagnait à l'approche de leur nouvelle vie à Berkeley. Le jeune homme discutait avec sa femme, bien plus détendu qu'à l'embarquement. Nancy donna deux cookies chacun à Mark et Nicole. Les enfants étaient impatients de retrouver leurs grands-parents. Au passage, elle remarqua que la femme qui avait bu beaucoup de champagne au décollage et son voisin bavardaient, très souriants l'un et l'autre. Une histoire d'amour était-elle née pendant le vol ? Tous les deux très séduisants, ils devaient avoir une petite quarantaine d'années. Ce ne serait pas invraisemblable et ils avaient eu tout le temps de faire connaissance.

Sa distribution terminée, elle retourna s'asseoir dans le coin cuisine où Joel la rejoignit quelques instants plus tard avec les écouteurs. Les voyageurs rechignaient toujours à les rendre avant la fin de leur film, mais l'équipage devait impérativement les récupérer une heure avant l'atterrissage et ne manquait pas de l'annoncer au début du vol afin que chacun puisse s'organiser. Sauf que tout le monde oubliait, pour ensuite s'en prendre aux hôtesses et stewards qui ne faisaient qu'appliquer le règlement.

En classe économique, le bébé pleurait de plus en plus fort. Monique Lalou, le chaperon des jeunes choristes, s'inquiétait sérieusement.

— Votre petit garçon est tout rouge, dit-elle à Robert. Je crois qu'il a de la fièvre.

Au même instant, le bébé projeta sur elle une gerbe de vomi. L'odeur était épouvantable. Bobbie courut chercher des serviettes humides, mais il n'y avait pas grand-chose à faire pour réparer les dégâts. Le père se confondit en excuses.

— Je ne sais pas ce qu'il a, avoua-t-il, affolé.

— Il faut l'emmener chez le médecin, déclara Monique avec colère. Il a été malade tout le vol. Vous n'auriez pas dû le faire voyager.

L'odeur se répandait dans la cabine. Le couple de l'autre côté de la rangée se pinçait le nez de dégoût. Le mari murmura à la femme :

— Et tu en veux un ? Moi pas !

— Il était mignon, avant de régurgiter, objecta-t-elle sans enthousiasme.

— Tu plaisantes, il braille depuis le décollage.

La fin du vol n'allait pas être agréable. Et que faire à l'atterrissage ? se demanda Robert. Il ne savait pas où trouver un médecin, et pas question d'appeler Ellen pour le lui demander. De toute façon, il ne la contacterait pas avant d'être à Tokyo. Il avait un plan et il comptait bien s'y tenir. Pour une fois, il allait faire ce qu'il voulait et pas ce qu'on lui disait. N'empêche que le petit était brûlant, il s'en rendait bien compte. Sa voisine avait raison : il était fiévreux. Il allait falloir l'emmener aux urgences pour qu'on lui administre un médicament. Pourvu que ça ne leur fasse pas rater leur vol pour le Japon ! Son billet n'était ni modifiable ni remboursable, il ne voulait pas le perdre. D'ailleurs, une fois à Tokyo, Scott irait mieux, il en était convaincu.

Bobbie alla de nouveau se réfugier quelques instants dans le coin cuisine de la classe affaires. Mais elle sentait si fort le vomi que les autres retinrent leur souffle. Elle recula.

— Je suis désolée, un bébé a vomi partout et j'en ai mis sur moi en essayant de les aider à nettoyer.

— Tu n'as pas d'uniforme de rechange ? s'étonna Nancy.

Bobbie secoua la tête en s'efforçant de garder ses distances. Mais cela ne suffisait pas.

— L'éco, c'est fini ! déclara-t-elle avant de tourner les talons.

Tout le monde se retournait sur son passage, cherchant d'où venait cette puanteur. Elle finit par se demander si l'équipage allait la laisser monter dans la navette. Sinon elle devrait prendre un taxi, et le chauffeur ne serait pas ravi non plus. Ce vol qu'elle trouvait pénible depuis le début se terminait de manière épouvantable.

Et pour couronner le tout, elle entendit le couple se disputer de plus belle lorsqu'elle passa à leur hauteur. Ils aimaient ça, ou quoi ? Pourquoi ne divorçaient-ils pas au lieu de se faire du mal en permanence ?

Au poste de pilotage, Helen demanda à Jason de ranger tous les documents qui traînaient et de veiller à la bonne application de la règle du « cockpit stérile » dès lors qu'ils seraient descendus à dix mille pieds et ce jusqu'à l'atterrissage. Il obtempéra puis se rassit avec un regard noir. Elle allait lui passer les commandes, oui ou non ? Elle lui avait promis de lui confier l'atterrissage. Helen scrutait le ciel pour surveiller le trafic aérien à portée de vue sans dire un mot. Connor Gray avait fermé les yeux. On aurait dit qu'il priait. Quel vieux bonhomme pitoyable !

Connor échappa au regard dédaigneux de Jason. Dans quelques instants, il allait connaître son tout dernier atterrissage en uniforme de pilote. Il ne s'était pas préparé à vivre cela un jour. Voler lui manquerait atrocement, il le savait. Il n'était pas prêt à mettre un terme aussi brutal à sa carrière. Pourtant, il allait devoir s'y faire, tout comme il avait dû accepter la mort de sa femme. Sa vie lui échappait, il avait l'impression de ne plus rien contrôler. Le destin avait pris les commandes.

Helen gardait tout son calme. Personne n'aurait pu deviner, en la voyant, que son cœur tambourinait à tout rompre dans sa poitrine. Elle sentait le danger et la menace peser tout autour d'elle, les mêmes que lorsque les terroristes avaient diffusé la vidéo de Jack, comme si son corps savait mieux que son esprit qu'une catastrophe se préparait. Toutes les fibres de son être étaient en alerte. Sauf qu'elle ne savait pas au juste ce qui couvait réellement. Hélas, comme pour la vidéo qui avait bouleversé sa vie à tout jamais, elle le découvrirait bien assez tôt. La seule chose à faire était de rassembler ses forces pour faire face, le moment venu. Elle se tenait prête. Prête au pire.

7

Deux agents de la Sécurité intérieure se présentèrent en civil au centre médical de l'UCSF. Ils se garèrent sur le parking du nouveau campus, non loin du stade de base-ball. Il leur fallut marcher un petit moment avant d'arriver au service de chirurgie où travaillait l'ex-petite amie de Jason. Leur boss leur avait indiqué qu'il s'agissait d'une enquête urgente et top secrète. Ils connaissaient l'identité de l'homme sur lequel ils devaient se renseigner. Ils savaient également qu'il s'agissait d'un pilote de ligne, qu'il se trouvait actuellement à bord d'un avion et que le temps pressait puisque l'atterrissage était prévu dans moins de trois heures. Mais ils ne savaient rien de plus. Ils devaient s'informer sur sa violence potentielle ; le chef avait parlé de problèmes de gestion de la colère.

Alan Wexler, le patron du bureau de San Francisco, avait confié cette mission aux agents Paul Gilmore et Lucy Hobbs qui travaillaient ensemble depuis deux ans. Aujourd'hui, ce serait Lucy qui conduirait l'interrogatoire. Ils devaient interroger une jeune femme – une infirmière de bloc opératoire de 27 ans – qui parlerait sans doute plus volontiers de son ex à une autre femme, d'autant que Lucy avait à peine quelques années de plus qu'elle. En jean et baskets, les cheveux ramenés en une longue queue-de-cheval et coiffés d'une casquette de base-ball, elle avait l'air d'une gamine. À 50 ans, Paul Gilmore approchait, au contraire, de la retraite, et ses enfants étaient même plus âgés que Lucy. Cependant, en faisant équipe avec elle, il avait pu constater qu'elle se donnait à fond dans son travail et que c'était l'un des agents les plus intelligents avec lesquels il lui ait été donné de coopérer. Au début, il avait pourtant tout fait pour éviter de se retrouver en binôme avec elle. Depuis, les choses avaient bien changé. Dès leur première opération ensemble, elle l'avait sauvé d'une balle, gagnant ainsi sa loyauté éternelle. Il se fiait donc à son instinct pour interroger la fille qu'ils allaient voir.

— Combien tu paries que son ex considère qu'elle le trompe si elle a rencontré quelqu'un d'autre, alors qu'ils sont séparés ? C'est très souvent le cas des mecs qui ont des problèmes de gestion de la colère, remarqua Lucy alors qu'ils étaient presque arrivés au service de chirurgie orthopédique où travaillait la jeune femme.

— Ce que tu es cynique ! Toutes les femmes ne sont pas infidèles. Seulement mon ex.

Elle l'avait quitté pour son ancien coéquipier.

C'était la raison pour laquelle il s'était retrouvé avec Lucy. À l'époque, il était dans un sale état. Mais avec son flegme, sa gaieté et le regard lucide et intelligent qu'elle posait sur les choses, elle l'avait aidé à remonter la pente. Un temps, il avait même perdu la raison au point de vouloir sortir avec elle. Elle avait su lui faire comprendre avec tact que c'était idiot, qu'il n'en avait pas vraiment envie et qu'il le regretterait, et elle avait eu bien raison. Depuis six mois, il fréquentait une agent secret de la Drug Enforcement Administration, l'agence fédérale de lutte contre le trafic de drogues. Cela faisait des années qu'il n'avait pas été aussi heureux.

De son côté, Lucy était en couple avec le même garçon depuis quatre ans, un instructeur de vol et pilote de planeur. Peu lui importait son métier du moment qu'il pouvait la voir quand elle était libre. Ils ne parlaient jamais du travail de Lucy. En revanche, il l'avait initiée à la chute libre. Paul trouvait que c'était de la folie ; il préférerait se faire tirer dessus plutôt que de sauter d'un avion. Lucy, elle, adorait cela. Elle affirmait que ça la libérait de toutes les tensions accumulées dans son travail. Pour Paul, cela ne faisait que confirmer ce qu'il pensait d'elle depuis le début, à savoir qu'elle avait un grain – ce qu'elle admettait volontiers.

— Je n'ai pas dit qu'elle lui était infidèle. Je dis que, s'il a des problèmes de gestion de la colère, il doit voir toute nouvelle relation comme une infidélité, même s'ils ne sont plus ensemble.

Lucy avait certainement raison, songea Paul. Elle se trompait rarement sur les gens. Ils devaient chercher à en savoir plus sur les éventuels accès de colère du suspect. Avait-il été violent avec elle ? Lui avait-il fait du mal physiquement ? L'estimait-elle dangereux pour les autres ? Il n'avait pas l'air très sympa, avaient conclu Paul et Lucy, mais ils en avaient vu de pires. Quoi qu'il en soit, le temps pressait.

À l'accueil du service, ils demandèrent Bianca Martinez. On leur répondit qu'elle était au bloc et n'allait pas sortir tout de suite. Ce n'était pas la réponse qu'ils attendaient. « Pas tout de suite » ne correspondait pas à la mention « urgence » qu'ils avaient reçue.

— Excusez-moi, insista Paul, mais nous devons la voir immédiatement. Il s'agit d'une question urgente de sécurité nationale.

Il avait parlé très calmement, mais avec une autorité naturelle qui ne requérait ni arme ni uniforme. Les gens obéissaient presque toujours instantanément quand il adoptait cette voix que, en riant, Lucy appelait la « voix de Dieu ». Ce ne fut pas le cas de la femme à l'accueil qui ne broncha pas. Paul sortit discrètement sa plaque pour la lui présenter. Elle leva les yeux pour le toiser.

— Elle a des ennuis ? Vous venez l'arrêter ?

Il voyait bien qu'elle posait la question par

curiosité, pour alimenter les cancans du service par la suite. Cependant, il décida de lui donner satisfaction. Si cela pouvait les aider à parvenir à leurs fins… Tout comme Lucy, il savait juger les gens. Ils formaient une bonne équipe. Mais auraient-ils mieux fait de venir en uniforme ? Lucy avait estimé que non. Ils s'étaient mis exprès en civil pour ne pas intimider la jeune femme qu'ils venaient interroger.

— Non, pas du tout, répondit-il à mi-voix. Nous avons besoin de son témoignage pour une enquête. Elle en a pour combien de temps, en chirurgie ?

La femme consulta un planning et sa montre avant de répondre.

— Encore sept ou huit heures : ils viennent de commencer. Il s'agit d'une opération de la colonne vertébrale. Ils devraient en avoir fini vers 16 ou 17 heures.

Il était 9 heures du matin. La mission leur avait été confiée à 8 heures et quart et ils avaient fait au plus vite. L'avion devait atterrir à 11 heures.

— Nous ne pouvons pas attendre. Il faut la faire sortir du bloc pour que nous puissions lui parler.

Il avait mis plus de force encore dans sa « voix de Dieu » et avait durci l'expression de son visage ; tout dans son attitude montrait qu'il ne plaisantait pas. Elle hésita un instant puis, avec un signe de tête, se leva de son siège.

— Je vais voir ce que je peux faire. Je ne peux

pas vous promettre qu'ils la laissent venir vous parler.

— Cela m'ennuierait énormément de devoir m'inviter dans le bloc pour la voir.

Pendant ce temps, Lucy adressait à la femme son sourire le plus gentil et le plus innocent. Qui aurait pu deviner qu'elle était tireur d'élite et qu'elle savait se servir avec une redoutable efficacité de toutes les armes que l'on pouvait lui mettre entre les mains ? Que ses frères l'appelaient Gladiator parce que, lorsqu'elle se battait avec eux, elle aurait lutté jusqu'à la mort plutôt que de céder ? Fille de policier, elle avait toujours voulu suivre la même carrière que son père, et elle y excellait. En entrant à la Sécurité intérieure, elle avait surpassé ses frères qui appartenaient tous les quatre à la police de San Francisco. À la fin de ses études, elle avait hésité entre ce département fédéral et le FBI. Du reste, elle avait été plusieurs années agent infiltré dans des affaires de drogue avant de faire équipe avec Paul. Ce dernier était davantage spécialisé dans la sécurité intérieure et le terrorisme international, ce que, par comparaison, Lucy prétendait trouver quelque peu insipide. Quoi qu'il en soit, c'étaient l'un et l'autre d'excellents professionnels.

La femme de l'accueil revint une dizaine de minutes plus tard.

— Elle arrive dès qu'elle aura pu se faire remplacer.

— C'est-à-dire ? Dans combien de temps ?

s'impatienta Lucy dont le regard s'était fait implacable. Si elle n'est pas là dans cinq minutes, nous allons la chercher.

La femme disparut de nouveau et revint avec sa supérieure à qui les deux agents présentèrent leur plaque. Impressionnée par leur mine sombre et les mots de « Sécurité intérieure », elle bredouilla :

— Je suis désolée, nous ne pouvons pas faire sortir une infirmière du bloc en deux minutes pendant une opération de la colonne vertébrale. Il faut trouver une collègue pour la remplacer et lui laisser le temps de se préparer.

— Je n'en doute pas, répondit Lucy sans se démonter, mais nous devons la voir *tout de suite*. Nous nous efforçons de respecter votre travail, mais il n'y a vraiment pas de temps à perdre. D'autres vies sont en jeu que celle de votre patient. S'il le faut, nous irons la chercher dans la salle d'opération.

La supérieure allait leur réexpliquer la situation quand une sublime jeune femme de type hispanique apparut derrière elle, visiblement inquiète. Encore en tenue de bloc, elle avait seulement ôté son calot et libéré ses épais cheveux bruns qui lui arrivaient aux épaules. Elle fixait Paul et Lucy, l'air déconcerté.

— Vous souhaitez me parler ? Je suis Bianca Martinez.

— Oui, confirma Lucy, soulagée de ne pas avoir eu à batailler davantage pour la voir tandis qu'ils montraient de nouveau leur plaque. Y a-t-il un endroit où nous pourrions nous entretenir en privé ?

Bianca les conduisit dans une petite salle de repos réservée au personnel de chirurgie.

— Excusez-moi, je n'ai pas pu sortir avant d'avoir été remplacée.

Elle soupira et se mit à parler avant même qu'ils l'interrogent. Elle était certaine de savoir de quoi il s'agissait. L'ICE, le service de l'immigration et des douanes, était déjà venu la voir auparavant.

— Je sais que vous avez des problèmes avec mon oncle, au Texas, mais, sincèrement, je ne suis au courant de rien. Mon père s'est brouillé avec lui il y a des années et je ne l'ai pas revu depuis mes 4 ans. Je ne le reconnaîtrais même pas si je le voyais. Je ne sais rien de ce qu'il fait à la frontière. Mes parents sont des gens respectables et nous n'avons jamais été en relation avec des immigrés clandestins.

Elle avait dû dire tout cela aux agents de l'ICE. De toute évidence, elle n'en pouvait plus de cette histoire et des tracas que cela lui avait causés ainsi qu'à sa famille.

— Oh, fit Lucy, c'est fâcheux en effet. Et certainement épineux pour vos parents. Mais ce n'est pas la raison de notre visite, ajouta-t-elle avec un sourire de connivence. Nous voudrions que vous nous parliez de votre petit ami, Jason Andrews.

Bianca parut abasourdie.

— Jason ? Ce n'est pas mon petit ami, rectifia-t-elle aussitôt. Nous sommes sortis ensemble environ un an, par intermittence, mais je suis avec quelqu'un d'autre maintenant. Un interne en chirurgie que j'ai rencontré ici.

— Que pouvez-vous nous dire de Jason ? demanda Lucy d'un ton égal pour la pousser à la confidence. Il est gentil ? Comment cela s'est-il terminé, entre vous ?

— Très mal.

La jeune infirmière ne semblait avoir aucune réticence à parler de lui. Lucy eut même l'impression qu'elle en avait envie, peut-être pour justifier sa décision de le quitter.

— Depuis le début, nous avons entretenu une relation d'amour-haine. Il est comme ça pour tout. Soit il aime, soit il déteste. Mes origines mexicaines ont causé beaucoup de problèmes entre nous. Il a tout le monde en horreur : les Noirs, les gays, les Hispano-Américains, les Asiatiques, les démocrates... Pendant mes études d'infirmière à l'université de San Francisco, j'ai fait un peu de mannequinat pour arrondir les fins de mois, et j'ai continué après en attendant de trouver un emploi. Jason et moi nous sommes rencontrés à une soirée. Il était fier que je sois mannequin et adorait se montrer avec moi. J'ai même décroché un ou deux contrats à New York et LA. Du coup, il pensait que j'aurais dû continuer, alors que moi, je ne voulais faire ça que le temps de trouver du travail dans le domaine qui m'intéressait. J'ai été sur liste d'attente pendant deux ans pour mon poste actuel. Il trouvait que j'étais idiote de vouloir être infirmière, que j'avais tort de renoncer au mannequinat. Cela devait flatter son ego ; moi, cela ne m'a jamais intéressée. Bref, il passait la moitié du temps à me mettre en avant et à se vanter de sortir avec un mannequin, et l'autre moitié à me balancer des remarques blessantes sur mes origines et à m'accuser de le tromper, ce qui n'est jamais arrivé. Durant toute l'année où nous sommes sortis ensemble, il n'a jamais voulu rencontrer mes parents – or ma famille compte énormément pour moi. Sauf mon oncle, ajouta-t-elle avec un sourire gêné. Je ne suis pas fière de lui. Nous pensons qu'il soutire de l'argent à des migrants pour leur faire passer la frontière, mais nous n'en sommes pas certains. J'ai également deux sœurs dont je suis très proche. Ma sœur aînée est avocate et la cadette vient de terminer ses études de médecine. Elle commence son internat ici. Elles aussi, Jason a toujours refusé de faire leur connaissance. Peu à peu, il s'est même mis à réagir de façon véhémente dès que je parlais de ma famille. Il a un caractère épouvantable.

Lucy hocha la tête avec bienveillance. Elle l'avait laissée parler pour mieux la cerner et se faire une idée de qui elle était. Il leur semblait à tous deux qu'ils pouvaient se fier aux informations qu'elle leur fournirait.

— Pouvez-vous nous en dire un peu plus ? Sur son caractère, je veux dire, suggéra-t-elle avec un intérêt sincère.

— Il lui arrivait de se mettre dans des colères pas possibles. En tout cas, il avait de vrais accès de rage. C'était tout l'un ou tout l'autre : soit il était fou de moi, soit il se conduisait comme s'il me haïssait. Nous avons essayé de vivre ensemble pendant un temps, mais je n'ai pas pu. Quand il était furieux après moi, il lui arrivait de ne plus m'adresser la parole pendant plusieurs semaines d'affilée. Il m'accusait sans arrêt d'une chose ou d'une autre. Je lui ai conseillé de se faire aider, je lui ai proposé que nous tentions une thérapie de couple, mais il n'a pas voulu. À l'époque, il avait des difficultés avec la compagnie aérienne pour laquelle il travaille. Il a eu des prises de bec avec ses supérieurs et, une fois, avec un pilote. Il a dû suivre des cours de gestion de la colère, mais cela n'a rien changé. Pour lui, c'était n'importe quoi. Il leur disait ce qu'ils voulaient entendre et se moquait d'eux et de leur supposée bêtise en rentrant à la maison. J'avais l'impression qu'il ne respectait personne. Il a reçu plusieurs avertissements de la compagnie, qui ne lui ont fait ni chaud ni froid. En revanche, quand les promotions ont commencé à lui passer sous le nez, ça l'a mis très en colère. Il sait se servir de son charme pour obtenir ce qu'il veut et il est très fort pour manipuler les gens. N'empêche qu'il a été fou furieux de rester vissé à son poste de copilote. Il est très intelligent – si on en croit les tests de QI, c'est pratiquement un génie – mais son caractère et ses sautes d'humeur lui causent énormément de tort. Il a de la chance que la compagnie ne l'ait pas licencié et lui ait donné une chance de se racheter une conduite. Peut-être parce qu'il est brillant justement. Ou parce qu'il est jeune. En revanche, il n'a pas eu une seule promotion de tout le temps où nous sommes sortis ensemble, et cela le contrariait de plus en plus. Il répétait que, un jour, ils allaient le regretter. Moi aussi, il me menaçait pas mal, mais cela en restait presque toujours aux mots. Je ne crois pas qu'il soit foncièrement mauvais. Il est surtout malheureux et paumé, et il entraîne tous ceux qui l'entourent dans son chagrin. Si seulement il parvenait à dominer sa colère, il aurait tout ce qu'il voudrait. Mais si ça se trouve, il est commandant de bord, aujourd'hui. Je ne lui ai pas parlé depuis notre rupture et je n'en ai aucune envie. La dernière fois qu'il m'a appelée remonte à plus d'un an. Il voulait me voir ; j'ai refusé ; il m'a traitée de tous les noms. Il ne saura pas que je vous ai parlé, au moins ? ajouta-t-elle, soudain paniquée.

Lucy se hâta de la rassurer.

— Jamais, promit-elle. Et vous faites cela pour nous aider, pas pour l'enfoncer. Nous vous en sommes très reconnaissants. Bien entendu, il n'en saura jamais rien. Est-ce qu'il vous a fait du mal, physiquement ?

C'était une question essentielle. Bianca hésita un instant avant de répondre.

— Une fois seulement. Mais il m'a souvent menacée de le faire, notamment lorsqu'il m'accusait de le tromper.

— Et cette fameuse fois, que s'est-il passé ?

— Il m'a giflée, assez fort pour que je garde un œil au beurre noir. À cause de Raf, avec qui je suis maintenant. Il l'a vu et a cru que je couchais avec lui. À l'époque, ce n'était pas le cas, je n'ai jamais trompé Jason. Il se montait la tête tout seul.

Lucy la croyait. Bianca lui paraissait honnête, et Jason avait tout l'air d'être une véritable plaie. L'archétype du petit ami épouvantable entre les griffes duquel tout le monde espère ne pas tomber – ou qu'on pense en vain pouvoir faire changer « si seulement les choses étaient différentes ». Bianca avait bien fait de se tirer de ce guêpier.

— Après l'œil au beurre noir, je l'ai quitté. Je pense que sa colère n'était pas vraiment dirigée contre moi. Il en voulait surtout à la compagnie aérienne qui faisait toujours quelque chose pour l'énerver ou lui demandait de justifier son attitude. Ils ne le lâchaient pas. Ils lui ont donné bien des chances mais ne lui ont accordé aucune promotion à cause de son comportement. Ils ont même fini par le menacer de le licencier s'il n'apprenait pas à se maîtriser. Il n'a pas conscience que c'est cela qui l'empêche d'obtenir tout ce qu'il veut. Pour lui, tout est toujours de la faute des autres, et il était persuadé que la compagnie la lui faisait à l'envers. Il ne se rend pas compte que ses réactions sont inacceptables.

— Est-ce qu'il pourrait s'en prendre à d'autres personnes ? Vous le croyez capable de blesser quelqu'un ? De tuer ?

Bien sûr, la réponse de Bianca n'aurait pas de réelle valeur pour leur enquête puisqu'elle n'était ni psychologue ni formée à l'évaluation des caractères. Cependant, son expérience d'infirmière lui donnerait peut-être un éclairage supplémentaire. De toute façon, sa réponse en tant qu'ex serait intéressante.

— Non, répondit-elle en secouant la tête, après un instant de réflexion. Tuer, certainement pas. Il n'est pas comme ça. C'est juste un garçon au tempérament incontrôlable et avec beaucoup de préjugés, qui en veut à la terre entière. Comme petit ami, il ne vaut rien, mais ce n'est pas un meurtrier en puissance. Il n'est pas fou, je ne crois pas. C'est juste un connard, conclut-elle en souriant.

Lucy lui rendit son sourire. Elle n'était cependant pas de l'avis de Bianca, même si celle-ci leur avait donné beaucoup d'informations utiles. Jason n'était pas « juste un connard ». Il lui semblait sérieusement perturbé et éprouvait une profonde rancœur envers la compagnie aérienne pour ces promotions qui lui étaient passées sous le nez – par sa seule faute, en effet.

— Quand je l'ai quitté, j'ai eu droit à un flot d'insultes racistes. Comme il était furieux, il a fait toute une histoire de mes origines mexicaines, il m'a accusée d'être une pute et m'a traitée de tous les noms. Il a continué pendant longtemps à m'envoyer des SMS, auxquels j'ai très vite arrêté de répondre. Et je ne suis jamais allée récupérer mes affaires chez lui. J'avais trop peur de tomber sur lui et qu'il me casse la figure. D'ailleurs, j'ai encore sa clé dans mon casier. Je croyais m'en être débarrassée, mais je suis retombée dessus l'autre jour. De toute façon, j'imagine qu'il a tout jeté, depuis le temps. Proférer des menaces et donner des coups : c'est tout ce qu'il sait faire. Il a eu une enfance assez dure. Comme son père, il a passé sa jeunesse à se bagarrer dans des bars, en tout cas c'est ce qu'il raconte. Son père le battait chaque fois qu'il était saoul, c'est-à-dire tout le temps. Il a été tué dans un accident à l'époque où Jason était au lycée, mais il le détestait, de toute façon. Quant à sa mère, elle est partie quand il était tout petit parce que son père la tabassait aussi. Il ne l'a jamais revue. Cela explique en partie ses problèmes avec les femmes, je pense. En fait, il n'a jamais vraiment eu de famille, c'est aussi pour ça qu'il ne comprenait pas que la mienne compte tant pour moi. Il est compliqué, en tout cas. Une thérapie aurait pu lui faire du bien…

Lucy et Paul avaient l'impression que Bianca leur dressait le portrait de la moitié des criminels de la terre. Une famille brisée et violente. Un père alcoolique et odieux. Une mère qui l'avait abandonné dans sa petite enfance. Une rage viscérale qu'il était incapable de contrôler. Des problèmes avec les femmes qu'il brutalisait en affirmant que c'était de leur faute. Aucun respect des valeurs familiales. Un rejet de l'autorité. Un profond ressentiment à l'encontre de tous ceux qui, estimait-il, lui avaient fait du tort. Et le désir de se venger, la projection de cette colère sur tous ceux qui lui passaient à portée de main. Le tableau dépeint par Bianca était bien plus terrifiant qu'elle ne s'en doutait.

— Vous avez bien fait de partir, et vous avez eu de la chance qu'il ne vous fasse pas plus de mal.

La jeune femme sourit sans se rendre compte du réel danger qu'elle avait couru, aussi bien quand elle était avec lui qu'après l'avoir quitté.

— Raf est costaud, confia-t-elle en souriant. Il me protège. Il est vénézuélien et issu d'une famille aussi soudée que la mienne. Mes parents et mes sœurs l'adorent. Nous allons peut-être nous marier l'année prochaine. Et je suis sûre que Jason m'a oubliée. Il doit avoir une autre copine, depuis.

Elle n'était pas en train de prêcher le faux pour savoir le vrai – Lucy le voyait dans ses yeux –, elle lui accordait sincèrement le bénéfice du doute. C'est alors qu'une idée vint à Lucy. Ils avaient un moyen de se procurer au plus vite de très précieuses informations.

— J'ai un service à vous demander, dit-elle d'un air ingénu auquel il était difficile de résister.

Comment croire, en la voyant si sincère, si gentille, semblable à toutes les jeunes femmes de son âge, qu'elle pouvait abattre un sniper ou un preneur d'otages sans une once d'hésitation et sans presque jamais manquer sa cible ? Paul adorait ce savant dosage entre dureté, dévouement et profonde empathie avec les gens. Il connaissait bien des agents pourtant excellents qui en étaient incapables.

— Bianca, reprit-elle après avoir marqué une pause, accepteriez-vous de me prêter cette clé que vous avez dans votre casier ? Je vous la rendrai et personne n'en saura jamais rien. Cela pourrait énormément nous aider – et, peut-être, sauver beaucoup d'innocents. Vous voulez bien ?

Bianca réfléchit un long moment, pesant le pour et le contre, évaluant les risques, puis elle finit par acquiescer. Ce qui la décida, ce fut que la jeune femme policier avait parlé de sauver des innocents.

— Je vais vous la chercher, dit-elle.

Elle revint quelques instants plus tard et tendit la clé à Lucy qui promit à nouveau de la lui rendre au plus vite.

— Je vous jure que personne n'en saura rien.

C'était d'autant plus vrai qu'eux-mêmes flirtaient avec les limites de la légalité.

— Si ça se trouve, il a déménagé, remarqua Bianca en leur notant sur une feuille l'adresse ainsi que les codes de la porte d'entrée et de l'ascenseur.

— Nous allons vérifier, lui assura Lucy.

L'adresse était la même que celle qui figurait dans son dossier. Il habitait toujours au même endroit.

Une inquiétude assombrit encore les grands yeux chocolat de Bianca. Il n'était pas difficile de croire qu'elle avait été mannequin. Elle en avait toujours la beauté et l'allure. En matière de femmes, Jason avait du goût, bien qu'il soit incapable de les aimer ou de les respecter.

— Il a fait quelque chose de vraiment grave ?

Elle avait cru l'aimer, un temps, même si cela n'avait pas duré et qu'il ne s'était pas montré digne de son amour.

— Pas que je sache, affirma Lucy, en toute honnêteté puisqu'elle ignorait les détails de l'affaire. Nous nous efforçons de le protéger lui aussi et de l'empêcher de commettre un acte qui ferait du mal à beaucoup de gens. Il semble qu'il ait besoin d'être sauvé de lui-même lorsque sa colère prend le dessus.

Bianca hocha la tête. Sachant cela, elle avait moins mauvaise conscience d'avoir parlé aux policiers.

— J'espère que ça va aller…, dit-elle.

— Vous nous avez beaucoup aidés, la remercia

Lucy, reconnaissante. Ce que vous nous avez appris nous est très utile.

Il était important pour Bianca de le savoir et d'être certaine d'avoir bien agi, de ne pas avoir trahi un homme qu'elle avait aimé. C'était essentiel dans une enquête comme celle-ci ; Lucy y faisait toujours attention.

— Merci, conclut-elle.

Ils se serrèrent la main et Bianca se recoiffa de sa charlotte tandis qu'ils sortaient tous les trois de la pièce, Paul et Lucy pour quitter l'hôpital et elle pour retourner au bloc. La réceptionniste les regardait en se demandant de quoi il pouvait bien s'agir. En tout cas, ce devait être quelque chose d'important. Un instant, elle avait bien cru que les deux agents allaient l'arrêter si elle ne leur amenait pas Bianca suffisamment vite.

Absorbée dans ses pensées, Bianca monta dans l'ascenseur pour retourner à son poste. Pourvu que Jason ne fasse rien d'idiot et qu'elle ait pu aider à l'en empêcher... Elle ne l'imaginait pas commettre délibérément un acte épouvantable qui blesserait des gens. Cependant, il pouvait effectivement devenir dangereux quand la rage le gagnait. Tout dépendait du degré de sa colère et du tort qu'il imaginait qu'on lui avait fait. Voilà le problème, avec lui. Impossible de le raisonner ou de prévoir ce qu'il allait inventer. Rien, cette fois, espérait-elle.

Lorsque les deux agents reprirent leur voiture sur le parking de l'UCSF, Lucy sortit la clé que lui avait donnée Bianca et la tendit à son coéquipier.

— Bingo ! lança-t-il en souriant. Tu as assuré avec elle, Lucy.

Il n'avait pratiquement rien dit durant l'entretien avec la jeune infirmière. Il savait quand se taire, cela faisait partie des choses que Lucy appréciait chez lui. Elle en avait eu des partenaires gaffeurs ou maladroits qui mettaient trop souvent les pieds dans le plat ! Travailler avec eux était un vrai cauchemar. Rien à voir avec Paul.

— Qu'est-ce qu'on fait ? On retourne au bureau pour appeler New York ou on fait un saut à l'appartement ?

Jason étant dans l'avion, ils n'avaient pas à craindre de le trouver sur place. C'était l'un des rares éléments que le bureau de New York avait transmis à San Francisco, outre le caractère urgent de la situation. Paul et Lucy en avaient déduit qu'il représentait un danger pour l'avion et ses passagers. Ils savaient également, par expérience, que fouiller son appartement pourrait les faire avancer très vite. Sans mandat, c'était illégal, sauf circonstances vraiment exceptionnelles, mais le jeu en valait la chandelle – même si ce n'était normalement pas à eux d'en décider. De toute façon, s'il le fallait, ils seraient en mesure de le justifier après coup. La Sécurité intérieure jouissait d'une totale autonomie dont ses agents pouvaient user à discrétion. Théoriquement, ils auraient dû en référer à leurs supérieurs et demander un mandat de perquisition. Sauf que, parfois, en cas d'extrême urgence notamment, ce n'était pas possible et il fallait prendre une décision sur-le-champ. Ils décidèrent de se passer d'autorisation.

— Je vote pour l'appartement, répondit Lucy.

— Je m'en doutais, sourit Paul. Moi aussi. Cela va nous faire gagner beaucoup de temps et sans doute nous épargner des regrets par la suite.

Ils étaient donc d'accord : il fallait franchir la ligne jaune pour les besoins de la mission.

— Espérons que nous ne trouverons pas une fille dans son lit, ironisa Lucy.

— On pourra toujours la ligoter et l'enfermer dans le placard, plaisanta Paul.

Elle lui donna l'adresse notée sur le papier. Ce n'était pas loin. Il habitait le nouveau quartier gentrifié de South of Market, près du littoral. En arrivant, ils trouvèrent un immeuble propre et moderne. Par chance, le code de la porte d'entrée était toujours celui que leur avait donné Bianca. Même chose pour celui de l'ascenseur.

— Fastoche, commenta Paul tandis qu'ils montaient jusqu'au septième étage.

— Ne t'emballe pas avant qu'on ait tourné la clé dans la serrure.

Un coup d'œil aux boîtes à lettres leur avait confirmé qu'il vivait bien toujours là, heureusement. Si tout se passait comme prévu, ils pourraient dire que Bianca leur avait offert une mine d'or.

Ils entrèrent sans difficulté dans l'appartement. Une seule serrure, pas d'alarme, personne à l'intérieur : ils n'auraient pu rêver mieux. Le deux-pièces était petit mais sa situation devait faire grimper le loyer. Il donnait à l'est, avec vue sur la baie et, juste sous les fenêtres, le Bay Bridge, fraîchement rénové, qui menait à Oakland, Berkeley et la banlieue d'East Bay. De la vaisselle sale traînait dans l'évier, des vêtements jonchaient le sol, le lit n'était pas fait – un désordre somme toute classique pour un appartement de célibataire. Jusqu'ici, ils ne relevaient rien d'anormal pour un garçon qui vivait seul avec un bon job et un salaire correct.

Paul inspecta les placards de la chambre et de la salle de bains pendant que Lucy s'occupait du bureau. Ils ne voulaient pas s'attarder au cas où passerait quelqu'un avec un double de la clé, ne serait-ce que pour faire le ménage. Il n'y avait pas d'affaires de femme, constata Paul. Il avait dû jeter celles de Bianca et ne vivait manifestement pas avec une nouvelle compagne.

Lucy commença par ouvrir les tiroirs sans rien y dénicher de spécial. Elle ne s'intéressa pas tout de suite à la pile de livres sur le sol. Son ordinateur était verrouillé et ils n'avaient pas le mot de passe. Cela aurait été trop demander à Bianca. Il était déjà miraculeux qu'elle ait pu leur procurer la clé de l'appartement. Lucy s'assit au bureau et parcourut les papiers qui s'y amoncelaient. Sous une pile de magazines, elle débusqua un iPad qui, lui, n'était pas verrouillé. C'était presque trop facile, mais à vrai dire, Jason n'avait pas anticipé la fouille de son appartement. Ils furent également étonnés par l'absence de décoration : aucune photo, rien sur les murs, uniquement le mobilier de base. On aurait pu croire qu'il louait l'appartement meublé.

L'iPad non plus ne contenait rien de personnel, ni playlists, ni courriels, ni photos ou vidéos de famille. C'est alors que Lucy ouvrit le dossier « notes » dans lequel semblaient être rassemblés les résultats d'une recherche sous le titre « armes ». En les parcourant, elle se rendit vite compte que toutes les armes en question avaient un point commun : elles ne comprenaient aucun composant métallique, uniquement du plastique ou des matériaux indécelables par un détecteur de métaux. La plupart étaient des pistolets faciles à assembler soi-même, avec des schémas expliquant comment les monter. Certains paraissaient étonnamment performants et pouvaient être faits à l'imprimante 3D, d'autres à partir d'objets courants. Il y avait également un pistolet qui ressemblait à un stylo-bille. Au total, cela faisait un paquet d'armes en plastique disponibles sur Internet avec leurs manuels de montage. Lucy resta stupéfaite.

— Qu'est-ce que tu as ? demanda Paul qui se dirigeait vers la cuisine.

Elle leva la tête, toujours sidérée.

— Merde, Paul. Il y a là toute une série de flingues et autres armes en plastique qui passent sans problème au détecteur de métaux et aux machines à rayons X des aéroports.

Paul la rejoignit et siffla entre ses dents alors qu'elle faisait défiler les pages sur l'écran.

— C'est dingue qu'on puisse poster des choses pareilles sur Internet, accessibles à tous les gamins – ou à qui voudrait détourner un avion.

Il y en avait des dizaines de modèles.

En consultant rapidement les autres documents, Lucy découvrit un tas d'articles sur l'avion allemand qu'un pilote suicidaire avait fait s'écraser dans les Alpes françaises en 2015, tuant ses cent cinquante passagers. Un autre dossier portait sur les différentes manières de se suicider ; selon des informations également glanées sur Internet, elles étaient classées en fonction de leurs avantages et inconvénients, de leur degré d'efficacité, de difficulté de mise en œuvre, de douleur… Toutefois, la principale pièce à conviction recherchée par New York était sans doute la liste des armes en plastique faciles à assembler, accompagnées de leurs notices. Le reste n'était que du bonus. Elle examina alors les livres qu'elle avait repérés sur le sol. Ils traitaient des mêmes sujets. Jason avait visiblement consacré beaucoup de temps et d'efforts à ce projet. Il avait soigneusement préparé son coup, que ce soit pour aujourd'hui ou pour une autre fois, et ce qu'ils redoutaient ne relevait pas de l'improvisation. De toute évidence, Jason Andrews avait un plan. Toute la question était de savoir s'il avait un de ces pistolets en plastique à bord de l'avion. C'était fort possible même si rien ne permettait de l'affirmer. En tout cas, il devait en maîtriser le mode d'emploi sur le bout des doigts.

— Il faut rentrer au bureau dare-dare, déclara Paul. Prends l'iPad.

Tout ce dont ils avaient besoin, et que New York avait craint, se trouvait sur la tablette. Ils avaient bel et bien un pilote sans scrupule à bord.

— Bien sûr. Tu crois vraiment que j'allais le laisser ?

— Excuse-moi.

Ils balayèrent une dernière fois l'appartement du regard avant de sortir et de refermer la porte à clé, comme ils l'avaient trouvée en arrivant. Une minute plus tard, ils étaient dans l'ascenseur. Dans la voiture, Paul alluma la rampe gyrophare pour pouvoir passer aux feux rouges et arriver plus vite, mais laissa la sirène éteinte. Pendant qu'il se faufilait dans la circulation, Lucy appela le bureau.

— Je crois que nous avons ce que vous cherchiez, annonça-t-elle à leur chef, Alan Wexler.

— Ai-je besoin de demander comment vous avez fait ?

— Vaut mieux pas… Mais il s'agit d'un iPad

bourré de renseignements sur des armes en plastique à fabriquer soi-même et indétectables par les machines à rayons X. Il y a aussi un tas de trucs sur le suicide et des articles sur le crash de l'avion allemand dans les Alpes par un pilote suicidaire. Nous rapportons l'iPad.

— Je préviens New York. La petite amie vous a parlé ? Elle est au courant d'un plan ?

— Ex-petite amie. Cela fait un an qu'elle n'a plus de nouvelles. Elle nous a parlé de ses colères incontrôlables, de sa fureur contre la compagnie qui le bloque au rang de copilote tant qu'il n'aura pas réglé son problème de comportement. Et elle nous a donné la clé de chez lui.

— Je m'en doutais, puisque vous avez la tablette. Au moins, vous n'êtes pas entrés par effraction…

— On est même passés par la porte d'entrée.

— J'organise une conférence téléphonique avec New York dès votre retour. Vous êtes là dans combien de temps ?

— Regardez par la fenêtre, nous venons d'arriver.

Paul pila dans un crissement de pneus et ils sautèrent de voiture pour monter directement dans le bureau du chef qui se leva à leur entrée.

Lucy alluma l'iPad, ouvrit les documents et le tendit à Alan.

Ils avaient maintenant un sacré problème sur les bras. Bien pire que ce que Ben, Dave et Alan Wexler avaient craint, même en imaginant le pire. Un pilote suicidaire, sans doute armé, et remonté à mort contre la compagnie… Pour couronner le tout, il avait peut-être bien l'intention de détruire le Golden Gate Bridge au passage, histoire de faire encore plus parler de lui.

Alan Wexler remercia Paul et Lucy pour la qualité et la rapidité de leur travail, et pria son assistante d'organiser une conférence téléphonique avec son homologue de la Sécurité intérieure à New York. Ces nouvelles n'allaient certainement pas plaire à Ben Waterman, mais Paul et Lucy avaient accompli leur mission avec brio.

8

Amanda, qui s'était enfermée dans son bureau pour se calmer après son différend avec Ben au sujet de la principale menace qui les guettait, réfléchit un moment et décida de passer un coup de fil. Elle ne voyait pas d'autre solution pour convaincre ses collègues. Elle n'y parviendrait pas seule, il lui fallait du soutien. Le premier nom qui lui vint était celui de Mildred Stern, la psychiatre qui les assistait souvent lors des prises d'otages, soit pour les aider à évaluer la situation et les risques pour les captifs, soit pour tenter de communiquer au mieux avec les ravisseurs. Très reconnue dans son domaine, elle avait écrit plusieurs livres sur les relations amoureuses et leur troublante ressemblance avec une prise d'otages. Comme Amanda, elle avait étudié la criminologie. Elle s'occupait également du suivi des agents de la Sécurité intérieure qui souffraient du syndrome de stress post-traumatique. Elle avait même un bureau juste à côté de l'aéroport, dans l'un des bâtiments administratifs de la Sécurité intérieure. Sa passion de la criminologie l'avait poussée, vingt ans plus tôt, à renoncer à son cabinet élégant et lucratif de Park Avenue pour se consacrer à son travail auprès des SWAT, les unités d'intervention des forces de police. Fille d'un avocat pénaliste de Chicago, elle avait ainsi fini par trouver sa voie.

Amanda parvint à la joindre du premier coup. Par chance, elle tombait juste entre deux patients. Elle exposa le cas à l'éminente spécialiste en précisant qu'il s'agissait d'une situation à hauts risques et que l'officier responsable de l'affaire faisait complètement fausse route. Il se concentrait sur le copilote qui, selon elle, ne constituait nullement une menace, et refusait de se pencher sur le pilote, qui, d'après Amanda, était une sorte de bombe à retardement tout à fait capable de crasher l'avion.

— Cela m'a l'air compliqué, en effet, concéda Mildred d'un ton calme. Je n'ai pas encore reçu de bulletin d'information ; vous êtes restés très discrets. En termes de temps, on en est où ?

— Deux heures, grand maximum, peut-être une heure et demie, au pire une heure avant l'atterrissage. Nous ne sommes pas certains que le danger soit réel, mais c'est fort possible. On envisage sérieusement un scénario suicide, avec dans le cockpit trois pilotes susceptibles d'en arriver là, pour diverses raisons. Tout a commencé par une carte postale trouvée par une employée de la TSA. Il se peut que ce ne soit rien, mais nous ne pouvons pas courir le risque de rester les bras croisés.

Sauf que Ben Waterman faisait complètement fausse route et c'était dramatique. Elle avait besoin de l'aide de la psychiatre pour lui faire entendre raison.

— Il doit se poser ici ? demanda Mildred.

— Non, à SFO. Il a décollé d'ici à 8 heures.

— Pourquoi y a-t-il trois pilotes à bord ?

— Nous avons un commandant de bord à la retraite qui voyage dans le cockpit pour rentrer chez lui. Il y a deux jours, il a fait un AVC au sol et a été réformé sur-le-champ. Sa carrière est finie et il a perdu sa femme il y a deux ans : il pourrait bien avoir des idées suicidaires lui aussi. Vous voulez bien venir m'aider à faire réfléchir le responsable de l'opération ? Nous avons moins de deux heures, et la vie de plus de cent passagers et de l'équipage entre les mains.

— Je vous retrouve dans votre bureau dans cinq minutes, promit Mildred en se levant avant d'attraper son sac.

Amanda raccrocha en souriant, soulagée d'avoir fait appel à la psy. À elles deux, elles allaient y arriver, c'était certain. Elle admirait énormément Mildred dont elle avait lu tous les livres, et elle allait enfin avoir la chance de travailler avec elle. C'était, elle aussi, une femme qui évoluait professionnellement dans un monde d'hommes. Elle saurait s'y prendre, quand Amanda en était encore à apprendre à se faire respecter de ses collègues et supérieurs masculins. Elle savait qu'elle était encore loin du but, et qu'ils se moquaient d'elle dans son dos. Elle en avait assez. Assez de se battre en permanence contre la machine bureaucratique. Assez de voir ses théories et ses diplômes méprisés au profit de l'instinct et de l'expérience de ces messieurs – des atouts précieux, certes, mais qui ne faisaient pas tout. Ils refusaient catégoriquement d'accorder le moindre crédit à sa contribution. Par sexisme uniquement, elle en était certaine.

Mildred, une petite femme menue aux cheveux blancs bien coupés, tint parole et la rejoignit cinq minutes plus tard. Amanda se présenta et l'emmena dans le bureau de Ben. Lorsqu'elles entrèrent, celui-ci s'entretenait avec Phil, le responsable de l'opération sur le terrain, et Dave, de la sécurité aéroportuaire. Les trois hommes levèrent la tête, surpris qu'elles soient deux. Dave n'avait encore jamais eu affaire à Mildred, contrairement à Phil qui avait travaillé avec elle à de nombreuses reprises. Quant à Ben, il parut extrêmement déconcerté à sa vue. Elle le salua pourtant avec une attitude très professionnelle qui ne trahit nullement le fait qu'elle le suivait en thérapie depuis la prise d'otages qui avait mal tourné, et il en fit de même.

— Bonjour, Mildred, lui dit-il simplement tandis qu'Amanda et elle s'asseyaient avec eux.

Phil la considéra d'un air surpris.

— Qu'est-ce que vous faites ici ?

À sa connaissance, personne ne l'avait appelée. Il n'estimait pas nécessaire d'avoir son opinion sur l'affaire en cours. Pas pour le moment, en tout cas. Ben comprit aussitôt de quoi il retournait et jeta un regard furieux à Amanda.

— Tu as appelé la cavalerie ?

— Oui, confirma-t-elle d'un air pincé. Puisque vous refusez tous de m'écouter, je me suis dit que vous feriez plus grand cas de l'avis du Dr Stern.

Elle n'avait pas su contenir sa réaction irascible et immature.

— Je suis désolé que vous l'ayez pris ainsi, assura Phil. Cependant, pour votre gouverne, l'autorisation de votre hiérarchie – autrement dit, Ben ou moi – est nécessaire pour convoquer une psychiatre, même si nous avons l'habitude de travailler avec elle. La prochaine fois, prévenez-nous avant de traîner le Dr Stern ici.

Il adressa un sourire à Mildred qui le lui rendit. Elle connaissait le règlement, bien sûr, et supposait qu'Amanda avait reçu la permission de la faire intervenir. La jeune femme l'avait placée dans une position embarrassante, ce qui avait le don de la contrarier.

— Mildred et moi sommes de vieux amis, reprit Phil, et nous avons travaillé ensemble sur bon nombre d'affaires. Toutefois, le rôle des psys de notre équipe n'est pas d'aider des agents à en convaincre d'autres. Il consiste à contribuer à l'analyse des risques d'une situation et à l'élaboration de la meilleure stratégie à adopter. Ou à traiter avec des preneurs d'otages pour ajouter leurs compétences aux nôtres.

— Je suis convaincue que vous vous trompez tous de suspect, répliqua Amanda qui n'en démordait décidément pas. J'ai un double master de psychologie et de criminologie : ce n'est pas Jason Andrews le problème. Nous perdons notre temps à nous intéresser à lui. Il est intelligent et ambitieux, et c'est un excellent pilote qui a trente-cinq ans de carrière devant lui. Il ne va pas tout gâcher avec une mission suicide.

— L'Allemand qui a tué cent cinquante personnes dans les Alpes n'avait que 27 ou 28 ans et c'était aussi un pilote remarquable. On n'est jamais certain de ce qui peut faire péter les plombs aux gens ni de ce dont ils sont capables, contra Ben.

— Pour moi, le danger vient de Helen Smith. C'est impossible de surmonter ce qu'elle a vécu sans perdre la tête, plaida-t-elle d'une voix stridente, ne désespérant pas de parvenir à les convaincre, avec l'aide de Mildred Stern.

— Détrompez-vous, intervint la psychiatre d'un ton ferme, certaines personnes parviennent à mener une vie normale et paisible après avoir connu les pires atrocités. Prenez les survivants des camps de concentration, par exemple. Beaucoup d'entre eux ont même eu une vie extrêmement riche. Je connais la situation du commandant Smith, mais je n'ai jamais entendu dire qu'elle souffrait de troubles mentaux. Y aurait-il eu du changement ?

Tout le monde fit non de la tête.

— Tout est parti de ça, expliqua Ben en faisant glisser la carte postale vers elle. Ce n'est peut-être rien du tout, mais nous avons décidé de ne pas courir de risques. Pour comble de malchance, nous n'avons pas d'agent de sécurité à bord de ce vol. Nous avons eu un problème technique sur l'A380 et avons dû répartir les passagers dans deux avions plus petits. L'agent prévu initialement est dans l'autre appareil, donc nous ne disposons d'aucune protection pour l'équipage et les passagers de celui-ci. Quant à savoir de qui pourrait venir le problème – si problème il y a –, c'est la loterie. Nous nous cassons la tête depuis ce matin pour résoudre cette énigme. Pour ma part – et Phil est de mon avis –, j'estime que le commandant Smith est notre meilleur atout en cas de souci. Ancienne pilote de chasse, elle a passé vingt ans dans l'armée. Elle saura se protéger, ainsi que l'avion. Le copilote, en revanche, a un dossier disciplinaire long comme le bras, un comportement exécrable, des difficultés de gestion de la colère, et il en veut à mort à la compagnie qui ne lui a pas accordé de promotion depuis deux ans. Il est même extraordinaire qu'il n'ait pas encore été renvoyé. Ça lui pend certainement au nez, et il doit s'en douter. Il en a après le monde entier.

— A-t-il des antécédents psychiatriques ? Des tendances suicidaires avérées ?

Ben secoua la tête.

— Non, pas plus que Helen Smith. Le pilote qui vient d'être mis à la retraite anticipée serait peut-être plus susceptible de mettre fin à ses jours mais, s'il en arrivait là, j'ose penser qu'il le ferait seul, en choisissant son moment et sans entraîner tout un avion avec lui. C'était l'un de nos meilleurs pilotes, malheureusement il a fait un AVC.

— Je suis désolée de l'apprendre, fit la psychiatre avec compassion avant de les regarder tour à tour. Franchement, vous êtes dans un sacré pétrin. Il n'est pas facile de deviner les intentions des gens, et ce genre de problème survient de façon tout à fait inattendue. De prime abord, j'aurais tendance à me ranger à l'avis de Ben et Phil : Helen n'a montré aucun des signes avant-coureurs habituels, sauf si quelque chose m'échappe. En revanche, une jeune tête brûlée comme le copilote, tel que vous le décrivez, serait bien capable d'un tel acte pour attirer l'attention ou « se venger » sans songer à son brillant avenir, comme le décrit Mlle Allbright. Du reste, je ne suis pas certaine que son avenir soit si brillant que cela. Il a l'air d'être sur une pente savonneuse vis-à-vis de la compagnie. Et que deviendra-t-il s'il est renvoyé ? Il sera fichu. Personne ne voudra de lui. Or, soyons francs, aucun pilote ne souhaite exercer un autre métier.

C'est leur passion, c'est toute leur vie – et c'est tout ce qu'ils savent faire. Bref, un licenciement serait pour lui pire que la mort.

— Il n'en est pas encore là, rappela Ben. Mais il est vrai que ça pourrait venir.

Mildred hocha la tête d'un air pensif, sous le regard déçu d'Amanda.

— Vous êtes donc d'accord avec eux ? demanda-t-elle d'une toute petite voix.

— Je crois, oui. À vrai dire, aucun de nous ne peut avoir de certitude tant qu'il ne sera rien arrivé. Tout est possible, de l'atterrissage sans accroc à la tragédie la plus terrible. Et pour le pont, qu'avez-vous prévu ?

Rompue à ce genre de situation, elle s'y sentait comme un poisson dans l'eau et faisait généralement d'excellentes suggestions.

— Nous allons fermer le Golden Gate d'ici quelques minutes. À 10 heures, heure locale.

À peine avait-il fini sa phrase qu'une assistante entra pour annoncer qu'Alan Wexler, le chef du bureau de San Francisco, ainsi que deux de ses agents étaient en ligne pour une conférence téléphonique avec eux. Ben prit aussitôt l'appel et activa le haut-parleur.

— Nous sommes tous là, annonça-t-il d'une voix claire. La petite amie vous a parlé ? Vous avez obtenu de nouveaux éléments ?

— Nous avons tout ce qu'il vous faut, se vanta Alan Wexler dont la voix trahissait un sourire. Les agents Paul Gilmore et Lucy Hobbs sont avec moi. Ils se sont entretenus avec elle et ont fouillé l'appartement d'Andrews – merci de ne pas ébruiter ce détail.

Personne n'aimait s'épancher sur les libertés qu'il leur arrivait de prendre. Ces agissements étaient tolérés au niveau de la Sécurité intérieure, mais le grand public n'avait pas forcément besoin d'en être informé. Ces infractions à la procédure normale n'avaient lieu que dans des situations d'urgence, pour des raisons qu'ils jugeaient légitimes. Il fallait parfois en passer par là pour sauver des vies.

— Bonjour, dit Lucy avant de répéter tout ce que Bianca leur avait appris sur Jason Andrews.

De fait, ce n'était pas rassurant ; cela confirmait même leurs pires craintes.

— Ensuite, enchaîna-t-elle, nous sommes allés chez lui. Mlle Martinez n'ayant plus de contact avec son ex depuis un an, elle n'a pas pu nous renseigner sur son état d'esprit actuel. Elle nous a quand même dit que, lorsqu'ils sortaient ensemble, il en voulait à la compagnie de le laisser stagner sans lui accorder de promotion. Il leur reprochait de bousiller sa carrière sans admettre qu'il en était en partie responsable par son attitude tempétueuse. Bref, elle nous a donné la clé de l'appartement, et nous y avons trouvé des infos intéressantes. On a mis la main sur son iPad qui contient des pages et des pages sur les armes à fabriquer soi-même, entièrement en plastique pour ne pas être visibles aux rayons X. Avec des schémas super détaillés. Les armes ont bien l'air létales. On n'en a pas trouvé dans l'appartement. Sur l'iPad, il y avait aussi des résultats de recherches sur les méthodes de suicide, et sur le pilote allemand qui a crashé un avion dans les Alpes. Mais le plus troublant, ça reste les armes en plastique. On va tout vous envoyer électroniquement pour que vous vous rendiez compte par vous-mêmes.

Ben dévisagea ses collègues avec consternation. Il avait bien craint quelque chose de ce genre. Quelques instants plus tard, les armes et les schémas s'affichaient sur l'écran d'ordinateur fixé au mur.

— Merde, lâcha Phil en se frottant les yeux.

Ben examina les pistolets un à un jusqu'à l'écœurement.

— Je crois que nous sommes tous d'accord. C'est bien d'Andrews que vient le danger. Et, désormais, tout porte à croire qu'il est armé. Nous ferions mieux de prévenir Helen Smith.

Le chef du bureau de San Francisco s'absenta quelques instants. À son retour deux minutes plus tard, il annonça :

— On vient de fermer le pont sous prétexte d'une fuite de gaz. Les véhicules d'urgence sont sur place, la circulation est déviée. Nous avons également dépêché trois vedettes des gardes-côtes. Nous sommes prêts – ce qui ne servira absolument à rien si Andrews tue le commandant et crashe l'avion.

Ben aurait voulu enfouir sa tête entre ses bras et pleurer un bon coup. Si Jason Andrews était armé, cela changeait tout. Il allait être bien plus difficile de l'empêcher de nuire et de sauver l'avion – surtout sans agent de sécurité à bord.

— Vous croyez que le commandant à la retraite pourrait nous aider ? demanda Alan au bout du fil.

— J'en doute, répondit Ben. Moi, je parierais plutôt sur Helen, mais j'ignore ce qu'elle peut faire avec un pistolet braqué sur elle.

— Elle est coriace, remarqua Phil d'un ton égal. J'ai lu son dossier attentivement. Elle est ceinture noire de plusieurs arts martiaux et excellent tireur.

— Il n'en faudra pas moins pour essayer de garder les commandes de l'avion.

— Vous préférez que nous restions à l'aéroport ou que nous nous rendions sur le pont ? demanda Alan.

— Ce que j'aimerais vraiment, c'est que vous soyez dans le cockpit de l'avion avec un flingue sur la tempe de ce malade – et pas un flingue en plastique, tempêta Ben avec rage. Sinon, je ne sais pas. Les deux à la fois. Vous trois, il vaut peut-être mieux que vous soyez sur le pont, au cas où il parviendrait à prendre le contrôle de l'appareil. Mais laissez suffisamment d'hommes à l'aéroport, en cas de problème à l'atterrissage.

Enfermé dans son bureau de New York, loin du cœur de l'action, Ben se sentait impuissant.

Ce qu'il fallait faire en priorité, c'était avertir Helen Smith que son copilote pouvait être armé.

— Tenez-nous au courant, d'accord ? dit-il.

Mildred Stern l'observait, ravie de le voir si bien se débrouiller face à la situation. Certes, il paraissait stressé, mais il gérait la crise au mieux. Les ennuis viendraient plus tard, si cela tournait mal, un mois seulement après le traumatisme de la prise d'otages.

Amanda ne disait plus rien. Ce que les agents avaient découvert dans l'appartement de Jason Andrews confirmait à 100 % les soupçons de Ben et Phil. Il n'était plus question de théories psychologiques, mais d'armes et d'un homme furieux contre la compagnie qui l'employait et bien renseigné sur le suicide. Elle ne pouvait plus nier que c'était lui, le principal suspect, et elle n'avait rien à ajouter. Un instant plus tard, la psychiatre se penchait vers elle et lui soufflait à mi-voix :

— Personne ne peut avoir raison à tous les coups. Il nous arrive à tous de nous tromper, c'est forcé. Très souvent, nous n'avons pas suffisamment d'éléments pour nous forger une vraie certitude. Nous sommes contraints de prendre des décisions sur un coup de dés.

— Eh bien, cette fois, je n'aurais pas pris la bonne, consentit Amanda, mortifiée.

— Dans ce cas, vous aurez raison la prochaine fois, assura Mildred d'un ton encourageant.

— Ils ne m'écoutent jamais. Ils me prennent

pour une idiote parce que je suis une femme, gémit-elle, les larmes aux yeux.

— C'est une bande de mecs, trancha Mildred Stern. Si vous voulez votre place parmi eux, il va falloir vous battre. Et pas en agissant dans leur dos.

Pendant cet aparté, Ben avait établi une communication satellite avec Helen Smith. Comme elle l'avait fait plus tôt dans la matinée, Helen répondit d'un ton détaché, comme si elle contrôlait parfaitement la situation. Ben savait que ce n'était pas le cas, hélas. Ils l'avaient déjà prévenue d'un danger potentiel à bord quelque temps auparavant, en soulignant qu'il pouvait aussi bien s'agir de terroristes que de son copilote, et qu'elle ne pouvait pas compter sur l'intervention d'un agent de sécurité.

— Ben Waterman à l'appareil. Commandant, tout porte à croire que votre copilote est armé. Il dispose vraisemblablement d'un pistolet en plastique fait maison – hélas tout aussi efficace et mortel qu'un autre. Il a effectué des recherches très complètes sur le sujet, nous le savons sans l'ombre d'un doute, ainsi que sur le suicide et sur l'affaire du pilote allemand dans les Alpes. Nous estimons que vous faites face à un très grave danger. Il se pourrait qu'il vise le Golden Gate Bridge, que nous avons donc fermé à la circulation il y a cinq minutes. S'il plante l'avion à cet endroit, nous avons des équipes de secours en place, des hélicoptères et des gardes-côtes.

Tout est prévu. Méfiez-vous de lui et gardez les commandes tant que vous le pouvez.

— J'y veillerai, comptez sur moi, Ben, dit-elle d'un ton toujours aussi léger de façon à ne pas éveiller les soupçons de Jason. Tout va bien ici. Il fait un temps superbe, c'est une journée idéale pour un atterrissage à SFO.

— Je suis sincèrement navré que nous n'ayons pas d'agent armé à bord. Je vous promets que cela ne se reproduira pas.

— Pas de problème, Ben. Merci de m'avoir prévenue. Nous allons faire en sorte de nous poser à temps pour que personne ne rate sa correspondance. À très vite à New York, conclut-elle avec confiance. J'appelle la tour dès que nous avons raccroché.

La savoir ainsi sans défense dans les airs, très probablement à la merci d'un homme armé, déchirait le cœur de Ben.

— Qu'est-ce qu'il voulait ? s'enquit Jason. Depuis quand on appelle le pilote par satellite à n'importe quel propos ?

— J'ai l'impression qu'ils ne veulent pas encombrer les radios de la tour avec des bavardages. Ils voulaient juste me prévenir qu'ils craignaient de ne pas pouvoir nous libérer un stand tout à fait à l'heure. SFO est quelque peu surchargé aujourd'hui. Nous allons nous efforcer de préserver les correspondances de nos passagers. Nous ne pouvons pas faire mieux.

— C'est tout ce qui compte, pour eux. Ces

passagers à la con. La compagnie se fiche pas mal des pilotes, par contre. Regardez ce qu'ils lui ont fait, à lui ! s'indigna-t-il en désignant Connor qui semblait somnoler sur son siège. Viré du jour au lendemain après quasiment quarante ans de carrière, tout ça pour un mal de tête !

— Il a été victime d'un AVC, rectifia-t-elle calmement. C'est très grave. Il aurait pu en avoir un autre en plein vol. Je suis convaincue que le commandant Gray est d'accord avec cette décision.

Jason ne répondit pas. Il braquait toujours les yeux droit devant lui. Helen songea à ce que lui avait dit Ben. Son copilote était sans doute armé et dangereux. Même si elle se l'avouait à regret, elle n'avait pas de mal à le croire. Elle n'en laissait rien paraître mais se préparait à toute éventualité. Elle avait cent onze personnes à amener à bon port et comptait bien ne pas en perdre une seule.

Une pagaille organisée régnait sur le Golden Gate Bridge. Des véhicules des services de secours barraient l'accès au pont. Camions de pompiers, ambulances et équipes médicales se tenaient prêts. On avait même fait venir une grue au cas où il faudrait soulever une partie de l'avion après qu'il se serait écrasé, pour permettre aux secours d'intervenir. Des centaines de personnels d'urgence étaient alignés de part et d'autre du pont à attendre qu'il se passe quelque chose. Deux hélicoptères survolaient les lieux. Les trois vedettes des gardes-côtes croisaient dans la baie et quelqu'un avait même pensé à appeler le *Phoenix*, le navire des pompiers souvent utilisé pour l'accueil des dignitaires et des bateaux de croisière, qui pourrait asperger d'eau l'avion s'il prenait feu en heurtant le pont.

Personne ne savait au juste ce qu'il se passait ni pourquoi ils avaient été convoqués. On avait parlé d'une fuite de gaz et d'un risque d'explosion, mais les membres les plus expérimentés des services d'urgence pressentaient qu'il s'agissait de quelque chose de beaucoup plus grave, comme une attaque aérienne, un crash d'avion ou une menace terroriste de grande ampleur visant le pont. Le chef de la police de San Francisco vint sur les lieux pour s'entretenir avec le directeur des services de secours.

— Qu'est-ce que vous en dites ? lui demanda-t-il.

— Franchement, on dirait qu'ils s'attendent à ce que quelqu'un ou quelque chose démolisse le pont. Sans doute un avion.

Il ne semblait pas s'agir d'une alerte à la bombe – ou alors ce serait un missile nucléaire.

— Militaire ?

— Peut-être, mais j'en doute. Entre les gardes-côtes et nous, on est prêts à prendre en charge cent cinquante survivants. Ça fait beaucoup pour une opération militaire. Il doit plutôt s'agir d'un vol commercial. Peut-être bien une affaire de prise d'otages et de détournement d'avion par des fanatiques suicidaires, qu'ils ne veulent pas ébruiter. Bah, on le saura bien assez tôt.

L'attente leur paraissait à tous interminable. Que se passait-il ? Aucun ne croyait vraiment à l'histoire qu'on leur avait racontée. Ils étaient en place depuis une vingtaine de minutes quand les cars satellites de la presse commencèrent à affluer sur les lieux, déversant des flots de cameramen et de reporters qui posaient des questions auxquelles personne n'était capable de répondre. La Sécurité intérieure tenait à ce que l'on s'en tienne à l'histoire de la fuite de gaz, mais les journalistes n'en croyaient pas un mot. Et aucun de ceux qu'ils interviewaient non plus, à commencer par les secouristes eux-mêmes.

— C'est certainement la plus grosse fuite de gaz de l'Histoire, ironisa un journaliste après avoir interrogé tout ce qu'il pouvait de pompiers et d'équipes paramédicales.

Deux hélicoptères de la télévision s'étaient joints à ceux des secouristes qui survolaient déjà le pont déserté par la circulation. C'était un drôle de spectacle, sous un soleil éclatant. À chaque fois qu'on apercevait ou qu'on entendait un avion, tout le monde levait la tête, mais il ne se produisait rien. Les chaînes d'information avaient interrompu la diffusion de leurs programmes habituels pour montrer le pont. On prévenait la population de ne pas s'approcher, au cas où une explosion surviendrait. Il n'y avait d'ailleurs aucun badaud sur place, rien que des professionnels, lorsque Ben alluma la télévision dans son bureau. Tout le monde avait les yeux rivés sur l'écran, y compris Mildred Stern qui était restée avec eux.

— On va passer pour les plus gros débiles de l'histoire de l'aviation, si l'appareil se pose tranquillement à SFO, commenta Ben en voyant tous les préparatifs déployés en prévision d'un éventuel crash de l'avion sur le pont.

— J'aime mieux passer pour un imbécile qu'avoir à annoncer aux familles le décès de leurs proches, répliqua Phil d'un air sombre.

Il n'y avait pas d'autre solution. Il fallait tout mettre en œuvre. Soudain, Ben songea à l'agent de la TSA qui avait trouvé la carte postale et qui attendait depuis des heures à la réception au cas où ils auraient des questions à lui poser.

— Tu ne veux pas aller chercher la jeune femme qui a donné l'alerte ? demanda-t-il à Amanda qui s'exécuta.

Bernice entra quelques instants plus tard, toute timide, impressionnée par eux autant que par ce qu'elle avait déclenché.

— Oh, mon Dieu, souffla-t-elle en découvrant tous les véhicules d'urgence à l'écran.

Un journaliste décrivait les dangers de la fuite de gaz qui menaçait le Golden Gate Bridge de San Francisco.

— Il y a une fuite de gaz en plus ? demanda-t-elle, éberluée.

— C'est la version grand public, expliqua Ben. On ne peut pas révéler qu'il y a sans doute dans le ciel un dangereux pilote qui projette de détruire le pont. D'autant que, même si tout porte à le croire, on ne sait toujours pas si c'est vrai.

Ce qu'elle voyait, et dont elle était en quelque sorte responsable, l'effrayait. Toute la journée, elle avait reçu des SMS de Denise et Della : la seconde lui demandait ce qu'il se passait, tandis que sa cheffe la traitait d'irresponsable et l'accusait d'avoir déclenché une belle pagaille. Mais peu lui importaient ces reproches ; elle ne songeait plus qu'aux passagers et à ce qu'il adviendrait d'eux si l'avion s'écrasait. Elle se rappela le jeune homme débordé avec son bébé, les petites choristes du Queens, les deux enfants qui voyageaient seuls et les pleurs de leur mère au moment de les laisser. Bernice lui avait promis qu'ils ne risquaient rien. Et si c'était faux ? Et s'ils mouraient ? Elle aurait bien préféré s'être trompée, tout comme les autres, mais l'ampleur des secours mis en place lui faisait craindre le contraire. Pour tout le monde dans le bureau, le pire devenait soudain fort réel, fort plausible.

Une passagère sonna pour demander un verre d'eau avant l'atterrissage. Elle avait allumé son écran pour regarder les informations et branché ses propres écouteurs. Elle semblait hypnotisée par le reportage de CNN que Nancy se mit à regarder avec elle.

— Waouh ! Que s'est-il passé ? demanda-t-elle en reconnaissant le Golden Gate Bridge.

— Je ne sais pas. Il doit y avoir un accident. Le pont est fermé et ils parlent d'une fuite de gaz. J'habite à Marin, je ne vais pas pouvoir rentrer chez moi. Et il faut que je récupère mon chien à sa pension avant 17 heures.

Elles voyaient les hélicoptères, les gardes-côtes, le bateau des pompiers et les dizaines de véhicules et d'ambulances. Nancy n'entendait pas le son, mais les images se suffisaient à elles-mêmes.

— Ce ne doit pas être une petite fuite de gaz, commenta-t-elle avant de regagner le coin cuisine où elle raconta à Joel ce qui se passait. On se croirait en zone de guerre, conclut-elle.

— On en saura plus à l'atterrissage, dit-il d'un air préoccupé en finissant de ranger les provisions.

Plusieurs autres passagers avaient vu le reportage et en parlaient entre eux.

— Ça veut dire qu'on ne peut pas se rendre à Berkeley ? s'inquiéta Ahmad en se tournant vers sa femme.

— Je crois qu'on passe par un autre pont pour y aller, le rassura Sadaf.

Elle ôta son abaya, la longue robe grise qu'elle portait par-dessus ses vêtements, et la plia soigneusement. Elle était en jean, pull et tennis comme toutes les jeunes femmes de son âge.

— Qu'est-ce que tu fais ? demanda Ahmad, choqué.

— Ici, je n'en ai pas besoin, répondit-elle calmement.

Cela le mit en colère. Beaucoup de femmes de son entourage sortaient en tenue de ville à l'occidentale lorsqu'elles étaient à l'étranger. Pourtant, l'idée que Sadaf en fasse autant lui déplaisait. Elle garda sur la tête le foulard blanc qui lui encadrait le visage.

— Sauf que tu es avec moi et que je ne veux pas que des hommes te voient en jean.

— Il est hors de question que je passe mes années étudiantes à Berkeley sous mon abaya comme ma grand-mère, riposta-t-elle d'un ton ferme avant de détourner la tête et de fermer les yeux.

Il lui en voulait de rompre ainsi avec la tradition. Il ne voulait pas que leur vie change, ici. Pas si vite, en tout cas. Ils venaient tout juste de quitter le monde qui leur était familier et ne connaissaient pas encore le nouveau. Il se sentait perdu.

Dans le cockpit, les pilotes n'étaient pas au courant de la fuite de gaz. Connor s'était réveillé. L'air anxieux, Jason finit par poser à Helen la question qu'elle redoutait tant, même si son visage impassible ne trahissait rien de son inquiétude.

— Quand allez-vous me passer les commandes ? Vous m'avez promis de me laisser atterrir, lui rappela-t-il d'une voix que l'impatience avait durcie.

Sa question n'avait rien d'anodin. Helen se tourna vers lui avec un sourire détendu.

— Désolée, Jason. Je ne sais pas pourquoi mais ils m'ont demandé de me charger de l'atterrissage. Ce n'est pas très grave, vous savez. Cet avion n'a rien de passionnant, contrairement au gros. Je vous promets qu'il sera tout à vous la prochaine fois que nous volerons ensemble.

— N'importe quoi ! éructa-t-il avec colère. Ils ne me font pas confiance, c'est ça ? J'ai un peu cassé les pieds à deux ou trois pilotes et ils me le font payer à vie ! J'en ai tellement marre de ce siège de copilote ! Je suis capable de piloter les mêmes avions que vous, et même mieux sans doute. Ils n'ont aucune raison de vous faire atterrir aujourd'hui, à part pour m'humilier une fois de plus.

— Je suis désolée, je vous assure. Mais nous avons des ordres. Vous savez ce que c'est.

— On n'est pas dans l'armée. Ils ne peuvent pas nous commander tout le temps comme ça ! Pourquoi vous ne les envoyez pas promener ? hurla-t-il.

— Parce que j'ai trois enfants à nourrir et que j'ai besoin de mon boulot. Toute ma vie, j'ai obéi aux ordres. Ça n'a rien de personnel. Parfois, ils ont des raisons que nous ignorons. Je suis désolée de vous contrarier, assura-t-elle gentiment pour ne pas l'énerver davantage, en espérant même qu'il se calmerait un peu.

— Ça, vous pouvez le dire, que je suis contrarié. Je suis fou de rage, même. J'en ai ras-le-bol, vociféra-t-il.

Sur quoi, il prit son sac et sortit du cockpit, sans doute pour se rendre aux toilettes avant l'atterrissage.

— Vous n'avez pas besoin de moi si vous ne me laissez pas les commandes, lança-t-il par-dessus son épaule avant de claquer la porte qui se verrouilla derrière lui.

Connor regarda Helen et soupira. Elle était ennuyée que Jason ait pris son sac, mais n'en dit rien au pilote retraité. Il n'était pas non plus censé aller aux toilettes juste avant l'atterrissage, mais elle préféra ne pas en faire une histoire pour ne pas aggraver les choses.

— Vous êtes bien plus patiente que moi. S'il avait été sous ma responsabilité, je l'aurais fait licencier, confia Connor, exaspéré.

Helen se rendit compte qu'elle devait profiter de l'absence de Jason pour l'avertir.

— J'ai eu beaucoup de garçons comme lui sous mes ordres dans l'armée. Certains finissent par rentrer dans le rang. Pas tous. Connor, ajouta-t-elle alors à mi-voix, il est probable que nous ayons un problème.

— Mécanique ?

Il n'avait pourtant rien remarqué d'anormal. Il faut dire qu'il avait beaucoup somnolé.

— Non, avec Jason. J'ai reçu des appels satellites de la Sécurité intérieure. Il se pourrait qu'il projette de s'emparer des commandes de l'avion avant l'atterrissage. On n'est sûrs de rien. Si cela arrive, je ferai mon possible, mais j'aurai peut-être besoin de votre aide. Je suis désolée de vous inquiéter.

Elle n'avait aucune envie qu'il ait un nouvel AVC, peut-être fatal cette fois-ci. N'empêche qu'il fallait le mettre au courant.

— Il se peut très bien que ce ne soit rien du tout, mais c'est la raison pour laquelle je ne le laisse pas atterrir. Je devrais pouvoir garder le contrôle de l'avion – et de lui, j'espère –, mais je tenais à vous avertir qu'il mijotait peut-être quelque chose.

Il hocha la tête, pensif, puis regarda Helen avec le plus grand sérieux.

— Je n'en doute pas, commandant. Je connais vos prouesses de pilote. Vous allez nous poser sans accroc. Je sais que vous en êtes capable, quoi qu'il arrive. Vous avez déjà vécu des situations bien pires.

Elle hocha la tête, touchée par cette allusion et la confiance qu'il lui témoignait.

— C'est vrai. J'ai horreur d'effrayer les passagers, mais je risque de ne pas avoir le choix. La Sécurité intérieure le croit armé, sans doute d'un pistolet en plastique fabriqué maison. Soyez prudent. Pas de folie. Mais gardez-le à l'œil. Nous allons poser cet avion. Vous avez raison : j'en ai vu d'autres.

— Oui, ne l'oubliez pas.

Il lui sourit et lui adressa un salut militaire. Lui aussi était un ancien pilote de chasse, elle se souvenait de l'avoir lu quelque part.

Un silence tendu s'installa alors dans le cockpit en attendant le retour de Jason, qui mettait un temps fou à revenir. Avait-il vraiment sur lui ce fameux pistolet, ou s'affolait-on pour rien ?

Jason s'absenta un quart d'heure. Il s'était enfermé dans les toilettes de première classe, pour le plus grand agacement des hôtesses. Il revint dans le cockpit au moment où Helen faisait le tour de la baie de San Francisco pour se préparer à l'approche. Elle n'avait aucune raison de ne pas l'autoriser à rentrer puisqu'il ne l'avait menacée en rien. Les hypothèses émises à son sujet pouvaient se révéler fausses.

La tour de contrôle voulait qu'elle patiente cinq minutes pour ne pas avoir à attendre au sol qu'un stand se libère. Elle se tenait prête à atterrir dès qu'on le lui dirait. Elle jeta un regard à Jason. Toute trace de colère avait disparu, il souriait. Il semblait heureux, apaisé. Qu'avait-il fait pour se détendre ainsi ? Que cachait-il dans son sac ? Des armes ? Ou de la drogue ? Elle se concentra sur ce qu'elle avait à faire. Jason, lui, ne se départait pas de son sourire insouciant.

— Ça a été un plaisir de voler avec vous, assura-t-elle.

Il hocha la tête. Du coin de l'œil, elle le vit tapoter sa poche. Pourvu qu'il n'ait pas d'arme… Allez, ils étaient presque arrivés. Plus que quelques minutes et ils seraient à bon port.

— C'est réciproque, commandant. Je crois bien que c'était le plus beau vol de ma vie, ajouta-t-il avant de se mettre à rire.

9

Tout en bavardant avec Catherine, Tom restait attentif aux moindres soubresauts de l'avion. À mesure que la fin du voyage approchait et que l'excitation de sa réunion à venir la gagnait, sa voisine s'était nettement détendue. Manifestement, elle ne se rendait pas compte qu'il y avait un problème. Tom, lui, se demandait pourquoi ils tournaient en rond au lieu d'atterrir. S'agissait-il d'une demande de routine de la tour de contrôle afin de réguler le trafic à SFO ou y avait-il une autre raison ? Fallait-il laisser le temps aux véhicules d'urgence de se préparer au sol ? Il avait compris qu'il fallait rester discret pour ne pas créer de mouvement de panique ou, tout simplement, si ce n'était qu'une fausse alerte. Aussi évitait-il d'aller aux nouvelles dans le cockpit. Tout de même, l'approche prenait bien du temps...

Quelques instants plus tôt, il avait vu Jason sortir du cockpit l'air contrarié et s'enfermer dans les toilettes de première pendant un bon moment. En ressortant, il avait l'air calmé. Il n'y avait apparemment rien d'anormal ou qui justifiât l'intervention de Tom. En attendant, il découvrait que Catherine était très sympathique et qu'il aimait bavarder avec elle. Elle lui avait parlé de son travail à Wall Street et de ses espoirs pour l'entretien qu'elle allait passer. Il décida de lui poser la question qui lui trottait dans la tête avant l'atterrissage. Autrement, il risquait de ne jamais la revoir.

Il s'excusa par avance de son indiscrétion.

— J'espère que vous ne m'en voudrez pas de vous demander cela, mais j'imagine que vous n'êtes pas mariée, puisque vous avez évoqué une récente rupture avec votre petit ami ?

— Non, en effet, confirma-t-elle en souriant. Et vous, au fait ?

— Pas actuellement.

Il fut soulagé d'entendre se déplier le train d'atterrissage tandis que l'avion perdait légèrement de l'altitude. Cela semblait peut-être un peu prématuré, mais rien d'alarmant pour autant.

— Pour tout vous dire, cela fait longtemps que je suis divorcé.

Cela expliquait qu'il ne porte pas d'alliance. Ce n'était ni un oubli ni une duperie.

— Vous avez des enfants ? s'enquit-il.

Il avait réellement envie d'en savoir davantage sur elle. Ils avaient passé presque tout le vol sur leurs ordinateurs respectifs sans prendre le temps de discuter.

— Non. Disons que j'ai laissé passer l'occasion. Je n'ai jamais été mariée – quoique cela n'ait pas tellement d'importance de nos jours. J'ai des tas d'amies qui ont fait des enfants toutes seules ou qui en ont adopté. Le célibat n'est donc plus une raison pour ne pas en avoir. C'est plutôt que, depuis vingt ans, je me suis consacrée à ma carrière et je n'ai fréquenté que des hommes que je n'avais pas envie d'épouser, ou inversement. J'ai eu 40 ans cette année et je me suis rendu compte qu'il était trop tard. Alors j'ai décidé de faire les choses dont j'avais toujours rêvé sans vraiment m'en donner les moyens, comme postuler à ce job en Californie. Rien ne me retient à New York : ni famille, ni enfants scolarisés, ni mari, ni petit ami. Je suis une femme libre.

Elle avait l'air heureuse de la vie qu'elle menait, en tout cas.

— J'aimerais beaucoup vous revoir avant que vous ne rentriez à New York... Vous auriez le temps de déjeuner ou de dîner ? Ou de prendre un verre ?

— Ce serait avec grand plaisir, mais je vous préviens, je serai à Palo Alto.

— Je dois pouvoir vous y rejoindre, assura-t-il sans se démonter. Ce n'est qu'à quarante minutes du centre. Nous pourrions passer la journée de samedi à San Francisco, et je vous raccompagnerais. Qu'en dites-vous ?

— Je suis libre demain. Je reste quelques jours de plus, au cas où ils souhaiteraient me revoir pour un second entretien. Je suis donc disponible vendredi et samedi ; je repars dimanche.

— Ah c'est parfait. Je pourrais venir dîner à Palo Alto vendredi et, si tout se passe bien, nous pourrions passer la journée de samedi ensemble ? Je viendrai vous prendre, si vous voulez.

— « Si tout se passe bien », c'est-à-dire si je n'aspire pas ma soupe trop bruyamment et que je ne déclenche pas une bataille de pain au restaurant ? plaisanta-t-elle.

Le vol s'était déroulé sans accroc, elle avait survécu : elle était d'excellente humeur. Elle s'attendait toujours au pire en montant en avion, mais il ne s'était jamais produit. Ses craintes étaient toujours infondées.

— Si vous voulez. Enfin, dans mon esprit, cela signifiait plutôt si vous ne me considérez pas comme un abruti à la fin du dîner. On ne sait jamais ce que va donner un premier rendez-vous.

— Oh, j'en connais un rayon sur le sujet, je suis passée maître en premiers rendez-vous.

Il se mit à rire, ce qui ne l'empêcha pas de remarquer qu'ils descendaient lentement de leur altitude de croisière. Helen pilotait tout en douceur, comme il le fallait, même si certains anciens pilotes militaires pouvaient avoir un style plus brutal que d'autres. Pourvu que leurs craintes ne se confirment pas..., songea-t-il. Cela semblait bien parti. Alors qu'ils touchaient au but, il ne s'était toujours rien passé.

Catherine lui donna sa carte de visite sur

laquelle elle avait noté le nom de son hôtel. Il lui donna la sienne en retour. Témoin de l'échange en passant à côté d'eux, Nancy sourit intérieurement. Elle avait vu juste. Quelque chose était en train de naître entre ces deux-là. Quoi qu'il en soit, malgré la nervosité de la femme au début du voyage, ils s'étaient révélés être des passagers très accommodants.

— Je vous appelle demain pour savoir comment s'est déroulé votre entretien, promit Tom avant de jeter un coup d'œil par le hublot pour voir où ils en étaient.

Nancy s'assurait que tous les passagers avaient bien redressé leur siège et attaché leur ceinture. Elle prit le temps de vérifier que Nicole et Mark n'avaient pas besoin d'aide. Contrairement au bébé braillard de classe éco, ils avaient été des anges tout le long du vol.

— On va bientôt voir mamie ! fit Nicole qui sourit de toutes ses dents, à l'exception des deux de devant tombées récemment. Elle vient nous chercher à l'aéroport et ensuite on téléphonera à maman.

Son frère regardait par le hublot. Ils étaient toujours aussi sages.

Nancy avança d'un rang pour s'arrêter à hauteur du couple saoudien. Le jeune homme avait l'air de ne plus adresser la parole à sa femme qui semblait essayer de le raisonner sans qu'elle sache à quel sujet. Elle s'avisa alors qu'elle avait ôté sa longue robe grise et qu'elle était en jean et en Nike. Oui, c'était manifeste, elle lui parlait et il ne répondait pas. Il regardait par le hublot lui aussi, pensif. Il devait avoir autre chose en tête. Elle regagna le coin cuisine. Vivement l'atterrissage ! Il lui tardait de retrouver son mari, ils avaient beaucoup de choses à se dire ce soir. Il allait falloir prendre une décision pour cette petite Chinoise de 2 ans ; Nancy était bien incapable de se prononcer à ce sujet. Joel, lui, feuilletait un guide de Martha Stewart sur l'organisation des mariages, qu'il avait sorti de son bagage cabine. La journée de travail était presque finie et leur vie privée les attendait chez eux.

En jetant un coup d'œil en première, Nancy vit que Susan Farrow avait mis un grand chapeau de paille et des lunettes noires. Elle avait expliqué aux hôtesses avec lesquelles elle avait bavardé qu'elle avait horreur d'être reconnue quand elle voyageait parce qu'elle préférait porter des vêtements confortables et ne pas se maquiller, ce qui jurait avec son image glamour. À une époque où tout le monde pouvait être pris en photo sans s'en rendre compte avec un téléphone portable et où ledit cliché risquait de faire le tour du monde sur Internet, il ne fallait jamais se montrer sous un jour défavorable. Elle avait déjà installé son petit chien dans son sac de transport afin d'être prête à débarquer et filer rapidement. Un représentant de la compagnie viendrait l'attendre à la porte pour l'accompagner à sa voiture. Les hôtesses en avaient eu confirmation et la feraient débarquer en premier comme le voulait son statut de VIP.

Dans le cockpit, Helen venait de recevoir l'autorisation d'effectuer son approche finale à SFO. Alors qu'elle amorçait une descente en douceur, elle remarqua que Jason la regardait fixement. Il désigna les commandes sur son manche, à côté de son siège. Ils en avaient en effet chacun un pour piloter l'avion.

— Ce sera tout, commandant. Merci pour cet agréable vol. Vous pouvez me transmettre les commandes, maintenant, et couper les vôtres.

Une fraction de seconde, elle espéra qu'il plaisantait. Elle n'avait pas été loin de croire qu'ils avaient échappé aux problèmes que redoutait Ben.

— C'est moi qui vais poser cet avion, Jason, lui rappela-t-elle, impassible.

— Eh bien non. C'est moi.

Au moment où il transféra les commandes vers son manche de pilotage, Helen appuya sans qu'il s'en rende compte sur un petit bouton sur le côté de son propre manche afin que les contrôleurs aériens entendent en continu tout ce qui se passait dans le cockpit. Il ne la vit pas faire, absorbé qu'il était par la prise de contrôle de l'avion. Elle ne contra pas sa manœuvre afin de ne pas déstabiliser l'appareil. Il vira brutalement vers le nord, dans la direction opposée à celle de l'aéroport.

Aussitôt, la tour intervint pour demander à

Helen ce qu'elle faisait. Les contrôleurs avaient déjà été informés que tout changement de plan de vol devait immédiatement être rapporté à la Sécurité intérieure, mais on ne leur avait rien précisé de plus.

— Que voulez-vous que je leur dise ? demanda Helen à Jason.

Il réfléchit un instant. De son côté, elle savait que la tour l'avait entendue poser la question et que les contrôleurs comprendraient donc qu'elle n'était plus aux commandes de l'avion.

— Que nous refaisons une boucle parce que vous n'étiez pas prête à atterrir.

Elle obtempéra. Au même moment, du coin de l'œil, elle aperçut Connor qui se levait de son siège et se demanda si elle avait bien fait de l'avertir. Jason le vit aussi. Tout en dirigeant l'avion droit sur le Golden Gate Bridge, il sortit de sa poche le pistolet qu'il y avait dissimulé. Il lui avait fallu plus de temps pour le monter que lorsqu'il s'était entraîné chez lui, mais il y était parvenu. L'arme, équipée d'un silencieux, était en état de marche. Il la pointa vers Connor à qui il s'adressa d'une voix dure :

— Rasseyez-vous. Pas d'idiotie.

— Vous êtes fou. Vous êtes au courant, n'est-ce pas ? Vous ne vous en sortirez pas comme ça.

— Ah oui ? lâcha Jason, glacial. Regardez donc un peu.

Sur quoi il lui tira dans la poitrine et le ventre. Connor Gray s'effondra, son uniforme bientôt trempé de sang. Dans la tour de contrôle, on discerna bien un *pan*, mais la détonation ne fut pas assez puissante pour être entendue en dehors du cockpit. Jason avait considérablement réduit leur altitude.

— Restez calme, lui enjoignit Helen. Je vais aller l'aider. Vous n'avez plus besoin de ce pistolet maintenant que vous contrôlez l'avion.

Elle se leva lentement de son siège. Tout entier à sa manœuvre, il n'essaya pas de l'en empêcher. Elle s'approcha de Connor, ôta sa veste et essaya de s'en servir pour stopper l'hémorragie. Grièvement blessé, il avait déjà beaucoup de mal à parler. Quand il la regarda dans les yeux, elle s'efforça de le rassurer.

— Ça va aller, lui promit-elle. Nous serons bientôt au sol.

Elle l'installa le plus confortablement possible et retourna à sa place à côté de Jason. La tour avait redemandé ce qu'ils faisaient et où ils allaient. Ni Helen ni Jason ne répondirent. Le contrôleur les somma de revenir et les avertit de ne pas réduire leur altitude davantage car il y avait du trafic. En regardant par la fenêtre latérale, elle repéra un gros avion juste en dessous d'eux.

— Attention au trafic, le prévint-elle. Vous n'allez pas y arriver, vous vous en rendez compte ? Si vous me repassez les commandes maintenant, je pourrai nous poser sans encombre. Vous n'aurez qu'à me retenir en otage, si vous voulez, une fois que nous serons au sol.

— Qu'est-ce qu'ils vont faire ? Nous abattre ? Nous envoyer un missile ? Ils ne peuvent pas : nous avons cent deux passagers et neuf membres d'équipage à bord. Ils ne vont pas les mettre en danger. Pas la peine de jouer les héroïnes, commandant. Qu'est-ce qu'on en a à faire, de ces gens ?

Il attendait ce moment depuis des années. Rien ne l'arrêterait.

Elle tenta tout de même une dernière fois de le raisonner.

— Vous ne voulez blesser personne.

Sauf que c'était déjà fait. Derrière eux, Connor Gray était à l'agonie. Le but de Jason Andrews ne faisait plus aucun doute : comme le craignait Ben, il fonçait inéluctablement sur le Golden Gate Bridge.

La tour avait aussitôt alerté la Sécurité intérieure qui prévint son responsable local, lequel appela Ben, à New York, qui regardait encore les images du pont et des équipes de secours. Il mit le haut-parleur.

— Il a pris les commandes, annonça Alan Wexler à Ben. Elle a pu appuyer sur le bouton de la radio. Les contrôleurs aériens entendent tout. Il a tiré sur quelqu'un – sans doute le commandant Gray, puisque le commandant Smith parle encore. Ils vont droit vers le pont.

— Merde, lâcha Ben. Phil, où est Tom Birney ? Envoyez-lui un e-mail pour lui demander d'intervenir. Si Smith essaie de reprendre les commandes, Andrews va la tuer.

— Quoi qu'il arrive, il tirera sur l'un des deux, souligna Phil d'un air sombre.

Il envoya cependant un message à Tom Birney, mais ne reçut pas de réponse.

Tom s'était déjà rendu compte que quelque chose clochait quand ils avaient brusquement réduit leur altitude et failli heurter un avion. Il contempla Catherine un instant avant de lui parler.

— Tout va bien se passer, mais vous allez peut-être avoir un peu peur pendant un moment. Faites-moi confiance. Il ne vous arrivera rien, je vous le promets.

Sur quoi il se leva et courut vers le cockpit en sortant les codes d'accès de sa poche. Les passagers se penchaient vers l'allée pour voir ce qui se passait. Les hôtesses et stewards devant lesquels il passa en traversant les deux coins cuisine avaient l'air affolés. Il s'arrêta juste le temps de dire à la cheffe de cabine que le commandant lui avait donné les codes et qu'il avait les autorisations nécessaires pour entrer dans le poste de pilotage. Pour l'avoir vu se rendre dans le cockpit un peu plus tôt, elle le crut.

Sous le regard des passagers, Tom composa les codes qui déverrouillaient la porte du cockpit, se faufila à quatre pattes et laissa la porte se refermer derrière lui. Il aperçut immédiatement Connor Gray, livide, qui saignait abondamment.

Puis il entendit Helen, qui, d'une voix calme et égale, tentait de convaincre Jason de lui repasser les commandes. Les lui disputer aurait été trop dangereux, ils volaient maintenant au-dessus de porte-conteneurs et de pétroliers naviguant dans la baie. Tom se redressa pour détourner l'attention de Jason et aperçut le pont et la vedette des gardes-côtes. Jason fit volte-face et le visa de son pistolet.

— Pas la peine de tirer, Andrews, fit Tom en gardant son sang-froid. Tout ceci est inutile. Rentrons.

— Allez vous faire foutre ! hurla Jason. Comment êtes-vous entré ?

— Du fait de ma fonction, j'ai accès aux codes de sécurité de tous les avions que je veux, expliqua-t-il pour que Jason ne soupçonne pas Helen, ce qui aurait pu le conduire à lui tirer dessus.

Ils perdaient de l'altitude, mais pas trop vite. Pour quelqu'un d'aussi habile que Helen, il était encore possible de manœuvrer.

— Ramenons cet avion à l'aéroport. Posez cette arme. Vous n'en avez pas besoin.

— Si ! Les connards pour qui je travaille m'auraient laissé dans le siège numéro deux à vie. Ah, ils n'aiment pas mon attitude ? fit-il d'un ton moqueur. Eh bien, moi, je les hais ! Qu'ils aillent se faire foutre !

— Ce n'est pas une raison pour tuer des dizaines d'innocents.

— Qu'est-ce que ça peut faire ? Au moins,

ils vont vivre quelques sensations fortes avant de mourir. Personne n'en a rien à faire, d'eux.

Helen, si. Et Tom. Et la compagnie. De même que Ben et toute l'équipe de New York, Alan et celle de San Francisco. Tous travaillaient d'arrache-pied depuis des heures pour les protéger.

La tour prévint les pilotes alentour de la menace d'un détournement d'avion en direction du Golden Gate Bridge, leur suggérant de prendre de l'altitude et de surveiller visuellement le trafic aérien. Il fallait en tout cas faire preuve de la plus grande vigilance et éviter le secteur du pont. Dans le même temps, le bureau de San Francisco de la Sécurité intérieure demandait à tous les véhicules d'urgence de se mettre en alerte. L'avion approchait. La FAA, l'agence fédérale de l'aviation, venait d'être informée que les commandes de l'avion étaient passées entre les mains du dangereux copilote.

Helen observait Jason attentivement, attendant le moment opportun pour transférer à nouveau les commandes de l'appareil sur son manche de pilotage avant d'atteindre le pont. Tom s'agenouilla auprès de Connor qui suffoquait. Il desserra sa cravate et son col. Il ne pouvait rien faire de plus pour lui.

Tim Shepherd, le père de Helen, sortait de la quincaillerie avec une nouvelle perceuse électrique et des étagères qu'il comptait fixer dans la chambre de son plus jeune petit-fils. Il apprit la nouvelle en mettant le contact. Il avait laissé la radio sur une chaîne d'information. Le journaliste disait qu'un avion de ligne survolait le secteur de San Francisco en dehors de son plan de vol et qu'il n'était pas exclu qu'il soit aux mains de terroristes. Tim pila et se figea sur son siège. D'après l'horloge du tableau de bord, il était 10 h 47, or l'avion de Helen devait atterrir d'une minute à l'autre. Glacé d'effroi, il continua d'écouter le bulletin. Quelque chose de terrifiant lui soufflait que c'était cet avion-là. Elle l'avait appelé de New York la veille pour lui proposer de déjeuner avec elle. Elle serait chez elle à 13 heures. En l'attendant, lui avait-il dit, il en profiterait pour faire un peu de bricolage dans la maison, comme souvent. Depuis sa retraite de l'armée de l'air, il passait énormément de temps avec sa fille et ses petits-enfants. Après la mort épouvantable de son gendre, il avait compris que Helen avait besoin de son aide, qu'elle n'y arriverait pas toute seule.

En son temps, Tim s'était donné corps et âme à son métier de pilote et il avait transmis à Helen sa passion des avions. Il était infiniment fier d'elle, sa fille unique. À la radio, ils disaient que l'appareil avait été repéré se dirigeant vers le Golden Gate Bridge. Ils ne précisèrent pas le numéro du vol. Cependant, dès qu'ils eurent prononcé le nom de la compagnie, il sut.

— Allez, Helen, fit-il tout fort sans même s'en rendre compte. Je ne sais pas ce qui se passe là-haut mais, dans tous les cas, tu es capable de faire face. Reprends ton avion à ces fumiers. Récupère le contrôle.

Les dents serrées, il ravalait ses larmes. Il redémarra et roula le plus vite possible vers l'école de ses petits-enfants. Quoi qu'il arrive, ils allaient avoir plus que jamais besoin de lui. Il tenait à être auprès d'eux quand ils apprendraient la nouvelle.

— Bon sang ! maugréa Ben en faisant les cent pas dans son bureau tandis que tout le monde allait aux nouvelles en passant des coups de téléphone. Je n'aurais pas pu me tromper, pour une fois ? Voilà que ça recommence. Qu'est-ce qu'on va bien pouvoir faire pour l'aider à reprendre les commandes à ce cinglé ? Et où est passé Tom Birney, à la fin ?

— Il est dans le cockpit avec eux. La tour l'entend. Il a raconté un bobard à Andrews sur les codes d'accès, soi-disant que cela faisait partie de ses prérogatives de les avoir. Au moins, Jason n'a tiré ni sur lui ni sur Helen. C'est déjà ça, le renseigna Alan d'une voix sombre à l'autre bout du fil.

— Les passagers doivent être complètement affolés.

— Nous avons un bon équipage qui connaît bien son métier.

Jennifer, la cheffe de cabine, prit le micro et pria tous les voyageurs de rester assis alors que l'avion descendait brusquement. Elle leur indiqua où trouver les gilets de sauvetage et leur demanda de les revêtir non sans leur rappeler de ne pas le gonfler tant qu'ils étaient à bord. Susan Farrow avait glissé son petit chien dans son pull et enfilé son gilet sur eux deux. Sur leurs strapontins, Nancy et Joel se tenaient par la main.

— Je ne laisserai personne fiche mon mariage en l'air. Je ne peux pas faire ça à Kevin, lui chuchota-t-il.

Si l'avion s'écrasait dans l'eau, il faudrait agir très vite, ils le savaient. Ils ignoraient ce qui se passait, mais cela ne sentait pas bon.

Jennifer répétait qu'il fallait rester calme et se préparer à un possible amerrissage d'urgence. Elle rappela aux passagers de ne tirer sur le cordon rouge de leur gilet de sauvetage pour le gonfler qu'une fois sortis de l'appareil. En se penchant vers l'allée, Nancy vit des gens qui se tenaient par la main. D'autres qui pleuraient. Pour l'instant, personne ne hurlait. Et les deux pauvres petits qui voyageaient seuls et qui n'osaient plus bouger d'un iota sur leurs sièges… Elle avait de la peine pour eux. Catherine Jones semblait sur le point de céder à la panique. Tout le monde savait maintenant qu'il était arrivé quelque chose de dramatique et que la suite risquait d'être pire encore.

Le pont était en vue. Jason souriait. Il restait très peu de temps à Helen pour tenter de sauver la situation. Tom s'était assis sur le siège de Connor, qui gisait au sol et ne proférait plus un son. Helen se tourna vers Tom et lui adressa un hochement de tête imperceptible. Il comprit. C'était leur dernière chance. Il se leva discrètement et, sans un bruit, fit deux pas en direction de Jason qui gardait les yeux rivés sur le pont. Il le frappa de toutes ses forces sur la tempe. Cela l'étourdit juste assez pour qu'il desserre la main qui agrippait le manche et les commandes à côté de son siège. Helen en profita pour les faire repasser de son côté et reprendre le contrôle de l'appareil alors que Jason sautait sur ses pieds et pointait son pistolet sur Tom.

— Espèce de connard ! hurla-t-il. Tu es comme les autres, ces salauds de la compagnie qui m'ont menti, ma nana qui m'a trompé : rien qu'une bande de menteurs et de traîtres qui essayent de m'entuber.

Malgré sa fureur, il n'appuyait pas sur la détente. Helen s'efforça de reprendre de l'altitude tout en effectuant une manœuvre délicate qui consistait à faire pencher l'avion d'une aile à l'autre afin de déstabiliser Jason et lui faire lâcher l'arme pour que Tom puisse s'en saisir.

— Pardon, Tom, dit-elle en secouant l'appareil aussi fort que possible.

Elle avait appris cette tactique dans l'armée et

l'avait toujours employée avec succès, sauf qu'il lui aurait fallu plus d'altitude pour l'exécuter au mieux. Qui plus est, les passagers qui ignoraient ce qui se passait devaient être terrifiés. Toutefois, cela réussit. Les deux hommes furent déséquilibrés. Le pistolet tomba de la main de Jason quand il voulut se rattraper. Tom le ceintura et le plaqua au sol tandis que Helen cherchait désespérément à reprendre de l'altitude. Mais ils étaient déjà trop bas. Derrière elle, elle entendait des passagers hurler. Elle ne pouvait rien faire pour les rassurer, si ce n'est stabiliser l'appareil et s'efforcer de remonter. Un instant, il sembla qu'elle allait y arriver. Et puis...

— Je ne peux pas remonter, lâcha-t-elle entre ses dents. Il nous a emmenés trop bas et l'avion est trop lourd.

Tom pesait de tout son poids sur Jason pour l'empêcher de bouger.

— Ici le commandant Helen Smith, dit-elle calmement, s'adressant à la tour de contrôle. Nous avons un problème.

— Nous nous en sommes rendu compte. Qui a les commandes ?

— Moi, mais j'ai du mal à remonter.

— Pouvez-vous atterrir à Presidio ? C'est sur votre gauche. Il y a du terrain plat.

— Je vais voir ce que je peux faire, répondit-elle sans trop y croire.

Le contrôleur aérien fit part à la Sécurité intérieure de ce qu'il lui avait suggéré. Au comble de l'angoisse, Amanda et Bernice se serraient la main de toutes leurs forces en regardant la course de l'avion sur CNN. Horrifié, Ben ne quittait pas non plus l'écran des yeux. Ils fonçaient tout droit sur le pont. Helen devait mettre toutes ses forces dans la bataille pour changer de trajectoire avant qu'il ne soit trop tard.

Pendant ce temps, dans le cockpit, Jason était parvenu à se libérer de Tom au prix d'un effort surhumain. Il reprit les commandes à Helen. Tom, qui s'était cogné la tête, resta un instant étourdi. Jason visait de nouveau le pont, si bien que tous ceux qui observaient l'avion de l'extérieur comprirent ce qui s'était passé. Cette fois, c'était fichu. L'inévitable allait se produire. Jason partit d'un grand éclat de rire.

Tom ramassa le pistolet par terre et le pointa sur lui.

10

Le silence envahit le bureau de Ben. Tout le monde suivait la progression de l'avion, qui rasait l'eau en direction du pont. Dans le cockpit, plus personne ne parlait. Helen réfléchissait à un moyen de reprendre les commandes et sauver les passagers. Tout à son euphorie, Jason avait oublié l'arme et ne se doutait pas qu'elle était entre les mains de Tom. Son plan avait fonctionné. Il touchait au but. Jamais il n'avait rien vécu d'aussi palpitant. Il avait réussi. Helen ne pouvait plus sauver l'appareil, ils étaient bien trop bas. Son timing était parfait. Ils allaient se fracasser contre le Golden Gate Bridge. L'avion exploserait, et ce qu'il en resterait tomberait à l'eau et coulerait, en emportant le pont. Tous les passagers et l'équipage allaient mourir, et la compagnie se retrouverait dans une situation épouvantable avec des millions – si ce n'est des milliards – de dollars de frais de justice et de dommages et intérêts à payer. Il se fichait bien de savoir qui étaient ces inconnus qu'il entraînait avec lui, tout ce qui comptait était qu'ils meurent tous. De toute façon, il n'avait plus aucune raison de vivre ; maintenant, c'était sûr, il ne passerait jamais commandant. Au moins, sa sortie serait spectaculaire : il allait partir avec un monument célèbre dans le monde entier. Comme il l'avait écrit sur sa carte postale, personne n'oublierait jamais le pilote qui avait détruit le Golden Gate Bridge. Il l'avait laissée dans un bac exprès, tout en sachant parfaitement qu'ils n'en comprendraient le sens qu'après coup. Il savourait son triomphe lorsqu'il sentit le canon d'un pistolet contre son crâne.

— Lève-toi de ce siège, lui ordonna Tom. Je ne plaisante pas. Debout.

— Et pourquoi donc ? demanda Jason, narquois. Nous allons mourir tous ensemble.

— Non, répondit Helen d'une voix claire.

Elle fit repasser les commandes de son côté, et Tom arracha Jason de son siège sans qu'il oppose de résistance. Il était trop tard pour qu'elle les sauve. Mission accomplie.

— Ici le commandant Smith, dit Helen à la tour qui, impuissante, avait suivi toute la scène à la radio et sur les écrans. On est trop bas, il est trop tard pour remonter, dit-elle d'un ton neutre.

Elle avait à peine fini sa phrase que Jason arracha le pistolet à Tom et, avec un grand sourire, s'enfonça le canon dans la bouche et tira. Le sang gicla partout et il s'écroula raide mort. Il avait voulu se suicider : voilà qui était fait.

Où se poser, maintenant ? se demandait Helen en regardant à travers le pare-brise maculé de sang. Elle ne pouvait plus gagner Presidio. Dans tous les cas, il n'était pas question de heurter le pont, or c'était ce qui se produirait si elle tentait de redresser la trajectoire maintenant.

— Mon copilote est mort, annonça-t-elle à la radio. Il s'est suicidé. Tom, pouvez-vous retourner dans la cabine et prévenir l'équipage d'agir très vite lorsque nous toucherons l'eau ? Je vais faire mon maximum, mais nous ne flotterons pas longtemps.

Tom acquiesça. Au moment où il allait sortir, elle lui demanda :

— Comment va Connor ?

Cela faisait plusieurs minutes qu'ils ne l'entendaient plus. Il vérifia son pouls avant de lui répondre.

— Il est mort.

Elle hocha la tête. Ce n'était pas le moment de se laisser distraire. Il fallait poser cet avion sur l'eau en croisant les doigts pour qu'il flotte le plus longtemps possible.

— Allez-y, enjoignit-elle à Tom d'un ton pressant. Nous aurons très peu de temps pour les évacuer. Je vais au moins essayer de le garder à flot assez longtemps pour que les toboggans soient opérationnels.

Les chances de réussir étaient minces, mais il fallait tenter le coup. Elle était déterminée à ne pas toucher le pont et savait que cela arriverait à coup sûr si elle cherchait à remonter. Alors, il y aurait encore moins de survivants.

— Commandant, les gardes-côtes sont prêts, annonça la tour.

— Moi, je ne suis pas certaine de l'être. Puisque je ne peux pas reprendre de l'altitude, je vais descendre et essayer de me glisser sous le pont. La manœuvre va peut-être nous faire perdre quelques fidèles clients. Ils choisiront sans doute une autre compagnie à l'avenir, dit-elle, pince-sans-rire, au contrôleur en se concentrant de toutes ses forces sur sa mission.

Elle allait devoir poser l'avion avec la plus extrême précision. Malheureusement, ils allaient se retrouver dans les eaux agitées de l'embouchure de la baie, mais elle n'avait plus le choix. Seule dans le cockpit avec deux cadavres, elle se fit la promesse de ne pas perdre un seul passager. Quoi qu'il en coûte.

Pendant ce temps-là, Tim était arrivé à l'école de ses petits-enfants. Sans hésiter, il se rendit dans le bureau de la directrice pour lui apprendre ce qui se passait. Aux nouvelles, on parlait d'un avion en provenance de New York. Certes, il y en avait deux à une demi-heure d'intervalle et l'on ignorait le numéro de celui-ci.

— Êtes-vous certain qu'il s'agit de celui de Helen ? demanda la directrice, abasourdie.

Elle l'avait déjà vu à l'école. Il venait souvent chercher les enfants après le sport ou les activités périscolaires. Elle savait qu'il était très présent dans leur vie.

— Non, pas totalement. Mais c'est fort probable. Elle devait arriver de New York précisément à cette heure-ci. J'aimerais que l'on fasse sortir les enfants de leur classe. Je ne voudrais pas qu'ils l'apprennent par quelqu'un d'autre.

Elle hocha la tête.

— Je vais les faire venir tout de suite dans mon bureau.

Quelques instants plus tard, il les serrait contre lui. Il avait allumé la télévision qui se trouvait dans le bureau de la directrice et observait la dernière manœuvre désespérée de sa fille pour sauver l'avion en passant sous le pont. Il avait tout de suite compris ce qu'elle cherchait à faire. C'était très audacieux.

— Est-ce que maman va réussir ? demanda son plus jeune petit-fils.

Par discrétion, la directrice était sortie pour les laisser tous les quatre. Surtout si cela devait mal tourner.

— Elle a intérêt, répondit-il d'une voix enrouée. Votre mère est un super pilote. Si quelqu'un est capable d'y arriver, c'est elle.

Les trois enfants étaient cramponnés à lui. Des larmes roulaient sur ses joues. Pourvu qu'elle réussisse ! Qu'elle sauve au moins la vie des passagers et la sienne – le pont et l'avion, il s'en moquait pas mal. Tout ce qui comptait, c'était que sa fille s'en sorte vivante. Ses enfants avaient besoin d'elle. Et lui aussi.

Depuis l'hélicoptère, l'équipe de télévision qui filmait la scène en direct offrait à Ben et à tous ceux qui se trouvaient dans son bureau de New York une vue parfaite de ce que tentait Helen.

— Oh, mon Dieu ! Qu'est-ce qu'elle fait ?

Il voyait bien qu'il était trop tard pour remonter et qu'elle ne pouvait rien tenter d'autre qu'un amerrissage. Mais l'avion allait couler en un éclair dès qu'il toucherait l'eau.

Phil arpentait la pièce comme un lion en cage. Amanda restait muette d'effroi. Bernice pleurait. Elle pensait à Toby et à ce qu'elle éprouverait s'ils se trouvaient à bord de cet avion, sur le point de mourir. Elle ne voyait pas comment Helen allait parvenir à éviter le pont et à faire flotter l'avion suffisamment longtemps pour que tout le monde sorte. Si quelques rares passagers pouvaient être sauvés, ce serait peut-être ceux assis près des portes. Dave n'avait pas dit un mot depuis que Jason avait pris le contrôle de l'avion et dévié de sa route pour viser le pont. Il n'avait jamais rien vu de tel – et espérait bien que ce serait la dernière fois. C'était la journée la plus angoissante de sa vie.

Ben avait compris ce que Helen comptait faire, mais il ne voyait pas comment elle pourrait y parvenir. Il arrivait que des gamins tentent cette acrobatie à bord de petits avions privés, pour la frime. Mais chercher à passer sous le pont avec un avion de cette taille, c'était de la folie. Cela étant, elle n'avait guère le choix. Si elle ne passait pas dessous, elle allait le heurter.

Dès que Tom, couvert de sang, fut sorti du cockpit et eut transmis les instructions de Helen à Nancy, celle-ci en fit l'annonce aux passagers. Elle les informa qu'ils allaient amerrir et leur rappela une fois encore le fonctionnement des gilets de sauvetage. Elle souligna qu'il allait falloir faire vite dès que l'avion aurait touché la surface de l'eau. L'équipage les aiderait, mais l'avion ne flotterait pas longtemps. Et mon bébé ? se demanda-t-elle alors. Y aurait-il des conséquences sur la grossesse ? Elle n'avait pas le temps d'y penser pour le moment.

Tom regagna sa place et prit Catherine par le bras.

— Je veux que vous sortiez dès que l'avion sera sur l'eau. C'est compris ?

Elle hocha la tête. Elle était bien trop terrifiée pour céder à la panique.

— Qu'est-ce qui s'est passé ?

Couvert du sang de Jason, il devait faire peur à voir même s'il n'avait rien, songea-t-il.

— Je vous raconterai plus tard.

Les membres d'équipage demandèrent aux passagers d'ôter leurs chaussures et de se mettre en position de sécurité. Tout le monde obtempéra, trop effrayé pour discuter. En regardant par le hublot, Tom vit qu'ils continuaient de filer droit vers le pont. Puis, miraculeusement, Helen fit descendre l'avion juste ce qu'il fallait, le redressa au ras de l'eau et passa sous le pont, si près qu'on aurait pu le toucher. Une fois de l'autre côté, frôlant la crête des vagues, elle glissa à la surface de l'eau et immobilisa l'appareil. C'était le moment. L'équipage le comprit aussi. En un instant, les portes furent ouvertes et la sortie des passagers s'organisa. Ils devaient impérativement laisser derrière eux leurs affaires et leurs chaussures. Avant que Nancy ait pu rejoindre les deux enfants, le couple saoudien assis juste devant eux leur avait déjà ôté leurs ceintures et les avait fait lever de leurs sièges. Ahmad était en train de leur mettre leurs gilets de sauvetage.

— Ne vous inquiétez pas, leur promit-il. Nous allons nous occuper de vous.

Il prit la petite Nicole qui pleurait par la main, alors que Mark semblait également au bord des larmes. Sadaf et lui les entraînèrent jusqu'à la sortie la plus proche et les poussèrent devant eux sur le toboggan, dont l'extrémité se détacherait ensuite pour faire office de radeau. Secoués par les vagues autour d'eux, ils prirent chacun un enfant sur leurs genoux. Tout le long de l'avion, les toboggans se déployaient et les canots de sauvetage se gonflaient. Les passagers sortaient aussi vite que possible. Catherine se retrouva dans la même embarcation qu'Ahmad, Sadaf et les enfants. Elle fit son possible pour les rassurer. Elle s'inquiétait bien plus pour eux que pour elle-même.

— Vas-y, enjoignit Joel à Nancy alors qu'ils continuaient à guider les passagers vers les portes.

— Pas question que je sorte tant qu'il en reste à l'intérieur.

— Bobbie dit que tu es enceinte. Prends le toboggan tout de suite.

— Non, je ne laisserai pas nos passagers, et encore moins des jeunes enfants, dans cet avion. Je te préviens, si on s'en sort, tu as intérêt à m'inviter à ton mariage !

— C'est promis. Tu crois qu'on va flotter combien de temps ? chuchota-t-il.

— Pas longtemps.

L'avion rebondissait sur les vagues et l'eau commençait à s'infiltrer dans la cabine. Ils virent Susan Farrow avec son chien remonter l'allée et partir dans la mauvaise direction, vers la classe éco.

— Il faut que vous preniez le toboggan, lui indiqua Joel en essayant de la réorienter.

La tête du petit chien dépassait de son gilet de sauvetage qu'elle n'avait pas encore gonflé puisqu'elle était toujours dans l'appareil.

— J'ai 76 ans. Je ne manquerai à personne si je disparais. Ou si je manque à certains, ils n'auront qu'à regarder mes films. Il n'est pas question que j'abandonne ces gens dans un avion en train de couler. Je vais en économie pour aider, déclara-t-elle en les dépassant avant qu'ils aient pu la retenir.

Là-bas, elle trouva Robert, son enfant dans le porte-bébé, qui aidait les choristes à emprunter le toboggan. Leur chaperon avait débarqué parmi les premiers. Livrées à elles-mêmes, les adolescentes pleuraient et s'affolaient, et les deux hôtesses et Robert ne furent pas de trop pour les aider à sortir. Il y avait d'autres passagers avec de jeunes enfants, qu'il aida aussi à descendre, après les choristes, avant d'emprunter enfin le toboggan à son tour. À peine dehors, ils furent éclaboussés par les embruns. Une véritable flottille d'embarcations des gardes-côtes entourait l'avion et accueillait à leur bord les passagers qui attendaient sur les radeaux. Des hélicoptères survolaient la zone au cas où il aurait fallu repêcher quelqu'un. Par chance, pour le moment, personne n'était tombé à l'eau.

Ahmad avait remis les deux enfants aux sauveteurs avec beaucoup de précautions, puis il aida Sadaf à embarquer et laissa passer les autres femmes de son canot devant lui. Il se retrouva seul sur le radeau qui dansait dans tous les sens sur l'eau, mais il parvint à conserver son équilibre. Lorsqu'il la rejoignit enfin sur le pont du bateau des gardes-côtes, Sadaf fondit en larmes et se cramponna à lui sans cesser de sangloter.

— Commandant Smith ?

Le contrôle aérien vérifiait régulièrement si elle

était toujours là. Elle n'avait pas encore quitté l'avion et ne comptait pas le faire tant qu'il resterait le moindre passager à bord. La vue du corps de Connor Gray baignant dans l'eau qui envahissait le cockpit lui faisait de la peine, mais elle ne pouvait rien pour lui pour le moment. Il avait perdu la vie pour une noble cause, en tentant de sauver les passagers et l'avion. Il était mort en héros.

— Commandant, il faut y aller, maintenant, la somma le contrôleur d'une voix inquiète.

Helen surveillait l'évacuation par les fenêtres latérales. Ce n'était pas terminé ; des gens sortaient encore.

— Il n'est pas question que je parte tant qu'il reste du monde à l'intérieur. Mais nous y sommes presque, je pense. J'ai de l'eau aux genoux.

— Allez-y ! lui cria le contrôleur.

— Pas encore ! Je crois que l'avion s'enfonce par le nez comme on pouvait s'y attendre vu son poids. Je vais aller vérifier les cabines.

Il n'y avait plus personne en première ni en business. En continuant d'avancer vers l'arrière, elle trouva tout l'équipage encore à bord en train d'évacuer les derniers passagers : une femme avec deux enfants en bas âge et quelques hommes. Malgré l'angoisse, tous se concentraient et s'entraidaient pour agir le plus vite possible. Maintenant, le niveau de l'eau montait à l'arrière aussi. Le dernier passager avait débarqué, mais l'équipage avait de l'eau jusqu'aux cuisses. Helen ordonna aux hôtesses et stewards de descendre par le dernier toboggan. Des bateaux de sauvetage les attendaient déjà autour du radeau.

— Vous aussi, commandant, répondit Joel en se tournant vers elle.

Sa chemise, son visage et ses cheveux étaient couverts du sang de Jason.

Nancy était déjà sortie de l'avion. Dans le radeau, Bobbie et Annette attendaient les sauveteurs avec Jennifer, la cheffe de cabine, qui était restée jusqu'au bout. Tout l'équipage s'était comporté admirablement. Joel emprunta le toboggan. Il ne restait plus que Helen à bord. Elle jeta un dernier coup d'œil pour s'assurer qu'il n'y avait plus personne dans l'avion. C'est alors que l'appareil s'enfonça brusquement dans les vagues, refermant en partie l'issue de secours et faisant se détacher le toboggan. Helen parvint néanmoins à se faufiler par l'ouverture et se retrouva dans l'eau, sachant qu'un des bateaux de secours la repêcherait d'un instant à l'autre. Le temps passé sous l'eau lui sembla pourtant étonnamment long. Nageuse puissante, elle parvint à avancer sous les vagues, mais sentit un courant l'entraîner vers le fond. C'était l'avion qui coulait, comprit-elle. Elle lutta pour se libérer de cette force. Lorsque, au prix d'un énorme effort, elle refit surface, elle avait l'impression que ses poumons allaient exploser. Le courant l'avait entraînée loin des bateaux de sauvetage. Elle voulut se laisser flotter quelques instants pour reprendre son souffle, mais une autre vague la submergea. Elle en vint à se demander si elle parviendrait à remonter. Pour ses enfants, elle l'espérait. Mais Jack avait certainement eu la même pensée avant de mourir.

11

— Où est-elle ? Comment ça, les gardes-côtes ne l'ont pas récupérée ? Et elle n'est pas non plus sur un radeau ?

— Elle a été la dernière à quitter l'avion, après l'équipage, expliqua le responsable des services de secours de San Francisco à Ben qui faisait les cent pas dans son bureau, fou de rage. Elle n'a pas pu prendre le toboggan. Le dernier s'est détaché juste avant qu'elle descende, au moment où l'avion a coulé. Et personne ne l'a vue sortir à temps.

— J'espère que vous la cherchez, au moins, nom de Dieu ! Qu'est-ce que vous fabriquez ? Elle doit bien être quelque part dans l'eau.

— Elle peut avoir été entraînée vers le fond par l'avion si elle est sortie trop tard. C'est allé très vite et ça a déclenché un puissant courant sous-marin. Elle n'a peut-être pas pu nager assez fort pour se libérer. On la cherche. On a des bateaux de sauvetage et des hélicoptères sur la zone. Si elle est dans le secteur, on va la trouver.

— Elle est dans le secteur ! Alors trouvez-la ! hurla Ben avant de raccrocher pour la troisième fois depuis le début du sauvetage.

Ils suivaient tous l'opération en direct sur CNN. Jusque-là, tout s'était déroulé avec une efficacité parfaite. L'équipage était resté jusqu'au bout pour faire sortir les passagers en un temps record. Comme ces derniers étaient répartis dans plusieurs bateaux et que certains, notamment ceux qui avaient besoin de soins, allaient être transférés dans la vedette des gardes-côtes, il était difficile d'obtenir un comptage fiable pour le moment. Et si Helen était parmi eux ? Si les chiffres dont ils disposaient pour le moment étaient exacts, ils n'avaient perdu personne – à l'exception des trois pilotes dont deux, ils le savaient, étaient morts avant l'amerrissage d'urgence. Ben priait pour que la troisième ait survécu.

Il s'écoula encore une heure avant que Tom Birney l'appelle de l'une des embarcations des gardes-côtes pour lui raconter ce qui s'était finalement passé dans le cockpit. Comment Jason avait tué Connor, comment Helen avait repris les commandes pour les perdre à nouveau et les reprendre au dernier moment, et puis le suicide théâtral de Jason avec son pistolet en plastique. Tom lui confirma que les corps de Connor et Jason avaient certainement sombré avec l'appareil. Il espérait que l'on récupérerait celui du commandant Gray, au moins pour sa famille.

D'après Ben, on retrouverait également celui du copilote lorsque la carcasse de l'avion serait sortie de l'eau. Ce serait une opération coûteuse mais nécessaire, pour la compagnie comme pour la ville de San Francisco. On ne pouvait pas la laisser ainsi dans l'embouchure de la baie, où elle risquait d'être entraînée au large par les courants ou de constituer un danger pour les bateaux qui y entraient.

Après des heures passées dans le bureau de Ben dans une tension insoutenable et exténuante, le groupe commençait à se disperser. Si tous les passagers étaient bel et bien sains et saufs, c'était une immense victoire, rendue possible par le courage dont Helen Smith et Tom Birney avaient fait preuve dans le cockpit.

Le directeur général de la compagnie s'était entretenu à plusieurs reprises avec Phil. Ils préparaient une déclaration pour expliquer la situation au public. En résumé, il s'agissait de dire qu'un pilote déséquilibré s'était emparé des commandes de l'avion et que les passagers avaient finalement été sauvés par un commandant de bord héroïque, ancienne pilote de chasse émérite récompensée par de nombreuses décorations. En revanche, il allait être difficile de justifier que Jason n'ait pas été licencié malgré les multiples avertissements qu'il avait reçus et ses problèmes de comportement pourtant connus.

Après avoir passé un savon aux services de secours de San Francisco, Ben se pencha vers

Bernice. Toujours vissée sur sa chaise, elle attendait de voir si le commandant de bord allait être secouru. Hélas, cela semblait de plus en plus incertain. Les hélicoptères et les bateaux passaient la zone au peigne fin, sans succès jusqu'alors. Au niveau du pont, l'eau était tumultueuse et les courants puissants. Helen Smith avait pu être entraînée vers le large, ou alors elle avait tout simplement coulé avec l'avion.

— Si cela ne vous ennuie pas, j'aimerais vous citer pour avoir trouvé la carte et nous l'avoir signalée, lui proposa-t-il gentiment. Vous avez été courageuse d'insister malgré les dissuasions, de votre supérieure qui plus est.

Dave Lee lui avait raconté la manière dont les choses s'étaient passées. Il était impressionné par l'intelligence et la détermination de la jeune femme.

— Mais pas un mot sur ma cheffe, d'accord ? répondit-elle avec une pointe d'hésitation. Elle a déjà une dent contre moi. D'ailleurs, je pense qu'elle va me tuer quand je vais reprendre mon poste, ajouta-t-elle en souriant.

Il rit.

— Aucun problème, lui assura-t-il en la regardant d'un air chaleureux. Mais vous méritez une médaille. Au moins une citation, en tout cas, ainsi qu'une promotion.

— Je compte démissionner bientôt, avoua-t-elle. Depuis quelques années, je suis des cours de droit en ligne. Je vais passer mon diplôme en juin, puis tenter l'examen du barreau. Je voudrais travailler dans un cabinet d'avocats. C'est ce que j'ai promis à mon fils.

— Vous avez un enfant ?

Elle paraissait pourtant bien jeune, à peine sortie de l'adolescence.

— Oui, un fils de 6 ans, répondit-elle fièrement.

De son côté, elle avait été très touchée par le sérieux avec lequel Ben avait géré tous les événements de la journée et le mal qu'il s'était donné pour que les bonnes décisions soient prises. Et puis il l'avait crue. Après les incessantes rebuffades de Denise, il lui redonnait foi dans le genre humain. Après lui avoir dicté l'orthographe exacte de son nom, elle reporta son attention sur l'écran géant qui diffusait toujours les images du sauvetage. Il était 16 heures à San Francisco et 19 heures à New York. Sa voisine était allée chercher Toby à la garderie et le gardait à dormir. Bernice n'avait aucune idée de l'heure à laquelle elle allait rentrer chez elle. Si le pire était passé, ils n'étaient pas encore au bout du drame qui se jouait dans la baie. Particulièrement touché par la disparition de Helen, Ben, comme eux tous, voulait encore croire à un miracle. Il fallait qu'ils la retrouvent. Elle faisait partie de ceux qui, aujourd'hui, avaient eu une conduite héroïque. Il serait injuste qu'elle ne s'en sorte pas, surtout pour ses trois jeunes enfants qui seraient alors orphelins de deux héros.

Amanda était restée, elle aussi, les yeux rivés

à la télévision, profondément ébranlée par les événements de la journée. Elle avait beaucoup de questions à se poser et des décisions à prendre. Mildred était déjà partie depuis un petit moment. Il ne restait dans le bureau que les irréductibles, Dave Lee et Phil. Ils ne s'en iraient pas avant de connaître le bilan précis et de savoir ce qu'il était advenu de Helen. Mais tous savaient que, si on ne la trouvait pas bientôt, elle ne serait pas du nombre des survivants.

— Où est maman ? demanda la benjamine de Helen à son grand-père avec qui ses frères et elle regardaient toujours les informations dans le bureau de la directrice de l'école.

Elle lui avait apporté du café, ainsi que du lait et des biscuits pour les enfants. Ils avaient vu tous les passagers être transférés des radeaux gonflables aux vedettes des gardes-côtes.

— Elle est sur un gros bateau ? demanda encore Lally, assise sur ses genoux.

— Pas encore, répondit Tim, soucieux.

Ils ne pouvaient pas revivre une telle tragédie. La vie ne pouvait être cruelle à ce point et laisser ces trois petits orphelins de si bonne heure. Oliver avait 13 ans, Jimmy 11 et Lally 7. Lally boitait légèrement et son bras droit était un peu plus faible que le gauche. C'était néanmoins une enfant pleine de vie, active et heureuse, qui n'avait jamais laissé ce léger handicap l'entraver. Ce soir, elle avait l'air exceptionnellement sombre, attendant des nouvelles du sauvetage de sa maman qui ne venaient pas.

— Est-ce qu'il y a des requins dans la baie ? demanda tout bas Oliver à son grand-père pour que les autres ne l'entendent pas.

— Sûrement pas aussi près de la côte, répondit Tom d'un ton qui se voulait rassurant bien qu'il ait toujours entendu dire qu'il y en avait.

Il n'avait pas encore songé à cette éventualité.

— Si elle est sur un gros bateau, pourquoi on ne la voit pas à la télé ? insista Lally.

— Parce que tout le monde est très occupé, ma chérie.

Tim surveillait du coin de l'œil son second petit-fils, Jimmy, qui ne disait rien depuis des heures. Il regardait fixement l'écran, sans broncher. Tim aurait voulu les ramener chez eux, mais il ne pouvait pas prendre le risque de manquer une nouvelle importante pendant le trajet. À chaque bulletin d'information, on revoyait encore et encore les images de l'avion qui coulait et disparaissait sous la surface, aspiré par les flots dans un terrifiant grondement. Sa fille avait très bien pu être entraînée au fond par cette force irrésistible.

Lorsque la directrice revint les voir, les enfants étaient tout pâles, mais Tim continuait de les réconforter avec une détermination obstinée. Il refusait de croire que sa fille était morte.

Tom Birney et Catherine s'étaient trouvés séparés tandis que celui-ci aidait au débarquement des passagers. Mais il savait qu'elle était montée dans le premier radeau et avait été récupérée par les gardes-côtes. Personne n'avait encore débarqué. Les blessés légers étaient soignés à bord. Il allait donc la retrouver à un moment ou un autre.

Ahmad et Sadaf avaient été pris en charge par une vedette de sauvetage avec Mark et Nicole. Les enfants avaient pu téléphoner à leur mère pour la rassurer sur leur sort. Celle-ci avait fondu en larmes quand un officier l'avait contactée. Elle avait vécu le pire jour de sa vie. Ses parents étaient restés chez eux, à Orinda, dans l'attente de nouvelles. Elle donna leurs coordonnées à l'officier, qui promit de composer le numéro pour les enfants quand ils seraient à quai, certainement pas avant plusieurs heures encore. Il lui assura de nouveau qu'ils étaient sains et saufs et entre de bonnes mains. Mark venait de dévorer un hamburger, et Nicole avait préféré une pizza qu'elle n'allait pas tarder à engloutir.

Nancy et Joel avaient été récupérés par le même bateau peu de temps après. Ils furent heureux de retrouver passagers et collègues ; Nancy fut particulièrement soulagée de constater que les petits allaient bien, et que le jeune couple de Saoudiens les avait pris sous son aile pendant toute l'opération de sauvetage. Qui aurait pu s'attendre, ce matin, à ce que le vol s'achève ainsi ? Bobbie, Jennifer et presque tout l'équipage s'étaient retrouvés dans le même radeau d'où ils avaient été transférés à une vedette des gardes-côtes.

— Alors, rappela Nancy à Joel d'un ton taquin, tu m'invites à ton mariage ?

Il avait pu appeler Kevin depuis le bateau. En entendant sa voix, son futur mari avait éclaté en sanglots.

« En voyant couler l'avion, je t'ai cru mort, avait-il avoué d'un ton pitoyable. Dieu merci, tu vas bien !

— Oui, très bien, lui avait confirmé Joel d'une voix douce. On a eu une peur bleue, mais on était trop occupés à rassurer et évacuer les passagers pour y penser. »

— Tu pourras même être ma demoiselle d'honneur, si tu veux, répondit Joel à Nancy.

— Oh, avec plaisir ! s'exclama-t-elle, le regard tourné de l'autre côté de la baie, vers la ville qu'elle avait bien cru ne jamais revoir.

Elle n'avait pas encore pu joindre son mari qui devait atterrir incessamment. Allait-elle perdre le bébé, avec tout ce qui s'était passé ? Si cela devait arriver, elle n'y pouvait rien. Elle était en vie, elle avait Peter et la petite fille qu'ils devaient adopter en Chine. Elle n'avait peut-être besoin de rien de plus. Soudain, elle prit conscience de la chance qu'elle avait. Elle avait vu la mort en face et y avait survécu. Joel passa un bras autour de ses épaules. Quelque chose lui disait que l'enfer qu'ils avaient traversé ensemble les lierait d'amitié pour la vie.

On avait fait venir une obstétricienne par hélicoptère pour l'examiner. Elle ne décela rien d'anormal – Nancy n'avait ni crampes ni saignements – et lui prescrivit simplement quelques jours de repos. Pour l'instant, en tout cas, tout allait bien.

Susan Farrow s'était retrouvée dans le radeau de Robert et son bébé, des petites choristes et de Monique Lalou, qui s'était couverte de honte en abandonnant ses protégées dans l'avion. Elle avait bafouillé des excuses minables mais, la vérité, c'était que, terrifiée, elle n'avait pensé qu'à sauver sa peau et en avait oublié les adolescentes. Celles-ci, Monique et l'hôtesse Annette embarquèrent sur la même vedette. Une fois à bord du bateau des gardes-côtes, Robert avait appelé Ellen pour s'excuser d'avoir emmené le bébé ce matin. Il disait le regretter et semblait sincère. Ils avaient bien failli mourir tous les deux. Il savait qu'il ne s'envolerait pas pour le Japon ce soir. Toujours aux cent coups, Ellen assurait qu'elle ne se remettrait jamais du choc que lui avait causé la disparition de son bébé.

— Vous vous rendez compte de ce que vous avez fait à votre femme, tenta de lui faire comprendre Susan avec sérieux quand il le lui raconta. C'est affreux. Il faut lui rendre le bébé au plus vite.

Le nourrisson dormait paisiblement dans les

bras de son père. Il ne semblait plus fiévreux, malgré le vent et les embruns.

— Après sa naissance, expliqua-t-il, la vie est devenue beaucoup plus difficile que je ne l'avais imaginé. Avec la grossesse, Ellen a complètement changé. Elle n'arrêtait pas de me dire de faire ci ou ça, comme si j'étais moi-même un gamin.

— Vous vous conduisiez peut-être en gamin…, suggéra l'actrice en toute franchise. Peut-être qu'elle a grandi, et pas vous.

— Je ne suis pas sûr d'en avoir envie, réfléchit-il. Elle ne voudra plus jamais me parler, c'est sûr.

— J'avoue que si j'étais à sa place… Lui voler le petit, c'était vraiment un sale coup.

Il hocha la tête en silence. Les autorités avaient déjà pris contact avec la compagnie et les services de secours. Dès qu'ils seraient à quai, les services de protection de l'enfance prendraient le bébé en charge en attendant que sa mère vienne le chercher le lendemain matin, à son arrivée de New York.

Les choristes étaient bouleversées par les événements et leur chaperon pensait à démissionner. De toute façon, les parents ne l'auraient pas gardée après avoir appris comment elle s'était conduite lors de l'accident. D'ailleurs, il était déjà prévu que l'une des mères les rejoigne pour la suite du voyage. Tout ce que Monique voulait c'était être admise à l'hôpital dès que possible.

Elle n'était pas en état de continuer à tenir son rôle, les jeunes filles étaient bien trop difficiles.

Le couple qui avait passé le vol à se disputer était sur un autre bateau. À la sortie de l'avion, ils s'étaient retrouvés sur des radeaux différents, si bien qu'ils avaient tous deux pensé l'autre mort. Lorsqu'ils furent réunis sur la vedette des gardes-côtes, ils comprirent combien ils étaient tombés bas et le mal qu'ils s'étaient fait l'un à l'autre. Quoi qu'il advienne, ils étaient d'accord sur un point : ils n'étaient pas encore prêts à faire une croix sur leur mariage.

— J'ai cru t'avoir perdu ! dit la femme en sanglotant et en étreignant son mari de toutes ses forces.

En pleurs lui aussi, il reconnut qu'il avait eu la même pensée. Ils n'avaient certes pas résolu leurs problèmes et ignoraient s'ils y parviendraient, mais, pour le moment, être ensemble leur suffisait. Ils avaient l'impression qu'une seconde chance leur était offerte. Ils ne voulaient pas la gâcher. Peut-être arriveraient-ils à repartir du bon pied. En tout cas, ils se promirent d'essayer.

À 20 heures ce soir-là, le pont était toujours fermé, et le resterait jusqu'à minuit. La plupart des véhicules d'urgence avaient quitté les lieux, à l'exception de quelques ambulances et voitures de police. Les camions de pompiers, dont on n'avait pas eu besoin, étaient partis. Le *Phoenix* était lui aussi rentré au port depuis un moment.

Ceux qui avaient besoin de soins, même légers, avaient été conduits à l'hôpital, et des chambres d'hôtel avaient été réservées pour les autres passagers par la compagnie qui avait envoyé ses représentants les attendre sur le quai, avec un bus et des vêtements secs. Ceux qui habitaient San Francisco et ses environs immédiats seraient raccompagnés chez eux s'ils étaient indemnes. Il n'y avait aucun blessé grave : quelques plaies et bosses, une cheville cassée et des entorses. Deux passagers souffrant préalablement de problèmes cardiaques graves avaient été pris en charge par les médecins des gardes-côtes et une personne âgée avait été transférée en hélicoptère à la UCSF.

Dans l'ensemble, tout le monde s'en sortait incroyablement bien. Pour l'équipage, il y aurait vraisemblablement plusieurs mois de suivi psychologique pour traiter les troubles causés par le traumatisme et le stress post-traumatique. Il faudrait sans doute longtemps pour qu'ils se rétablissent complètement.

Sur le plan juridique, ce ne serait pas non plus une mince affaire. Il y aurait de nombreux problèmes à régler, y compris celui des dommages et intérêts qui attendaient la compagnie. Des procès étaient également à prévoir, même si la situation avait été bien gérée, et une question centrale les hanterait longtemps : pourquoi Jason n'avait-il pas été licencié dès les premiers signes de ses problèmes de comportement qui, au bout du compte, avaient conduit à cette horreur et au meurtre de sang-froid d'un commandant chevronné et estimé de tous ? La compagnie se préparait déjà à ce que la famille de Connor l'attaque en justice, de même que les autres voyageurs et leur famille. Ce processus long et difficile durerait des années.

Ben, Phil, Bernice et Amanda restaient rivés aux reportages télévisés dans l'espoir d'apprendre enfin le sauvetage de Helen. Mais à 20 h 30, à l'issue de la conférence de presse, on était toujours sans nouvelles d'elle.

On connaissait maintenant les chiffres officiels. Aucune mort n'était à déplorer, hormis celles de Connor Gray, Jason Andrews et, peut-être, Helen Smith, les trois pilotes. Le reste de l'équipage et l'ensemble des passagers avaient survécu. Les secours avaient fait preuve de la plus grande efficacité, et l'amerrissage audacieux de Helen avait permis de sauver tout le monde, et même le pont. Elle faisait déjà figure d'héroïne.

Le directeur général et le responsable des relations publiques de la compagnie avaient donné une conférence de presse à 20 heures pour expliquer de leur mieux ce qui était arrivé, et présenter aux passagers et à leurs familles toutes leurs excuses pour le traumatisme qu'ils avaient subi. Ils avaient terminé par un éloge du commandant de bord et de l'équipage, louant le courage qui leur avait permis de sauver toutes ces vies. Ils espéraient de toutes leurs forces que l'on allait retrouver le commandant Helen Smith. Tout était mis en œuvre pour y parvenir et les gardes-côtes continuaient leurs recherches dans la baie et en mer.

Tom Birney avait refusé d'être interviewé, ce qui n'empêchait pas les journalistes de faire le pied de grue devant chez lui. Mais il était encore bien trop tôt pour dire quoi que ce soit. Les présentateurs de toutes les chaînes commençaient à se répéter, rabâchant à l'envi les détails les plus poignants, et diffusaient en boucle les images de l'amerrissage de Helen sous le pont.

Des hélicoptères survolaient encore la zone, mais il venait d'être annoncé que les recherches seraient suspendues à 21 heures, et ce jusqu'au lendemain matin. Le périmètre serait alors étendu, dans l'éventualité où le corps de Helen aurait été entraîné plus au large. Comme presque chaque soir, le brouillard commençait à tomber sur San Francisco, ce qui aurait rendu plus difficile encore une opération de sauvetage nocturne.

Vers 18 heures, le père de Helen s'était décidé à ramener les enfants chez eux. Ils ne pouvaient pas passer la nuit à l'école. À peine arrivés, ils avaient allumé la télévision. Toujours rien. Il leur avait fait à dîner, mais personne n'avait rien avalé.

Tim raconta aux enfants qu'on avait retrouvé des gens qui avaient survécu plusieurs jours dans l'eau. Il ne fallait pas qu'ils oublient combien leur mère était forte. C'était une battante. Elle saurait rentrer auprès d'eux d'une façon ou d'une autre. Il espérait ne pas leur mentir. En tout cas, il voulait y croire lui-même. Lui, qui n'avait pas prié depuis la mort de sa femme des années auparavant, avait passé la journée à supplier le ciel que l'on retrouve sa fille. Il le fallait, et il fallait qu'elle s'accroche pour ses enfants, où qu'elle soit.

À New York, il était 22 heures et Ben allait éteindre la télévision lorsqu'un envoyé spécial annonça une info de dernière minute. On vit alors deux hélicoptères survoler la baie qu'ils éclairaient à l'aide de projecteurs, et le journaliste expliqua que les recherches avaient finalement été prolongées d'une heure pour profiter de la marée montante. À l'image, on voyait un harnais qui descendait de l'un des hélicoptères au bout d'un câble, puis un homme harnaché à un second câble apparut qu'on fit descendre jusqu'à la surface de l'eau de la même manière. On distinguait tout juste une tête qui surgissait entre les vagues par intermittence, puis un bras qui se tendit pour se saisir du harnais vide que le secouriste enfila à la personne à l'eau.

L'identité de cette dernière n'avait pas encore été confirmée. Cependant, on sentait une certaine excitation chez les sauveteurs. Il fallut un moment pour vérifier que tout était bien arrimé puis, lentement, une fine silhouette sortit de la mer à mesure que le câble remontait. Le sauveteur ne la lâchait pas. Puis les bras de plusieurs de ses collègues apparurent et la hissèrent à l'intérieur de l'hélicoptère qui repartit à pleine vitesse. On ne savait pas de qui il s'agissait, rappela le journaliste, mais une seule personne était portée disparue. Dans le bureau de Ben, tout le monde retenait son souffle dans l'attente de la suite. Il fallut cinq bonnes minutes pour que le reporter annonce enfin que le commandant de bord de l'avion, Helen Smith, venait d'être miraculeusement repêchée dans la baie de San Francisco, quelques minutes avant la tombée du brouillard. Elle avait été entraînée en mer par les courants au moment où l'avion avait coulé. Elle avait réussi à se raccrocher au coussin d'un siège qui s'était détaché et avait flotté à la dérive pendant huit heures avant d'être ramenée par la marée. Souffrant d'hypothermie, mais dans un état stable, elle avait été emmenée en hélicoptère à l'hôpital.

Phil, Ben, Amanda et Bernice bondirent sur leurs pieds en hurlant d'une seule voix et s'étreignirent, les larmes aux yeux. Elle avait réussi ! Elle était vivante ! Helen Smith, qui avait sauvé tous les passagers grâce à son incroyable amerrissage, avait pu être secourue. Le cauchemar était fini. Une pensée tournait en boucle dans la tête de Ben. Cette fois, il ne s'était pas planté. Les jambes en coton, il se rassit à son bureau et remercia Dieu, par lequel il s'était cru oublié lorsque les otages étaient morts. Ceci ne changeait rien à cela mais, étrangement, il venait de retrouver goût à la vie. Même si Helen était mal en point, elle allait s'en sortir et ses enfants aussi. Elle était vivante !

Tim s'apprêtait à dire aux enfants de se mettre en pyjama quand un bulletin d'information s'afficha sur l'écran. « Helen Smith, la pilote héroïque, est en vie. » Ils assistèrent alors à son spectaculaire sauvetage par hélitreuillage. N'en croyant pas leurs yeux, ils fixèrent la télévision en silence, puis ce fut un concert de cris de joie, de hurlements de triomphe et de rires. Ils serrèrent leur grand-père dans leurs bras de toutes leurs forces.

Dix minutes plus tard, Helen avait demandé un portable et dicté le numéro à composer pour les appeler. À bout de forces, elle arrivait à peine à parler. La voix réduite à un murmure rauque, elle adressa quelques mots à chacun de ses enfants et leur dit qu'elle les aimait, avant de prendre son père.

— Je rentre demain, lui promit-elle.

Elle allait être hospitalisée pour la nuit, mais Tim avait raison : elle était forte et combative.

— On ne t'a jamais dit qu'il ne fallait pas passer en avion sous les ponts ? la taquina-t-il. Quel atterrissage, ma fille, ajouta-t-il, la voix tremblante d'émotion.

Toute la journée, en dérivant, elle n'avait pensé qu'à s'accrocher pour revenir auprès d'eux, à survivre jusqu'à ce qu'on la retrouve.

— Je t'aime, papa, fit-elle dans un souffle.

— Moi aussi, je t'aime. Dors, maintenant. Nous parlerons demain.

Les enfants furent longs à se calmer et à se coucher. Lally s'endormit à côté de son grand-père sur le canapé, et il la porta dans son lit après avoir bordé les garçons. Oliver semblait encore ébranlé tandis que Jimmy s'était endormi en un rien de temps. Tim resta ensuite plusieurs heures dans le salon à songer à ce que sa fille avait traversé et à se réjouir qu'elle ait survécu. Jamais il n'avait rien vu de plus beau, de plus bouleversant que cet hélitreuillage hors de l'eau. Ses prières avaient été exaucées. Il y avait donc un Dieu, finalement.

Les quatre irréductibles dans le bureau de Ben s'embrassèrent encore une fois. Ben éteignit enfin la télévision et proposa à Bernice de la faire reconduire chez elle par un agent de la Sécurité intérieure. C'était le moins qu'ils puissent faire pour elle, assura-t-il. Elle accepta volontiers et le remercia. Elle n'avait pas envie de prendre le train à cette heure tardive et ne pouvait s'offrir un taxi. Elle était si fatiguée qu'elle avait à peine la force de marcher.

Dans la voiture, elle somnola, incapable de dire un mot. Lorsque l'agent la déposa chez elle, elle se traîna à l'intérieur de l'immeuble et jusqu'à son étage. Puis elle sonna chez sa voisine. Toby se tenait à ses côtés quand elle ouvrit. Bernice le serra très fort dans ses bras et se mit à pleurer.

— Ça ne va pas, maman ?

Le pauvre, il ne l'avait jamais vue dans un tel état, et devait se demander ce qui se passait.

— Si, mon bébé. Je suis fatiguée. Je t'aime si fort.

Elle pensait aux enfants à bord de l'avion et à ceux de Helen qui, par bonheur, n'avaient pas perdu leur mère.

— Tout va bien ?

Sa voisine était au courant des événements. Bernice hocha la tête sans cesser d'étreindre son fils, le remède idéal au stress de cette terrible journée – qui s'était bien terminée. Très bien. Elle avait cru déclencher un cataclysme ce matin avec cette carte postale ; finalement, elle avait permis d'éviter une catastrophe.

Elle rentra chez elle avec Toby, laissa son uniforme en tas sur le sol de la salle de bains, enfila sa chemise de nuit et se fourra au lit avec lui. Elle resta un long moment couchée, son fils dans les bras, à songer à tout ce qui s'était passé, profondément reconnaissante que Helen Smith et tous les autres s'en soient sortis. Elle ne pouvait rien souhaiter de plus.

12

Lorsque les bateaux des gardes-côtes accostèrent, une zone d'attente avait été mise en place pour les familles et amis des rescapés. Ils avaient été accueillis dans un auditorium où on leur proposait de quoi se restaurer, et un écran géant leur permettait de suivre le sauvetage en direct. À l'approche des vedettes, tout le monde se précipita dehors. Personne ne savait dans quel état, aussi bien psychologique que physique, ils allaient retrouver leurs proches. Lorsque ceux-ci débarquèrent, ils se ruèrent sur eux, incapables de se contenir plus longtemps.

Ahmad et Sadaf ne lâchaient pas la main de Nicole et Mark, sur lesquels ils avaient veillé sans relâche toute la durée du sauvetage. Très vite, un couple aux cheveux gris courut vers eux et les étreignit avec émotion. Entre larmes et embrassades, les enfants racontèrent à leurs grands-parents tout ce qui s'était passé et leur présentèrent leurs nouveaux amis.

Il fallut plusieurs minutes à Grant et Barbara

Hollander pour pouvoir parler calmement au couple saoudien, leur demander comment ils allaient et les remercier d'être restés avec leurs petits-enfants depuis la sortie de l'avion. Nicole et Mark leur faisaient une description si imagée de ce qu'ils avaient vécu que leur grand-mère n'arrêtait pas de pleurer et d'embrasser le jeune couple encore et encore. Ahmad, l'air très paternel mais un peu gêné par ces effusions, essayait de garder quelque distance tandis que Sadaf pleurait elle aussi de soulagement pour eux tous.

Nicole expliqua à ses grands-parents que ses nouveaux amis allaient à l'école à Berkeley et qu'ils étaient venus exprès pour ça d'une ville qui s'appelait Riyad, en Arabie saoudite. Les quatre adultes la regardaient en souriant. Tout autour d'eux se jouaient des scènes semblables. Au milieu de toute cette agitation, des employés de la compagnie en uniforme cochaient chaque nom sur le manifeste pour vérifier encore une fois qu'il ne manquait personne. Ils prêtaient main-forte à ceux qui en avaient besoin, les aidant à s'orienter ou à retrouver leurs proches, et indiquaient où se trouvaient les navettes qui devaient les conduire aux hôtels où des chambres avaient été retenues pour eux. Tout avait été prévu pour assister les passagers le temps qu'ils puissent s'organiser, y compris des vêtements propres achetés par la compagnie dans des magasins du secteur. Les Hollander proposèrent à Ahmad et Sadaf de les conduire là où ils allaient, mais le jeune couple déclina timidement. Sur le bateau, ils avaient accepté une réservation pour une chambre au Hyatt Union Square.

— Nous serons ravis de vous héberger, si vous préférez, assura Barbara Hollander.

Non, ils ne voulaient pas s'imposer, répondit Sadaf. Ils seraient très bien à l'hôtel, d'autant qu'ils devaient filer dès le lendemain à Berkeley pour réserver un logement étudiant. Grant s'enquit du cursus qu'ils allaient suivre. Sadaf répondit qu'elle allait étudier l'histoire de l'art. Ahmad, lui, était inscrit dans une école de commerce. Leur politesse, leur gentillesse et leur maturité pour des gens de leur âge impressionnèrent les Hollander qui insistèrent pour leur donner leur numéro de téléphone. Ils tenaient à les inviter à dîner dès qu'ils seraient installés à Berkeley. Leur fille et leur gendre les rejoignaient pour quelques jours de vacances – vacances qui avaient commencé de façon terrifiante pour Nicole et Mark, qui semblaient cependant avoir bien supporté le choc. Les enfants embrassèrent Ahmad et Sadaf et leur firent encore de grands signes de la main tandis qu'ils rejoignaient la voiture de leurs grands-parents sur le parking, puis tous les quatre prirent la route d'Orinda, où ils habitaient, à l'est de la baie. Ce que les Hollander étaient gentils, se dirent Sadaf et Ahmad après leur départ. À leur tour, ils se dirigèrent vers les navettes pour être conduits à leur hôtel.

En débarquant de la vedette avec Nancy et d'autres collègues, Joel repéra aussitôt Kevin et fendit la foule pour le retrouver. Son fiancé se jeta dans ses bras et ils s'étreignirent longuement sans rien dire. Kevin ne pouvait plus s'arrêter de pleurer.

— J'ai cru ne jamais te revoir, murmura-t-il alors que Joel souriait à travers ses larmes.

— Tu ne crois quand même pas que j'allais manquer notre mariage ?

Puis il lui présenta Nancy et lui annonça que c'était leur nouvelle demoiselle d'honneur. Les parents de Kevin, qui l'avaient accompagné, se tenaient discrètement à l'écart et ne se joignirent à eux que quand ils virent Nancy.

— Nous avons eu si peur de te perdre..., articula d'une voix émue la mère de Kevin – c'était son portrait craché – en embrassant Joel chaleureusement.

Il était près de 23 heures. Les gardes-côtes leur avaient servi à dîner et les avaient examinés. Des représentants de la compagnie étaient montés à bord pour leur parler, ainsi que des agents de la Sécurité intérieure désireux d'entendre ce qu'ils savaient de la dernière heure tragique de ce vol. À vrai dire, ils ignoraient tout ou presque de ce qui s'était passé dans le cockpit.

— Je vais appeler mes parents demain, murmura Joel à Kevin, alors qu'ils quittaient la zone avec ses parents. Je vais leur annoncer que nous nous marions.

Cela leur ferait un choc, ils n'y seraient pas favorables, mais il lui semblait qu'il leur devait au moins cela. Il aurait pu mourir, aujourd'hui. Maintenant, il voulait qu'ils sachent la vérité sur sa vie, même si cela ne leur plaisait pas. C'était ses parents, sa famille, il ne voulait pas leur mentir. Il avait pris cette décision dans le canot de sauvetage, en attendant les secours. Ne serait-ce que par respect pour Kevin et pour lui-même, il s'était promis d'être honnête avec eux. S'ils ne pouvaient digérer la nouvelle et les rejetaient, tant pis. Il refusait de vivre toute sa vie dans le mensonge, à l'image de son frère, pour être accepté par une communauté qui le bannirait si elle savait la vérité. Quelle triste vie… et que Joel avait bien fait de déménager dans une ville où sa façon de vivre était monnaie courante et où il avait le respect de ses pairs.

— À vendredi ! lança-t-il à Nancy.

Il lui avait précisé que le mariage était à 16 heures à la mairie de San Francisco. Elle lui avait promis d'y être.

Elle attendait encore Peter quand Joel était parti avec Kevin et ses futurs beaux-parents. Il arriva quelques minutes plus tard, encore en uniforme de pilote. À peine débarqué de son vol de Miami, il avait sauté dans un taxi. Le contrôle aérien l'avait informé par radio que Nancy était saine et sauve. Il avait dû laisser les commandes quelques instants au copilote et aller s'isoler dans les toilettes pour se ressaisir.

Il la tint longuement dans ses bras et ferma les yeux quand il sentit la chaleur de son corps contre le sien, heureux que le dénouement n'ait pas été autre.

— Je suis enceinte, chuchota-t-elle entre ses bras.

Peter la regarda, sidéré. C'était la journée des miracles.

— Il va falloir que nous parlions de plein de choses, ajouta-t-elle en souriant.

Elle lui paraissait fatiguée, mais indemne, dans ce qui restait de son uniforme, avec les chaussons en papier qu'on lui avait donnés sur le bateau. Ils allèrent prendre une navette pour rentrer chez eux. Ils n'avaient pas loin à aller puisqu'ils habitaient une maison sur la Marina. Elle n'avait qu'une envie : qu'ils se retrouvent tous les deux et essaient d'oublier ce qui s'était passé aujourd'hui.

Par délicatesse, tout le monde avait fait semblant de ne pas remarquer la triste scène qui s'était déroulée un peu plus loin. La police attendait Robert Bond quand il avait débarqué avec Scott. Les petites choristes lui avaient dit au revoir. Un chaperon du chœur de filles de San Francisco s'était porté volontaire pour s'occuper d'elles et les attendait sur le quai, Monique Lalou ayant été emmenée à l'hôpital. Un autre membre du chœur de San Francisco prendrait le relais, en attendant l'arrivée de l'une des mères qui poursuivrait le voyage avec les adolescentes. Elles étaient certes marquées par ce qui était arrivé, mais plus excitées encore de passer la nuit à l'hôtel. Des chambres les attendaient au Hilton du centre-ville.

La police se fit la plus discrète possible, vu les circonstances, mais il n'était pas difficile de se rendre compte de ce qui se passait. Une personne des services de protection de l'enfance prit le bébé à Robert en lui expliquant que Scott allait être conduit à l'hôpital général de San Francisco pour être examiné, y passer la nuit et attendre que sa mère arrive de New York le lendemain.

— Je crois qu'il a eu de la fièvre dans l'avion, précisa Robert d'un air contrit.

Il regrettait ce qu'il avait fait. Sur le moment, cela lui avait pourtant paru logique, mais plus maintenant. Plus rien de ce qui s'était passé pendant l'année écoulée ou la précédente n'avait de sens, jusqu'à leur décision de se marier contre l'avis de leurs parents – notamment ceux d'Ellen qui jugeaient qu'ils n'étaient pas prêts et que Robert manquait bien trop de maturité.

— Il a peut-être une otite, aussi, indiqua-t-il à la jeune femme qui tenait Scott dans ses bras.

Elle hocha la tête, peinée pour ce jeune homme. En tout cas, le bébé avait l'air heureux et ne lui paraissait pas très malade.

— Il a beaucoup vomi.

— Votre femme nous a dit qu'il était grippé

quand vous l'avez pris, expliqua-t-elle avec douceur.

Robert hocha la tête. Il n'avait rien remarqué avant que Scott se mette à pleurer dans l'avion et finisse par vomir à grands jets.

— Mais ça a l'air d'aller maintenant, ajouta-t-elle gentiment.

Le bébé gazouillait joyeusement et tendit les bras vers son père. Mais Robert savait que la police l'attendait pour l'emmener.

— Quand pensez-vous que je pourrai le revoir ?

— Je l'ignore, répondit la jeune femme de la protection de l'enfance en toute franchise. Cela dépendra du juge des affaires familiales de New York. Il y aura une audience. Votre femme le remmène chez elle dès demain.

— J'imagine qu'elle vient le chercher avec ses parents…

— Je ne sais pas.

Elle installa Scott dans un siège-auto à l'arrière d'une voiture marquée de l'emblème de la ville, dont elle prit le volant. Le bébé avait pleuré quand elle l'avait éloigné et tendait toujours les bras vers son père qui lui faisait de grands signes et des grimaces à travers ses larmes.

Les policiers s'avancèrent dès que la voiture eut démarré. Ils lurent ses droits à Robert et l'arrêtèrent pour enlèvement parental, ce qui était un crime en Californie comme à New York.

— Et maintenant ? demanda celui-ci nerveusement tandis qu'ils le conduisaient, menotté, à leur voiture. Qu'est-ce qui va se passer ?

— Ce sera au juge de le dire. Vous allez être traduit en justice. Quelqu'un pourra payer votre caution. Le reste se décidera au tribunal. Votre avocat peut faire transférer l'affaire à New York.

Ils s'efforçaient de ne pas trop le brusquer car, même s'il avait mal agi, il avait déjà beaucoup encaissé. Et puis, qui savait comment était sa femme et ce qu'il avait fui ?

— C'est un gamin, commenta le plus âgé des deux juste après qu'ils l'eurent déposé à la prison.

Sa peur devant le centre de détention lui avait fait de la peine.

— Il n'a qu'un an de moins que moi, objecta son collègue avec moins d'indulgence. Je suis marié depuis quatre ans et j'ai deux enfants. Et ma femme me tuerait si je lui faisais ce genre de blague. Imagine un peu, si le bébé était mort lors du crash ou quand l'avion a coulé ? Il n'avait pas à enlever cet enfant à sa mère.

Sur le fond, songea son aîné, il avait raison. Mais tout le monde ne grandissait pas au même âge. Et certains ne grandissaient d'ailleurs jamais.

— Mon plus jeune fils aurait pu être père à 20 ans. Il en a 29, aujourd'hui, et sa femme et lui viennent d'avoir leur troisième. Alors que mon grand, qui a 34 ans, n'en serait toujours pas capable aujourd'hui. Je ne lui confierais même pas un hamster. On dirait qu'il a 14 ans. Il est totalement irresponsable. Il ne garde ni un boulot ni une copine. Je me demande s'il finira par grandir un jour – et si je vivrai assez vieux pour voir ça. Ma femme lui trouve sans arrêt des excuses et passe son temps à lui donner de l'argent. Il se fait virer des appartements pour tapage ou parce qu'il fume de l'herbe et, quand il vient chez nous, il me rend cinglé. Il y a vraiment des gens qui mûrissent moins vite que d'autres. Celui-là en fait partie, je dirais. Peut-être que ce qui est arrivé aujourd'hui va lui servir de leçon et l'aider à comprendre ce que c'est que la vraie vie, surtout avec un bébé. Il y en a qui ne pigent jamais ça. D'ailleurs, j'ai des copains de mon âge qui n'en sont pas encore là.

N'empêche qu'il était désolé pour Robert, et plus encore pour son fils qui allait faire les frais de l'immaturité de son père.

— Moi aussi, j'ai des copains dans ce style, concéda son équipier, pensif. Cela étant, je n'arrive pas à plaindre les types qui font du mal à leurs enfants ou les mettent en danger.

— Son fils l'aimera quoi qu'il arrive.

C'était vrai, ils le savaient aussi bien l'un que l'autre. Il leur était souvent arrivé de placer des enfants entre les mains des services de protection de l'enfance, or les enfants pardonnaient quasiment toujours à leurs parents et souhaitaient retourner vivre avec eux.

— J'espère qu'il aura compris la leçon, conclut le jeune père de famille.

Au même instant, Scott était admis au

San Francisco General Hospital, alors que Robert sanglotait au fond de sa cellule en se demandant si Ellen lui permettrait de revoir son fils un jour. Il s'en voulait. Ce qu'il avait fait était idiot, il s'en rendait compte. Mais trop tard.

À minuit, toute trace du point d'accueil des rescapés avait disparu du quai. Ceux qui habitaient San Francisco étaient rentrés chez eux ; les autres avaient été conduits à l'hôtel, à l'exception d'un passager qui tenait à attraper un avion à 1 heure du matin pour assister à une réunion capitale à Séoul. Un employé de la compagnie l'avait aidé à acheter des vêtements et une valise à l'aéroport. Compte tenu des circonstances et de son statut de VIP, on avait fait attendre son vol.

Les membres d'équipage étaient tous rentrés chez eux en ressassant les événements de la journée et en se demandant ce qu'ils auraient pu faire différemment pour que tout se passe mieux. Ils savaient qu'un soutien psychologique leur serait proposé s'ils le souhaitaient. La plupart d'entre eux n'en éprouvaient pas le besoin. Ce genre de chose pouvait arriver. Des avions se crashaient parfois à la suite d'un incident mécanique, de mauvaises conditions météo ou même de l'intervention de terroristes. C'était un risque auquel ils devaient faire face chaque jour. Le scénario du pilote décidé à détourner un vol en une mission suicide, et entraînant des dizaines d'innocents avec lui, n'était pas nouveau non plus mais était tout aussi imprévisible. C'était les inconvénients de la profession, au même titre que les passagers ivres ou désagréables, les collègues incompétents, les enfants qui pleuraient ou les turbulences imprévues. Cela faisait partie du métier, qui ne se limitait pas à servir des petits pains chauds avec le repas ou à distribuer des écouteurs. Ils en acceptaient les risques, autant que les avantages. De ce fait, aucun d'eux ne s'était plaint de ce qui était arrivé. D'autant que la compagnie avait réagi à la perfection, de même que les services de secours.

Allongée sur son lit du Four Seasons de Palo Alto, Catherine s'efforçait d'assimiler tous ces événements. Elle avait appelé la société de capital-risque qu'elle devait rencontrer pour les prévenir de ce qui lui était arrivé et convenir d'un nouveau rendez-vous, idéalement vendredi. Il fallait qu'elle se rachète des vêtements convenables pour cet entretien. Le concierge de son hôtel lui indiqua le centre commercial de Stanford où trouver tout ce qu'il lui fallait. Il n'avait pas manqué de lui dire combien il était désolé de sa mésaventure. L'hôtel lui offrait la première nuit de son séjour, une attention qui l'avait beaucoup touchée. La compagnie avait également proposé de régler les frais. Il allait aussi falloir qu'elle fasse refaire ses papiers et ses cartes de crédit, et qu'elle se rachète un portable.

Le téléphone de sa chambre sonna ; en décrochant, elle fut surprise d'entendre la voix de

Tom. Ils n'avaient pas embarqué sur la même vedette, si bien qu'elle ne l'avait pas revu depuis le moment où il lui avait dit de quitter l'avion le plus vite possible avant qu'il ne coule, et l'avait dirigée vers le premier toboggan de la classe affaires.

— Je voulais savoir comment vous alliez. Je ne vous ai pas retrouvée sur le quai, mais il faut dire que j'ai débarqué assez tard.

Il avait été coincé par une longue réunion avec la Sécurité intérieure qui voulait savoir ce qui s'était passé dans le cockpit. La FAA avait également voulu le rencontrer, puis son patron lui avait téléphoné. Pour finir, il avait appelé son fils à Chicago pour lui raconter ce qui s'était passé et lui dire qu'il était sain et sauf. Bref, il n'avait pas arrêté de la soirée, et il n'en pouvait plus.

— Ça va, répondit-elle, apparemment aussi fatiguée que lui. Il y a quelque chose d'irréel dans tout ça, ajouta-t-elle d'une toute petite voix. Et vous, ça va ?

— Exténué, mais ça va.

Il se trouvait dans son appartement de fonction de San Francisco. Pour y accéder, il avait dû batailler avec la presse agglutinée au pied de l'immeuble. Quelqu'un avait dû raconter aux journalistes qu'il était dans le cockpit peu de temps avant l'amerrissage ; résultat, ils étaient venus à la chasse au scoop. Il leur avait dit qu'il n'avait aucun commentaire à faire, mais qu'il y aurait une nouvelle conférence de presse le lendemain pour répondre à toutes leurs questions. La compagnie l'avait promis. Des représentants de la Sécurité intérieure et le directeur des services de secours seraient également présents.

— Cela m'a fait vraiment plaisir de bavarder avec vous, Catherine, malgré les circonstances.

— À moi aussi, répondit-elle en bâillant, ce qui le fit rire. J'ai compris qu'il y avait un problème à votre tête quand vous avez commencé à recevoir des e-mails.

— La Sécurité intérieure de New York voulait que j'aille dans le cockpit pour essayer de piger ce qui se passait. Tout ce que je savais, c'était que quelque chose clochait et qu'il n'y avait pas d'agent de sécurité à bord. Vous avez été courageuse de ne pas vous jeter sur le champagne quand ça a commencé à mal tourner.

— Je ne voulais pas arriver à ma réunion avec un coup dans le nez. Autrement, c'est ce que j'aurais fait, avoua-t-elle avec franchise. Cela étant, je ne sais pas si ça m'aurait servi à grand-chose une fois dans le radeau avec de l'eau jusqu'aux fesses.

— Vous n'avez qu'à en commander maintenant, suggéra-t-il.

— Ça va peut-être vous surprendre, mais je ne suis pas alcoolique : j'ai seulement peur de l'avion.

— C'est ce que vous m'avez dit, oui. C'est vrai que, quand vous avez descendu trois coupes avant le décollage, je me suis dit que j'allais passer tout le vol à côté d'une pipelette poivrote, reconnut-il en riant.

Elle s'esclaffa à son tour de l'impression qu'elle lui avait donnée.

— Ça me fait dormir.

— J'ai remarqué, la taquina-t-il. Mais vous avez été de très agréable compagnie tout le reste du temps. Et sachant que vous avez peur de l'avion, vous avez été formidable pendant l'évacuation, et avant.

— C'est l'équipage qui a été formidable. Et quel bonheur que le commandant ait été retrouvé ! Elle a de la chance de ne pas avoir été dévorée par un requin – ou tout simplement de ne pas s'être noyée.

Aux informations, un reporter avait souligné que des attaques de requins avaient déjà eu lieu dans l'embouchure de la baie.

— C'est sûr, elle a été extraordinaire. Réussir à garder le contrôle de l'avion que le copilote faisait tout pour crasher, ce n'était pas gagné. C'est une femme remarquable et une sacrée pilote.

— Mais quelle tristesse, la mort de ce commandant à la retraite…

Ils se turent quelques instants en pensant à lui. Bien sûr, personne ne plaignait Jason vu ce qu'il avait tenté, et bien failli réussir.

— La compagnie va avoir beaucoup d'explications à donner.

— Vous serez à la conférence de presse, demain ? s'enquit-elle, tout en supposant que oui.

— Oui. On m'a demandé d'y participer. Pour faire de la figuration, j'imagine.

— Vous avez été bien plus qu'un figurant, Tom, souligna-t-elle avec sérieux.

Elle s'en était parfaitement rendu compte, même si elle ignorait les détails de son rôle et ne les connaîtrait sans doute jamais.

— Notre dîner de vendredi tient toujours ou bien resterai-je éternellement associé à un mauvais souvenir ? demanda-t-il.

Il espérait que non mais, vu le contexte et son appréhension, tout était possible.

— Bien sûr qu'il tient toujours ! Vous êtes le héros de la pièce, pas le méchant. Encore merci de m'avoir dit de me dépêcher de sortir. Le couple arabe a été aux petits soins pour les deux gamins qui voyageaient seuls. Ils les ont attrapés et les ont fait sortir à toute vitesse. Ils ont dû être les premiers à quitter l'avion – et j'étais juste derrière eux, grâce à vous.

— Alors je passe vous prendre vendredi à 19 heures. Je vais essayer de réfléchir à un endroit sympa où vous emmener dîner, ajouta-t-il d'une voix endormie.

Il était trop fatigué pour continuer à bavarder avec elle, aussi agréable que cela lui fût. Physiquement, elle avait tout pour lui plaire : grande, sexy, svelte, visiblement sportive.

— Bonne chance pour l'entretien, ajouta-t-il.

— Merci. Demain, il faut que je commence par faire du shopping. C'est idiot, vu tout ce qui est arrivé, mais je suis écœurée d'avoir perdu mes chaussures. C'était des Manolo Blahnik toutes neuves, mes préférées du moment.

— Voilà un langage nouveau pour moi. Il faudra que vous me l'appreniez pendant le dîner. Ma femme ne s'intéressait pas à la mode et moi, je ne connais que les avions. Allez, conclut-il avec douceur, reposez-vous.

— Vous aussi. Je vous regarderai, demain, à la conférence de presse.

— À vendredi.

Il lui tardait d'y être. Après qu'ils eurent raccroché, elle resta étendue sur son lit à penser à lui. Et avant même d'avoir pu éteindre la lampe de chevet, elle dormait.

13

Le lendemain, Bernice ne se leva pas pour aller au travail et elle n'envoya pas Toby à l'école. Après le stress de la veille, elle avait besoin de passer la journée avec lui et d'en savourer chaque instant.

Elle s'efforça de lui expliquer en termes simples ce qui s'était passé, sans l'effrayer inutilement au cas où il aurait un jour à prendre l'avion, ce qui n'était pas encore arrivé. Elle n'en avait pas les moyens pour le moment, mais elle espérait pouvoir l'emmener à Disney World, en Floride, ou dans une belle destination pour les vacances, quand elle serait avocate. Pour eux, elle rêvait en grand.

Pendant le petit déjeuner, elle lui raconta donc que, au travail, elle avait trouvé une carte postale avec la photo d'un pont très connu de San Francisco, laissée par un méchant.

— Pour toi ? demanda-t-il, captivé.

— Non, il l'a laissée là comme ça. Je crois qu'il l'a oubliée. Dessus, il avait écrit un message que j'ai trouvé bizarre, alors je l'ai montrée à la police de l'aéroport. Ils ont fini par trouver dans quel avion il était monté, mais ça a pris un peu de temps. Il voulait casser le pont, mais ils ont réussi à l'en empêcher. Et tout le monde a été sauvé.

Il n'avait pas besoin d'en savoir plus que cette version très abrégée. À son âge, elle ne voulait pas lui parler de meurtre, ni de suicide, ni même du sauvetage dans la baie et de l'avion qui avait coulé.

— Et le méchant ? Il est en prison ?

Elle hésita un instant et opta pour la facilité. De toute façon, il n'était pas question de lui dire la vérité pour le moment.

— Oui, il est en prison. Pour toujours.

— Ah. Tant mieux, déclara Toby, satisfait de l'histoire et de son dénouement. Tu as aidé à le mettre en prison ?

— Non. J'ai seulement donné la carte que j'ai trouvée à la police, parce qu'elle me paraissait suspecte.

Il hocha la tête, un peu déçu.

— Et je suis restée avec eux toute la journée pendant qu'ils cherchaient qui c'était. Et j'étais là quand ils ont trouvé.

— Et ils l'ont mis en prison, conclut-il en souriant. Les méchants vont toujours en prison.

Comme son frère, l'oncle de Toby, songea-t-elle. Mais son fils ne le connaissait pas. Elle lui avait seulement dit que son frère habitait loin et qu'ils ne se voyaient plus.

— On pourra aller voir le pont, un jour ? demanda-t-il.

— Oui, c'est une très bonne idée. Il s'appelle le Golden Gate Bridge. Je vais te le montrer en photo.

Elle sortit son ordinateur et fit une recherche. La photo qui s'afficha était presque celle de la carte, sous un angle légèrement différent. Toby l'examina un moment avant de hocher la tête.

— Il est beau. On ira, dis ? Cet été ?

L'idée lui plaisait également beaucoup, mais elle savait qu'elle n'en aurait pas les moyens tant qu'elle n'aurait pas changé de travail. Elle avait déjà écrit à plusieurs cabinets d'avocats et espérait être convoquée pour des entretiens. Et puis, il fallait encore qu'elle passe l'examen du barreau.

— Sans doute pas cet été, mais un jour, oui.

Elle ne voulait pas le décevoir en lui faisant des promesses qu'elle ne pourrait pas tenir.

— Un jour, je voudrais aussi aller à Washington et rencontrer le président, dit-il avec un grand sourire qui la fit rire.

— Ben voyons ! Moi aussi, tiens, mais ça ne risque pas d'arriver.

— Pourquoi ?

Il débordait d'envies, et l'avenir lui semblait déborder de possibilités. C'était ainsi qu'elle l'avait élevé. Elle tenait à ce qu'il ne se sente jamais limité par leurs moyens ni leur situation.

— Le président n'appelle pas les gens pour leur dire : « Salut, ça vous dirait de venir manger une pizza ? », ni rien de ce genre. Il faut être quelqu'un de très important pour le rencontrer. Un sénateur, par exemple, ou un membre du Congrès. Tu seras peut-être sénateur, un jour...

— Qu'est-ce qu'ils font ?

— Ils parlent au nom des gens pour dire au président ce qu'ils veulent.

— J'aimerais mieux être pompier. Ou policier pour mettre les méchants en prison, comme toi hier. Ou alors président, et je t'inviterai à manger une pizza, fit-il en riant.

Après le petit déjeuner, il alla s'habiller et elle l'emmena au zoo. Ils passèrent une très belle journée tous les deux.

Pendant leur sortie, elle reçut un SMS de Denise. Elle crut d'abord qu'il venait de Della et dut le relire pour en croire ses yeux. Jamais elle n'aurait pensé recevoir un tel message de sa cheffe. « Nous sommes tous fiers de toi. Tu es une héroïne, ici. Bravo, ma belle ! À très vite au boulot. Denise. » Elle le relut encore trois fois en souriant. Elle en avait aussi un de Della qui voulait tous les détails sordides. Comme tous ses collègues. Elle remercia Denise, mais ne répondit pas aux autres. C'était leur journée, à Toby et elle. Pas question de se laisser distraire. Ce qui s'était passé la veille l'avait rendue plus consciente que jamais de l'importance de ces moments partagés.

Le lendemain du sauvetage, Ben arriva au travail avec un petit sac de voyage et son costume dans une housse. Phil et lui prenaient l'avion à midi pour se rendre à la conférence de presse de San Francisco. Ils n'embarquaient qu'à 11 heures, mais il fut à son bureau à 9 heures pile.

Ses cauchemars de prises d'otages avaient repris pendant la nuit, avec une petite variante : les ravisseurs s'emparaient d'un avion et tuaient tout le monde. Mais, au réveil, il se rappela que, cette fois-ci, les passagers pris en otages avaient été sauvés – à l'exception malheureusement du commandant en retraite. Ils n'avaient perdu qu'un homme, pas seize – ni les cent onze directement menacés. Et aucun enfant. Ils avaient tous été sauvés ; en premier lieu par Helen, grâce à son amerrissage historique sous le pont, et par l'équipage, qui avait réussi à faire sortir tout le monde à temps. Cette fois, l'histoire se finissait bien. Il fallait qu'il se le répète, encore et encore, pour contrer les horribles souvenirs précédents.

Mildred Stern lui avait rappelé qu'il faudrait du temps. Cela lui avait fait drôle de la voir dans son bureau la veille. Il avait même eu un choc en la voyant entrer, revivant la situation traumatisante de la prise d'otages de façon particulièrement frappante. Et, en même temps, sa présence l'avait réconforté – ce qu'il devait à Amanda. Comme si penser à sa collègue avait suffi à la faire apparaître, il la découvrit debout devant son bureau, lorsqu'il releva les yeux de ses papiers. Il ne l'avait pas entendue entrer.

— Qu'est-ce qui t'amène ? lui demanda-t-il, surpris et un peu gêné d'avoir été aussi désagréable avec elle la veille, lorsqu'ils s'étaient rendus ensemble au Terminal 2 pour examiner la carte postale.

— Je viens te voir, répondit-elle tout aussi mal à l'aise.

— Je te dois des excuses, déclara Ben une fois Amanda dans son bureau. Je crois que j'ai été un peu dur avec toi, hier. Je n'ai pas l'habitude de travailler avec des filles – pardon, des femmes – comme toi. Il arrive que tes théories me dépassent un peu.

— Elles sont complètement déconnantes, tu veux dire.

— Oui, quelquefois, concéda-t-il en riant. J'avoue qu'on est une bande de vieux râleurs, ici, et je suis le pire de tous. Ça arrive aussi que tu aies raison. Nan, oublie que j'ai dit ça. Je ne l'admettrai que sous la torture.

Il lui souriait. C'est alors qu'elle lui tendit une feuille de papier. Il y jeta un coup d'œil avant de la lire.

— Qu'est-ce que c'est que ça ? Une lettre d'amour ?

— Non. Ma démission. Je n'ai pas le choix. Je

me suis plantée dans les grandes largeurs, hier. Je n'ose pas imaginer ce qui serait arrivé si tu m'avais écoutée. Heureusement que tu ne l'as pas fait et que tu as tout de suite soupçonné Jason. Je ne démissionne pas sur un coup de tête, ajouta-t-elle. J'y ai réfléchi toute la soirée. Mes théories sont trop abstraites. Ce boulot ne s'apprend pas dans les livres. Et on n'a pas droit à l'erreur quand des vies sont en jeu. Or j'en ai fait une énorme, hier.

— Nous en faisons tous, Amanda. Moi, j'en ai fait une plus grave encore il y a un mois. Seize personnes, dont un enfant, sont mortes à cause de moi. Je ne suis pas plus malin que toi. Ça fait juste un peu plus longtemps que je suis dans le coup. Tu te tromperas encore, et moi aussi. Reste à espérer que nous nous en rendrons compte à temps et que nous saurons trouver la bonne réponse avant que des gens meurent. C'est une grosse responsabilité, mais ça fait partie du métier.

— Je crois que je ne suis vraiment pas faite pour ça, assura-t-elle calmement.

— Malgré un double master en criminologie et en psychologie ? Dans quoi tu comptes te reconvertir ? Les stages de sensibilisation pour piétons qui traversent en dehors des clous ?

Cela la fit sourire. Depuis qu'elle l'avait vu à l'œuvre hier, elle l'appréciait davantage qu'elle n'aurait cru. Ce qui ne lui plaisait pas, c'était de travailler avec lui et de se sentir idiote tout le temps – ou plutôt de se faire traiter comme si elle l'était. Sauf que ce n'était pas ce qu'il faisait, en cet instant. Il lui parlait comme à une personne à part entière. Elle se rendait compte qu'elle avait beaucoup à apprendre de ses collègues plus expérimentés.

— Tu es arrivée là par un autre chemin que nous, ajouta-t-il. Il faut le temps qu'on s'y habitue, moi le premier. Pour la plupart, nous venons des douanes, de l'intelligence militaire ou de la police. En gros, nous sommes tous des flics, dans un uniforme ou dans un autre. Pas des psychologues comme toi. On n'est pas là pour choper des espions en train de voler les plans secrets de missiles nucléaires. Notre rôle est de protéger les gens d'un potentiel élément criminel. Les événements d'hier en sont l'illustration parfaite. Ce bureau a besoin de tes compétences comme des miennes. Ensemble, nous arriverons à démasquer les méchants. C'est plus difficile certaines fois que d'autres. Hier, je n'ai été convaincu qu'au tout dernier moment que notre homme était bien Jason Andrews. Parfois, il faut procéder par élimination. Je n'avais qu'une certitude : d'après tout ce que je savais d'elle, Helen Smith était hors de cause. Quant à Connor Gray, il ne me semblait pas avoir le profil pour ce genre d'acte. Nous avons eu beaucoup de chance de tomber sur l'iPad d'Andrews. Après ça, c'était du gâteau. Mais avant, j'étais dans le flou complet, moi aussi.

— Ça ne se voyait pas, assura-t-elle, impressionnée par tout ce qu'il venait de dire.

— Je fais assez bien semblant, reconnut-il en souriant. Il faut du courage, pour ce job, Amanda. Alors ne commence pas à te dégonfler pour une erreur. Ça se reproduira. Mais on a besoin de toi. Il nous faut des cerveaux, pas seulement de vieux durs à cuire de flics. Si tu restes, je pense que tu deviendras un super élément. Un conseil, quand même : rencarde-toi un peu sur le base-ball si tu ne veux pas te faire démolir par les autres. Va à un match des Yankees. Disons que tu n'as qu'à voir ça comme de la formation professionnelle. Et voilà ce que je fais de ta démission, ajouta-t-il en déchirant sa lettre en confettis qui s'éparpillèrent sur son bureau. Des questions ?

Elle le dévisagea avec beaucoup de sérieux.

— Tu veux vraiment que je reste ?

— Oui ! aboya-t-il. Même si tu ne connais rien au base-ball. Non mais le volley, je te jure ! Allez, dégage de mon bureau avant que je recommence à t'engueuler. J'ai du boulot. Si tu veux vraiment partir, reparle-m'en dans six mois. Pour l'instant, au travail. Essaie de coincer un terroriste, tiens.

— Oui, chef.

Elle lui sourit et fila sans demander son reste.

C'était vrai qu'elle était mignonne, songea-t-il. Surtout avec cette minijupe qui soulignait la longueur de ses jambes. Il secoua la tête. Ce n'était pas du tout la raison pour laquelle il voulait la garder. Ce qui comptait, c'était qu'elle était intelligente, très instruite et qu'elle avait du cœur. Il pensait tout ce qu'il lui avait dit. Ils avaient besoin d'elle malgré sa grosse bévue de la veille. Sa démission était respectable, mais il n'en voulait pas. Si elle avait pu apprendre un peu de cette erreur et y gagner en humilité, cela valait le coup de la garder.

9 h 45. Dans une heure, Phil et lui devaient quitter le bureau pour attraper leur avion. Les grands chefs tenaient à ce qu'ils participent à la conférence de presse de San Francisco avec Alan Wexler, le chef de la Sécurité intérieure là-bas, Tom Birney, Helen Smith et le DG de la compagnie aérienne. Ils avaient des explications à donner au public. De sacrées explications.

En se réveillant à l'hôtel le lendemain matin, Ahmad et Sadaf décidèrent de commander leur petit déjeuner au room service. Sadaf était encore sous le coup des émotions de la veille et la journée s'annonçait longue : ils allaient se voir assigner un appartement et en prendre possession. On leur avait dit que cela pouvait être long. L'inscription aux cours se ferait le lendemain. En attendant la rentrée à l'automne, ils allaient tous les deux chercher des stages non rémunérés pour l'été, ainsi que le leur permettait leur visa. Une fois à Berkeley, ils allaient avoir beaucoup de choses à organiser.

Ahmad était en train de feuilleter le menu de l'hôtel quand Sadaf le rejoignit. Elle était nu-tête, comme lorsqu'ils étaient seuls. En présence d'autres hommes – hormis ses frères et son père – elle devait porter son voile depuis qu'elle était petite. Elle appartenait à une famille plutôt libérale, cependant, qui n'obligeait pas les femmes à se cacher le visage et leur permettait de sortir en tenue de ville à l'étranger. En Arabie saoudite, en revanche, toutes les femmes de sa famille portaient l'abaya, la robe grise qu'elle avait laissée dans l'avion la veille. Heureusement qu'elle l'avait ôtée, d'ailleurs, même si cela avait contrarié Ahmad. Pour quitter l'avion et dans le radeau, ce grand vêtement mouillé l'aurait entravée et alourdie, et aurait pu se révéler dangereux.

Pourtant, elle ne se couvrit pas la tête quand le serveur entra avec leur petit déjeuner. Scandalisé, Ahmad lui en fit le reproche dès que ce dernier fut sorti.

— Qu'est-ce qui te prend ? lui demanda-t-il, furieux. Qu'est-ce que tu essayes de prouver ? Que tu es devenue une Américaine libérée ? N'oublie pas que tu es avant tout musulmane, et que tu es ma femme.

— Je n'oublierai jamais que je suis ta femme, répondit-elle avec calme. Je t'aime. Et je crois en notre religion. Beaucoup de femmes de ta famille ne se couvrent pas non plus la tête quand elles voyagent à Londres ou à Paris. Elles ne portent pas non plus l'abaya. Ma grand-mère elle-même ne la portait pas. Elle ne mettait que les vêtements qu'elle achetait à Paris.

— Et alors ?

Il lui en voulait quand même. Il était plus traditionaliste que beaucoup d'hommes de leur entourage. Selon la loi de leur pays et leur religion, elle était censée ne montrer ses cheveux qu'à son mari, et elle le savait.

— Dans notre pays, le durcissement récent de certaines positions extrêmes nous oblige à nous plier à de vieilles coutumes. Pourtant, nous croyons aussi en la modernité, c'est d'ailleurs ce qui nous a amenés aux États-Unis pour nos études. Nous pouvons réconcilier tradition et modernité, au moins pendant que nous sommes ici. J'aspire à être une femme d'aujourd'hui, mais cela ne m'empêche pas de te respecter, ni nos deux familles. Nous avons rêvé d'une nouvelle vie ici, mais tu ne peux pas être le seul à en profiter juste parce que tu es un homme. J'y ai droit aussi. Nous sommes égaux. Je t'aime et te respecte comme mon mari, que je porte ou non mon voile. Bien sûr, je le remettrai à Riyad. Ici, en revanche, je ne veux ni me couvrir la tête ni porter l'abaya. Je veux être comme tout le monde. Ce doit être *notre* nouvelle vie à *tous les deux*. Pas seulement la tienne.

Ahmad avait 24 ans et Sadaf 23 ; elle voulait goûter à la liberté, ne fût-ce que le temps de leur séjour à Berkeley.

Elle avait parlé avec beaucoup d'éloquence et d'émotion. Ce qu'elle disait était juste, il s'en rendait compte. Il ne pouvait lui refuser une façon de vivre plus moderne à laquelle, pour sa part, il adhérait. Mais qu'il lui en coûtait de renoncer à leurs traditions ! Après tout, sa mère ne se couvrait pas non plus la tête lorsqu'elle était à l'étranger, et cela ne contrariait pas son père. Sadaf avait raison. Ils étaient venus aux États-Unis pour vivre une nouvelle vie à laquelle elle avait droit aussi bien que lui tout le temps qu'ils y séjourneraient.

— Je vais y réfléchir, grommela-t-il avant d'attaquer son petit déjeuner en silence.

Sadaf était bien plus prête que lui à adopter de nouvelles idées et en abandonner d'anciennes, sans pour autant renoncer à sa foi. Elle était très attachée à sa religion et à son pays, mais restait persuadée que leur Dieu ne l'aimerait pas moins si elle ne portait ni voile ni abaya en Californie. Ahmad savait qu'elle respecterait leurs lois et se conformerait à ce que l'on attendait d'elle lorsqu'ils rentreraient chez eux. Elle n'avait rien d'une révolutionnaire. C'était simplement une jeune femme moderne qui découvrait un monde nouveau, une nouvelle vie dans un nouveau pays, alors que lui se raccrochait à l'ancien système. Par tradition uniquement, il exigeait d'elle des choses auxquelles ses propres parents n'obéissaient pas nécessairement.

La compagnie avait déposé à l'hôtel quelques vêtements et effets de première nécessité, toutes leurs affaires ayant été englouties dans la baie avec son abaya. En attendant de pouvoir aller faire des emplettes, elle avait enfilé son jean, le pull fourni par la compagnie, et ils étaient tous les deux chaussés de tongs. Ils iraient acheter des chaussures à Berkeley après s'être occupés de leur logement.

Elle était prête à sortir. Pour la première fois, sans le hijab qui couvrait sa chevelure depuis l'enfance. Le revêtir était pour elle un tel réflexe qu'elle se sentait maintenant comme nue. Mais c'était un genre de nudité qui lui plaisait. Elle s'était débarrassée de quelque chose qui ne correspondait plus à ses convictions et lui pesait. Ahmad la regarda d'un air contrarié et prit le petit sac qu'on leur avait donné pour leurs effets personnels.

— Bon, d'accord, marmonna-t-il en détournant la tête.

— Quoi ?

Elle n'était pas sûre d'avoir bien compris.

— J'ai dit : d'accord. Je t'aime parce que tu es une femme moderne, et c'est la raison pour laquelle je t'ai épousée. Je ne peux pas te reprocher maintenant d'être tout ce que j'aime chez toi. Je crois que j'avais oublié combien tu étais courageuse. Hier aussi, tu as été très courageuse.

— Tu l'es tout autant que moi, assura-t-elle en l'embrassant. Je te promets que, quand nous rentrerons, je suivrai les traditions de notre pays. Merci, ajouta-t-elle en l'embrassant encore.

Elle se rendait bien compte du choc que sa décision de ne plus porter le voile lui avait causé.

Mais il l'avait plutôt bien accepté. En sortant de l'hôtel, main dans la main, ils souriaient tous les deux. Ils commençaient une nouvelle vie qui s'annonçait riche de découvertes. Quoi qu'il arrive, ils y feraient face ensemble, comme hier dans l'avion.

Après son sauvetage, Helen passa la nuit à l'hôpital. Avant cela, elle avait dû délirer une bonne partie du temps. L'eau était glacée. Lorsque, faisant appel à toutes ses forces, elle avait fini par se libérer de l'attraction de l'avion et refaire surface, elle avait trouvé ce coussin de siège qui flottait à côté d'elle. Elle s'y était cramponnée jusqu'à ce qu'on la retrouve. Pendant un long moment, elle avait cru qu'elle n'en réchapperait pas. Puis la marée l'avait ramenée dans la baie et, au crépuscule, elle avait entendu les hélicoptères. Soudain, ce harnais était descendu jusqu'à elle dans l'eau. Elle avait dû tout donner pour tenir huit heures sans abandonner. Et voilà qu'elle s'était retrouvée hélitreuillée jusque dans l'appareil. Des bras puissants l'avaient saisie et étendue sur le sol. Il avait fallu qu'elle se réchauffe un peu pour être capable de parler. Au début, elle n'y arrivait pas tant elle tremblait d'hypothermie. Ils l'avaient conduite au San Francisco General Hospital. Avant cela, par moments, elle avait déliré. Elle se croyait de nouveau en Irak, dans l'armée. Elle appelait Jack. Elle ne s'était pas tout de suite rappelé qu'il n'était plus là.

Une gentille infirmière restée à son chevet lui avait raconté ce qui était arrivé.

— Il y a des morts ? avait-elle réussi à lui demander, la voix cassée.

— Le copilote et le pilote à la retraite. Le reste de l'équipage et les passagers ont tous pu sortir avant que l'avion ne coule. Bien sûr, les secours vous ont cherchée pendant des heures – ça, je l'ai appris aux infos, comme tout le monde. Il paraît qu'ils ont été formidables et qu'ils ont repêché tout le monde.

Helen se laissa aller contre les oreillers. Elle avait une perfusion dans le bras, ses lèvres étaient gercées par l'eau salée, et tout son corps lui faisait mal.

Malgré tout, elle parvint à appeler ses enfants et son père le lendemain matin, avant leur départ pour l'école. Fous de joie de l'entendre, ils lui firent promettre de se dépêcher de rentrer à la maison. Elle y comptait bien, juste après la conférence de presse dont la seule perspective l'épuisait.

Lorsqu'elle eut de nouveau son père au bout du fil, il lui parla plus sérieusement de ce qu'elle avait vécu.

— Tu es une sacrée femme, lui dit-il avec beaucoup de fierté, et une sacrée pilote, même si tu ne sais pas atterrir. On ne t'a pas appris à faire mieux que ça ?

— Eh bien non, comme tu as pu le constater.

Quel réconfort d'entendre sa voix ! Dans l'eau,

elle n'avait cessé de penser à lui et aux enfants, priant pour les revoir. Il lui faudrait du temps pour se remettre, ne serait-ce que de l'intense pression mentale à laquelle elle avait été soumise : garder le contrôle de l'avion pendant la dernière heure de vol, tout en évitant de se faire tirer dessus, puis les quelque huit heures passées dans l'eau glacée.

— Il faut que je sois à la conférence de presse à 16 heures, ajouta-t-elle. Je rentrerai à la maison ensuite. Quelqu'un me raccompagnera. Ils ne me croient pas capable de piloter une voiture, conclut-elle avec ironie.

Elle avait envie de voir son père, mais il tenait à ce qu'elle se repose.

— Je t'attendrai, promit-il.

Il lui tardait tant de retrouver ses petits ! Ils avaient été secoués, bien sûr, mais ils lui semblaient ne pas aller trop mal. Enfants de l'armée, ils avaient beaucoup de copains qui avaient perdu leurs parents – leur mère aussi bien que leur père. C'était la raison pour laquelle elle s'était accrochée, tout comme Jack avait tenté de le faire. Malheureusement, lui n'avait pas réussi. Et elle avait bien failli échouer à son tour, même dans la vie civile.

— Tu es un héros, maman, lui avait fièrement déclaré Jimmy au téléphone.

— Non, avait-elle rectifié, j'ai fait mon métier de pilote. Ton papa était un héros, lui. Moi j'ai simplement conduit l'avion.

— Peut-être, mais quelqu'un a été tué et tu as

atterri sous le pont. On t'a vue à la télé. C'était trop cool !

— Non, ce n'était pas cool du tout. Ça m'a fait très peur.

— Et tu as nagé tout le temps ?

Il voulait tout savoir pour le raconter à ses amis. Maintenant qu'elle était saine et sauve, ce qui ressemblait à une tragédie la veille encore – et qui avait bien failli en être une – devenait aujourd'hui une aventure.

— Je me suis accrochée au coussin d'un siège qui m'a servi de bouée.

Oliver était nettement plus bouleversé que son petit frère, elle s'en rendit compte à sa voix étranglée. Il était plus sensible, plus attentif que son cadet.

— Ça va, maman ? En vrai ?

— Oui, tout va bien, affirma-t-elle en forçant presque la note pour le rassurer.

— Heureusement que ce dingue ne t'a pas tiré dessus !

— En effet. Et j'ai eu de la chance d'arriver à poser l'avion sur l'eau de sorte que tout le monde ait le temps de sortir.

On avait estimé que l'évacuation avait duré moins de quatre minutes, ce qui tenait du miracle. Quant à son amerrissage sans faute sous le pont, ce n'était pas de la chance, mais du talent.

Lally voulait qu'elle rentre tout de suite et qu'elle vienne la chercher à l'école cet après-midi. Son grand-père lui expliqua que ce serait lui qui passerait la prendre, et que Helen espérait arriver à la maison très peu de temps après. En les entendant, elle se rappela tout ce qui était en jeu. S'il lui arrivait quoi que ce soit, ses enfants n'auraient plus que leur grand-père pour s'occuper d'eux. Elle savait qu'il les prendrait sous son aile si nécessaire, mais il avait passé l'âge d'élever des enfants. L'ennui, c'est qu'elle ne savait rien faire d'autre que piloter.

Après avoir raccroché, elle se leva pour faire quelques pas dans sa chambre et dans le couloir. C'était fou ce qu'elle était raide. Comme si elle avait été passée à tabac. Quel que soit son état, il fallait absolument qu'elle paraisse en pleine possession de ses moyens à la conférence de presse. La compagnie avait promis de lui déposer un uniforme neuf à temps pour qu'elle s'habille.

Les médecins auraient nettement préféré la garder en observation encore un jour ou deux, jusqu'à ce qu'elle ait repris des forces, mais elle tenait à rentrer chez elle dès l'après-midi. Elle avait besoin de se retrouver avec ses enfants. Après avoir un peu marché, elle se recoucha et dormit plusieurs heures.

L'uniforme arriva comme promis, et une infirmière aida Helen à se préparer pour la conférence de presse. Lorsque ce fut fini, elle avait l'impression d'être passée sous un bus et dut s'asseoir.

— Ça va aller ? lui demanda l'infirmière,

inquiète de sa pâleur. Vous êtes sûre que vous êtes en état de sortir ?

Elle se ressaisit et se leva. Un chauffeur de la compagnie était venu la chercher. Elle ne pensait qu'à son retour chez elle et aux retrouvailles avec ses enfants. La conférence de presse n'était qu'un obstacle à surmonter pour y parvenir et pouvoir se reposer. À titre de compensation pour ce qu'elle avait vécu, la direction de la compagnie lui offrait un mois de congé payé. Dans l'armée, elle touchait des primes de combat ; au fond, c'était un peu la même chose.

Dans son uniforme impeccable, le dos droit et la tête haute, Helen entra dans la salle de réception que la compagnie aérienne avait louée pour la conférence de presse. Après un bref instant d'appréhension, elle alla saluer le directeur général qu'elle avait reconnu. Il la remercia de sa venue, ainsi que de son courage et de son efficacité de la veille, auxquels il attribuait pleinement la survie des passagers et de l'équipage. Ancien pilote lui-même, il s'extasia également sur son incroyable amerrissage. Alors qu'ils bavardaient, elle entendit derrière elle une voix masculine qu'il lui semblait reconnaître, sans pour autant pouvoir y mettre de visage. Elle se retourna et vit un homme qu'elle n'avait jamais vu. Mince, bel homme, avec des traits taillés à la serpe, il devait avoir la quarantaine. Elle lui trouvait un faux air de Dick Tracy. Lorsqu'il parla à nouveau, elle reconnut la voix des appels satellites et lui fit un grand sourire.

— Bonjour, Ben ! Merci pour votre aide hier.

— Merci à vous de ne pas avoir démoli le Golden Gate Bridge. Nous aurions eu l'air malins, autrement, ajouta-t-il tout bas, ce qui la fit rire. Je suis désolé de ce que vous avez vécu pendant ce vol.

— C'est surtout pour Connor Gray que j'ai de la peine. Il a tenté de m'aider.

— Il était presque inévitable qu'il y ait au moins une victime – voire beaucoup plus. Je suis heureux que ça n'ait pas été vous.

Il était sincère. Connor Gray avait plus de 60 ans et n'avait pas de jeunes enfants à charge. Sa mort était triste, certes, mais celle de Helen aurait été bien plus dramatique encore.

— Cela n'aurait pas dû arriver, objecta-t-elle avec gravité.

Elle comptait assister à sa cérémonie funéraire, quand il y en aurait une.

Ben la présenta alors à Phil et Alan, le chef du bureau de la Sécurité intérieure à San Francisco, dont les agents avaient interrogé l'ancienne petite amie de Jason et avaient trouvé l'iPad chez lui. Chacun avait joué un rôle important dans la découverte de l'identité de celui qui menaçait l'avion.

— Vous nous avez fichu une sacrée trouille, hier, quand vous avez disparu, dit Ben à mi-voix.

— J'ai été entraînée par le courant quand

l'avion a coulé. J'ai d'abord été aspirée vers le fond puis vers le large. Le temps que je remonte à la surface et que je comprenne ce qui s'était passé, j'étais trop loin pour revenir à la nage ou pour qu'on me voie. J'ai eu de la chance que la marée me ramène dans la baie.

— Je vous jure que vous voir attraper ce harnais et sortir de l'eau a été le moment le plus heureux de ma carrière.

Rien que d'y repenser, il en avait les larmes aux yeux.

— Merci. J'avoue que je n'étais pas mécontente non plus.

Elle lui sourit. Ses grands yeux bleus, magnifiques et empreints de franchise, plaisaient infiniment à Ben. Elle ne devait pas être du genre à se voiler la face.

À ce moment-là, Helen vit entrer Tom Birney. Elle s'approcha de lui pour le saluer et le remercier. Il avait l'air un peu chancelant, comme elle depuis le matin. Les événements de la veille ne les avaient pas ménagés.

— Est-il bien raisonnable que vous soyez sortie de l'hôpital ? s'enquit-il à la manière d'un vieil ami, alors qu'elle l'avait rencontré la veille.

Comme à la guerre, les amitiés se nouaient vite. Ils avaient combattu un ennemi commun et y avaient survécu, tels deux soldats. On avait rapporté à Helen qu'il s'était démené pour faire sortir les passagers, faisant partie des derniers à quitter l'avion avec l'équipage. Elle lui devait une fière chandelle.

— Non, reconnut-elle en riant. Mais mes enfants ont besoin de moi. Je rentre chez moi après ça.

Tout de même, elle se sentait mieux maintenant qu'elle était habillée, et ses nausées étaient passées.

Il hocha la tête et s'éloigna pour dire un mot au directeur de la compagnie, puis la conférence de presse commença. Le DG fit une déclaration dans laquelle il assurait combien la compagnie était consternée et navrée qu'un tel événement ait pu se produire. La nature humaine était imprévisible, mais cela les incitait à se montrer plus rigoureux encore à l'avenir. Offrir à ce jeune pilote pourtant plein de talent une chance d'évoluer avait été une erreur : ils l'avaient appris à leurs dépens et ne cherchaient pas à le nier. Il souligna ensuite la bravoure et l'efficacité de l'ensemble de l'équipage, puis présenta Tom Birney et Helen, les héros du jour. Le commandant Smith avait accompli l'impossible en passant sous le Golden Gate Bridge sans le détruire pour poser un avion de cette taille à la surface de l'eau et permettre à tout le monde de débarquer avant qu'il ne sombre. Une salve d'applaudissements retentit, puis Helen prit brièvement la parole pour souligner que les héros n'étaient que le fruit accidentel des circonstances. On ne pouvait s'entraîner ; cela ne s'apprenait pas, ne se prévoyait pas. On faisait ce que l'on avait à faire lorsque l'occasion se présentait, en espérant réussir.

Cette fois, ce furent les journalistes présents qui lui firent un triomphe. Helen rougit, gênée. Les médailles qu'elle avait reçues au cours de sa carrière, autant pour ses compétences que pour son courage, ne l'avaient pas préparée à de telles acclamations publiques. Ce fut alors au tour de Ben, Phil et Alan de s'exprimer au nom de la Sécurité intérieure et de répondre aux questions de la presse. Cela dura près d'une heure. À la fin, presque tous les présents vinrent serrer la main de Helen et la féliciter. Ben la regardait en souriant. C'était sans aucun doute la plus timide parmi les intervenants, et la plus modeste.

— Courage, commandant, lui glissa-t-il à mi-voix alors qu'elle cherchait à se soustraire à l'attention de tous. La prochaine fois que vous serez aux commandes et qu'une petite turbulence agitera leur bloody mary, ils écriront au DG pour se plaindre de vous.

Elle éclata de rire.

— J'avoue que je n'ai pas trop l'habitude de tout ça. On n'a pas droit à tous ces honneurs, dans l'armée.

— Dans le civil, c'est assez rare aussi. Et j'espère que vous n'aurez jamais à recommencer ce genre de cascade.

— Et moi donc !

Elle ne savait même pas très bien comment

elle y était arrivée. Elle avait cherché à redresser la trajectoire que Jason avait imposée à très basse altitude et, comme par miracle, cela avait fonctionné.

— Vous seriez partante pour un petit dîner de célébration à New York ? Juste pour nous réjouir de nous en être sortis…

Sa proposition ne lui faisait pas l'effet d'un rendez-vous, mais plutôt d'une réunion d'anciens combattants heureux d'être rentrés de mission indemnes.

— Avec plaisir. Mais pas tout de suite, ils viennent de m'accorder un mois de repos.

Elle était heureuse que la conférence de presse soit terminée. Les questions les plus délicates avaient été adressées à la direction, à qui l'on reprochait de ne pas avoir décelé l'instabilité de Jason et de ne pas s'être séparée de lui plus tôt. Il faut dire que, quand il voulait bien s'en donner la peine, il était capable de déployer beaucoup d'intelligence et de charme. Helen voyait très bien comment il avait pu passer à travers les mailles du filet. Elle-même l'avait pris pour un sale gamin mal élevé avec un côté je-sais-tout mais, au fond, inoffensif. Il était finalement bien pire que cela : un assassin qui aurait entraîné quelque cent dix personnes dans la mort avec lui, sans le moindre remords. Selon sa propre logique meurtrière, la compagnie ne méritait que cela pour ne pas lui avoir accordé la place qu'il estimait devoir occuper. Mais comment expliquer à la presse, et donc au public, qu'il n'ait pas été congédié avant d'en arriver là ? Cela allait être un défi de taille à relever pour la compagnie aérienne, tout le monde en était bien conscient. Les plates excuses du directeur ne suffiraient pas : il fallait s'attendre à des procès de taille.

Helen allait enfin pouvoir partir. Elle serra la main à Ben, à Tom et aux autres, puis au DG qui la remercia encore avec effusion. Enfin, elle sortit retrouver le chauffeur qui l'attendait. Elle avait ôté sa cravate et sa casquette d'uniforme et laissé retomber ses cheveux sur ses épaules. Elle souriait déjà à l'idée de retrouver ses enfants et de passer un mois avec eux. Elle leur devait bien cela après la frayeur qu'elle leur avait faite hier.

Ben sortit juste après elle et attendit Phil avec qui il dîna dans un excellent restaurant grill. Ils burent beaucoup de vin et Ben regagna sa chambre passablement éméché. Cela lui était complètement égal. Il ne l'avait pas volé.

Lorsqu'une voiture inconnue s'engagea dans l'allée, les enfants se massèrent à la fenêtre et poussèrent des cris de joie en voyant leur mère en sortir. Ils se précipitèrent dehors pour se jeter dans ses bras avec tant de force qu'ils manquèrent de la faire tomber. Lisa, la baby-sitter, lui avait préparé un gâteau et avait aidé Lally à lui confectionner des cupcakes. Sa fille tenait à ce qu'elle en mange un tout de suite. C'était ses préférés, souligna-t-elle : red velvet et chocolat noir. Oliver et Jimmy, eux, tournaient autour d'elle en attendant le moment de l'embrasser à nouveau. Ils ne s'en lassaient pas – et elle non plus.

— J'ai cru que tu t'étais noyée ou qu'un gros poisson t'avait mangée, déclara Lally d'un air inquiet.

— Je nage bien et je ne me serais pas laissée manger par un poisson, ma chérie. Et j'ai un mois de vacances !

Pendant le trajet, l'idée lui était venue de les emmener à Disneyland. Elle avait envie de faire quelque chose d'amusant avec eux pour fêter le bonheur d'être en vie. Soudain, il lui semblait que c'était tout ce qui comptait. Il fallait désormais que tous leurs moments partagés le soient autour de la vie, et non plus de la mort qui avait occupé une place bien trop importante dans leur existence ces dernières années.

Son père aussi était chez elle et attendait patiemment son tour. Ils dînèrent tous les cinq ensemble dans la cuisine. Tim sortit acheter des pizzas et du poulet rôti qui firent à Helen l'effet d'un festin. La vie reprenait son cours normal malgré les deux morts qu'il y avait eus dans son cockpit la veille. Son père ne se remettait toujours pas de l'idée que cela aurait pu être elle, ou que le copilote aurait pu réussir à précipiter l'avion contre le pont comme il en avait l'intention. Dans le monde d'aujourd'hui, le danger était partout. Par bonheur, cette fois, le destin l'avait protégée. On ne pouvait pas demander davantage. Il n'avait jamais eu aussi peur pour elle depuis qu'elle avait quitté l'armée. Cependant, il s'efforçait de ne pas le montrer.

Lally passa la nuit dans le lit de sa mère, et elles finirent les cupcakes le lendemain matin pour le petit déjeuner. Les enfants étaient prêts à partir à l'école. Elle les regarda, tous les trois autour de la table de la cuisine. La vie était douce. Elle avait eu très peur, mais elle avait survécu. Ce miracle rendait chaque instant passé avec eux plus savoureux que jamais.

14

Comme le reste de l'équipage, Nancy avait eu droit à deux semaines de congé. Peter se débrouilla pour échanger ses vols de la semaine suivante afin de passer du temps avec elle. Ils passèrent la journée du lendemain au lit, à dormir, se détendre et regarder des films. Dans la soirée, elle fouilla dans son placard et dénicha un tailleur de soie vieux rose qui lui parut tout à fait adapté à son rôle de demoiselle d'honneur. Joel ne lui avait donné aucun détail sur le mariage. Elle savait seulement que la cérémonie avait lieu le lendemain à 16 heures à la mairie, et que les parents de Kevin les recevraient ensuite au Ritz-Carlton. Elle ignorait combien de personnes étaient conviées et quel était le dress code quand, sur une plaisanterie, elle s'était fait inviter.

Peter non plus ne savait pas quoi se mettre, d'autant que c'était leur premier mariage gay. Ils se dirent qu'un costume foncé était une valeur sûre. Ils arrivèrent à la mairie quelques minutes en avance. Quelle ne fut pas la surprise de Nancy quand Joel la présenta à sa mère. Il lui avait pourtant dit venir d'une famille très conservatrice qui n'avait jamais accepté son homosexualité. Quoi qu'il en soit, elle se retrouva donc face à une grande et belle femme dans un tailleur bleu marine très chic, à l'allure jeune et qui ressemblait beaucoup à Joel. Elle sourit chaleureusement à Nancy et Peter. Une fois Joel parti accueillir un groupe d'hommes qui venait d'arriver – ils portaient tous des costumes semblables à celui de Peter –, sa mère révéla à Nancy, tout bas :

— J'ai appris hier, pour le mariage. Joel est toujours resté très discret sur sa vie privée, d'autant que son père n'a jamais accepté son homosexualité. Ça n'a pas été facile, pour Joel. Je me réjouis qu'il soit heureux, aujourd'hui. Si vous saviez comme cela compte, pour moi, qu'il m'ait invitée à son mariage… Je n'aurais manqué ce grand jour pour rien au monde. Et quel homme merveilleux, ce Kevin. Je suis arrivée de Salt Lake City ce matin. Je voulais que mon mari m'accompagne, mais il n'y arrive pas. Enfin, moi, je suis là, conclut-elle fièrement.

Nancy était heureuse pour Joel. Quelques minutes plus tard, en lui épinglant une petite rose blanche au revers de sa veste pour l'identifier comme demoiselle d'honneur, il lui chuchota :

— Tu te rends compte ? Ma mère est là ! Et elle adore Kevin ! J'ai décidé de l'appeler quand on est sortis de l'avion. Je me suis promis que, si je survivais, je nous donnerais encore une chance, à mes parents et moi. Comme quoi, on ne sait jamais…

Il rayonnait littéralement. La mère de Kevin l'embrassa à plusieurs reprises et se tint à côté de celle de Joel pendant la cérémonie.

Ils avaient deux témoins, leurs meilleurs amis, un couple d'hommes qui s'étaient mariés peu avant eux, avec qui Nancy resta pendant la cérémonie. Ils étaient entourés d'une douzaine d'amis et de leurs parents. Le mariage fut célébré par un juge ; ce fut le seul regret de la mère de Joel qui, avoua-t-elle plus tard, aurait préféré un pasteur. Joel et Kevin échangèrent de fines alliances en or. Ils avaient également rédigé des vœux qui émurent Nancy aux larmes. Il s'en était fallu de peu que la famille et les amis se réunissent pour des obsèques et non un mariage, songea-t-elle en frémissant.

Les deux mères écrasèrent des larmes de joie lorsque leurs fils furent officiellement déclarés unis par les liens du mariage, et tout le monde embrassa les mariés dès la fin de la cérémonie. Kevin avait fait venir un serveur en veste blanche qui attendait dans le couloir à la sortie de la salle pour servir du champagne dans des flûtes en plastique, ce qui ajouta à l'atmosphère festive. Tout le monde se réjouissait pour eux. Une heure plus tard, ils se rendirent tous au Ritz-Carlton où les parents de Kevin avaient loué une magnifique salle de réception avec un jardin. Un petit orchestre jouait leurs morceaux favoris. Un buffet pour quatre-vingts personnes avait été dressé. Tout avait été organisé avec un goût exquis. Nancy n'avait pas souvenir d'un mariage plus réussi.

Elle dansa avec Peter avant et après le dîner. Toute la soirée, il fut aux petits soins pour elle. Après avoir failli la perdre, il ne voulait plus la quitter des yeux. Kevin semblait exactement dans le même état d'esprit, observa Nancy. Cette mésaventure leur avait rappelé à tous que le pire pouvait se produire à chaque instant, et la vie se trouver bouleversée en un clin d'œil.

À 22 heures, Joel lança un bouquet aux hommes et aux femmes célibataires de l'assemblée. La nièce de Kevin l'attrapa, pour son plus grand bonheur.

Le gâteau de mariage avait été réalisé par l'une des meilleures pâtisseries de San Francisco. Absolument magnifique, il était décoré de deux hommes mariés. Tout avait été pensé à la perfection, jusque dans les moindres détails, à l'image de la décoration florale de la salle. Élégance, beauté et bon goût étaient les maîtres-mots de cette soirée à laquelle rien ne manquait.

La mère de Joel partit peu après pour prendre son vol retour, non sans avoir passé un long moment en tête à tête avec son fils. Elle regrettait sincèrement de s'en aller déjà et promit de revenir bientôt les voir. À minuit, Kevin et Joel s'apprêtèrent à faire leurs adieux à leurs invités car ils décollaient à l'aube pour Tahiti.

— Si jamais tu décides d'arrêter de voler, tu as une carrière toute tracée dans l'organisation de mariages, dit Nancy à Joel en l'embrassant et en lui souhaitant bon voyage.

— C'est Kevin qui s'est occupé de tout. Moi, je me suis contenté de dire oui ou non et de découper quelques photos dans des magazines.

Il regarda avec amour son mari qui se tenait à l'autre bout de la salle avant de se tourner à nouveau vers Nancy, soudain très sérieux.

— Je n'arrête pas de penser à la chance que nous avons eue cette semaine.

Elle comprenait ce qu'il voulait dire et ressentait exactement la même chose – en plus fort encore, peut-être, à cause de sa grossesse. La veille, elle avait vu son médecin qui lui avait confirmé que tout allait bien. Elle en éprouvait un soulagement indescriptible.

— Que j'ai bien fait d'appeler ma mère... Je crois que ça l'a beaucoup touchée – et moi aussi, qu'elle soit là aujourd'hui. Depuis des années, j'avais l'impression d'être orphelin, même si la famille de Kevin m'a accueilli à bras ouverts. Ma mère m'a rendu une partie de moi-même en venant et en acceptant mes choix de vie. Bien sûr, je regrette que mon père ne l'ait pas accompagnée. Mais elle, au moins, elle était là, dit-il avec émotion avant d'embrasser Nancy une fois encore.

Leur départ marqua la fin de la soirée. L'orchestre joua « Happy Trails » en guise d'au revoir et la plupart des invités s'en allèrent également.

— Quel bon moment j'ai passé ! glissa Peter à Nancy. C'est le plus beau mariage auquel j'aie assisté – après le nôtre, bien sûr.

Il lui sourit et l'embrassa au moment où le voiturier arrivait avec leur voiture. Sur le chemin du retour, il prit soudain un air grave.

— Il va falloir que nous parlions de ce que nous allons faire pour Pékin. Si nous devons nous rétracter, il ne faut pas tarder.

Elle hocha la tête. Elle y avait pensé, elle aussi.

— Tu crois que c'est ce qu'il faut faire ? demanda-t-elle tristement.

— Je ne sais pas. Qu'est-ce que tu dirais d'avoir deux enfants ?

— Ça ne m'inquiète pas. Ça me plairait même. Je me demande seulement si nous ressentirons la même chose pour un enfant adopté. Je ne voudrais pas être injuste avec elle.

— Oui, je suis sûr que nous ne tarderions pas à l'aimer comme le ou la nôtre. D'ailleurs, si ça se trouve, notre enfant biologique sera insupportable, lança-t-il pour la taquiner.

— Réfléchissons-y encore un peu, suggéra-t-elle.

Elle ne voulait pas se tromper. Pour l'instant, elle savourait encore le bonheur de cette magnifique soirée…

Le lendemain de son arrivée, Ellen se rendit au centre de détention, Scott dans les bras, pour voir Robert. Dès le lendemain de son arrestation, il avait comparu devant un juge qui l'avait accusé d'enlèvement parental. N'ayant pas les moyens de payer la caution qui avait été fixée, et n'ayant aucun bien à gager non plus, Robert était au plus bas quand il se présenta au parloir. Le bébé tendit les bras vers lui, mais ils étaient séparés par une vitre blindée et ne pouvaient communiquer que par téléphone.

— Qu'est-ce qui t'a pris ? lui demanda Ellen. Pourquoi tu as fait ça ? J'ai failli devenir folle quand j'ai découvert qu'il avait disparu. J'ai cru qu'il avait été kidnappé par quelqu'un qui était entré chez mes parents.

Elle en avait encore les larmes aux yeux. Il n'avait pas du tout pensé à cela en prenant Scott, puisqu'il lui avait laissé un mot. Ce à quoi elle rétorqua qu'elle ne l'avait trouvé que des heures plus tard. Il l'avait posé sur le piano du salon de ses parents en sortant et personne n'avait pensé à regarder là.

— Je ne sais pas. J'ai pété un câble. Tout allait complètement de travers entre nous. Une fois qu'on a été mariés, nos parents ne nous ont pas lâchés. Je m'attendais à un truc cool, romantique, sympa : au lieu de ça, tu passais ton temps à râler. D'un coup, tu n'aimais plus mes copains, je buvais trop, il ne fallait pas que je fume de l'herbe dans la maison, mon boulot était minable, je ne gagnais pas d'argent...

Elle fit la grimace, mais ne put le nier. C'était

vrai. À ce moment-là, il avait 23 ans et elle 22. Elle pensait que le mariage le ferait grandir, qu'il deviendrait un peu plus comme son père à elle. Mais son immaturité lui avait sauté aux yeux ; il voulait sortir avec ses copains tous les soirs ou alors les inviter chez eux où il ne faisait jamais le ménage. Tout ce qui l'amusait, c'était d'aller à des concerts, de boire ou de fumer.

— Ensuite, tu es tombée enceinte et ça a été encore pire. Tu étais tout le temps malade, tu ne parlais plus que du bébé. Tu me répétais que j'allais devoir être à la hauteur de mon rôle de père, sauf que, quand il est né, tu ne me laissais pas l'approcher. Et puis comme il pleure beaucoup et que tu l'allaites, je ne peux jamais lui donner son biberon ni me rapprocher de toi. J'ai cru que ça allait être génial – en fait, c'est pourri. Sans parler de tes parents qui disent tout le temps que je suis irresponsable comme si je ne les entendais pas. Et comme ils paient tout, ils ont l'impression qu'on leur appartient – remarque, les miens ne nous aident jamais, c'est pas mieux. Je suis sûr qu'on a rompu parce qu'ils te l'ont demandé.

— On a rompu parce que tu es complètement irresponsable. Regarde ce que tu as fait.

Il baissa la tête, honteux. Il avait agi par désespoir, parce qu'il était à bout.

— J'ai eu l'impression que, si je partais un peu avec lui, on allait pouvoir se connaître et que j'allais m'habituer à mon rôle de père sans avoir quelqu'un sur le dos en permanence.

— Pourquoi le Japon ?

— J'ai vu des photos sur Internet. Ça a l'air beau.

Il n'avait décidément aucun sens des réalités, mais il n'était pas méchant. Au début, elle était vraiment amoureuse de lui. Leur mariage, en revanche, avait été un cauchemar. Ses parents avaient raison : c'était un gamin. À 25 ans maintenant, il n'avait absolument pas gagné en maturité. Alors qu'elle était prête à vivre en adulte et à s'occuper de leur bébé, lui n'avait aucune idée de ce que cela impliquait. Il ne voyait pas d'inconvénient à laisser ses copains défoncés jouer avec Scott, ni à le mettre dans un porte-bébé pour l'emmener à un concert où tout le monde fumait de l'herbe. Ce n'était pas ainsi qu'elle voulait vivre, pas du tout. Elle n'avait pas mesuré combien il était loin de devenir adulte. La naissance du bébé lui avait brutalement ouvert les yeux. Il était arrivé à la maternité complètement ivre, avec deux copains, et s'était énervé quand elle leur avait demandé de partir. Il aimait le petit, cela ne faisait aucun doute. Mais savait-il seulement ce que cela signifiait ?

— Dans l'avion, raconta-t-il en riant, il a vomi sur une dame.

— Il avait une otite et une gastro, quand tu l'as emmené. Et tu n'as même pas pris ses médicaments.

Elle parlait comme l'adulte qu'elle était devenue – et pas lui. Robert n'était pas un criminel ni un vrai kidnappeur : simplement un gamin idiot. Mais c'était un père dont leur fils avait besoin.

— Sans compter que vous auriez pu mourir tous les deux, dans cet avion. Quand j'ai appelé ta mère, elle m'a dit qu'elle avait trouvé des brochures sur le Japon partout dans ta chambre, mais que ça ne l'inquiétait pas.

— Tu as appelé ma mère ?

— Évidemment. Tu avais enlevé notre fils.

— Ça l'a énervée ?

— Je ne sais pas. Elle a dit que tu le ramènerais certainement intact d'ici quelques jours. Mais si ça n'avait pas été le cas ? Si tu avais eu un accident avec lui ou si l'avion s'était écrasé ? Je ne m'en serais jamais remise.

— Moi non plus.

Elle pensait à tout, et lui à rien. Elle imaginait toujours le pire.

— Tu crois qu'on pourrait arriver à repartir de zéro, Ellen ? On était si heureux, au début...

— On était des gosses. On faisait nos études. On n'avait pas d'autres responsabilités. Le mariage, ce n'est pas qu'une occasion de faire la fête, soupira-t-elle tristement.

Cela lui avait servi de leçon. Ses parents l'avaient pourtant mise en garde, mais elle n'avait pas voulu les écouter.

— Et pour Scott, demanda-t-elle, on ferait comment ?

Décontenancé, Robert réfléchit, l'air hagard.

— Au début, on pourrait le laisser à tes parents. Scott les adore et ils s'occupent très bien de lui.

Essayer de parler avec lui, c'était comme entrer dans un monde parallèle. Et encore, il n'avait ni bu ni fumé. Il était toujours comme ça.

— On ne peut pas revenir en arrière ni refiler notre fils à quelqu'un. De toute façon, je ne veux pas. Et on ne peut pas non plus repartir de zéro. Je n'en aurai pas la force. Moi aussi, j'ai passé deux années horribles. Il faut que tu t'en ailles et que tu grandisses. Ensuite, tu seras prêt à faire ta vie avec une autre. Mais pas avec moi. L'expérience a été trop difficile, expliqua-t-elle, les yeux remplis de larmes. Avec Scott, tu pourras recommencer, quand tu seras prêt. Cela étant, je n'ai plus assez confiance en toi pour te laisser seul avec lui. J'en ai parlé à mon avocat : le tribunal peut nommer un observateur pour veiller à sa sécurité quand il est avec toi. Au moins tant que tu n'auras pas prouvé que tu es responsable.

Il hocha la tête sans rien dire. Cela lui paraissait épouvantable.

— Je vais retirer ma plainte pour enlèvement parental. Et je vais renoncer à la pension alimentaire. Je sais que tu ne pourras pas la payer, de toute façon. Mon père va nous aider. Il met de l'argent de côté pour les études de Scott : il va m'en donner une partie. Mais si tu veux être le père de Scott, il va falloir que tu t'en montres digne.

— C'est vrai, tu vas retirer ta plainte ?

Elle hocha la tête. Il eut l'air heureux.

— Et la demande de pension. Tu pourras me donner de l'argent quand tu en gagneras assez. Pour l'instant, de toute façon, c'est impossible. Il te faut un boulot un peu mieux que vendeur dans une boutique de surfs ou de vélos ou de skateboards. Un vrai métier, quoi.

— Je ne suis pas prêt à avoir un vrai métier.

En fait, il n'était pas prêt pour la vie. Certainement pas celle de mari ni de père, en tout cas. Ellen se leva. Robert la regarda avec des yeux de chien battu.

— Tu ne veux vraiment pas nous redonner une chance ?

— Non.

C'était sans appel.

— Ça a marché super, entre nous, au début, plaida-t-il avec un sourire.

— Non. On était juste jeunes et inconséquents. On n'aurait jamais dû se marier. Mais je suis heureuse qu'on ait eu Scott, précisa-t-elle en souriant tendrement à leur fils qui gazouilla en la regardant. Prends soin de toi. Je te préviens, je ne te paie pas le vol retour, débrouille-toi. Mais je m'occupe du reste.

— Je vais peut-être rester un peu dans le coin. Il paraît que c'est cool, San Francisco.

Quand il se leva, il avait les yeux brillants d'excitation.

— Comme tu veux.

Après cette conversation, elle n'avait plus aucun regret. Elle était contente d'être venue, comme le lui avait suggéré son père. Il fallait qu'ils se parlent d'adulte à adulte pour voir plus clair dans ce qu'ils souhaitaient. Elle le savait, maintenant : quoi qu'il arrive, elle ne voulait plus de lui dans sa vie. D'ailleurs, ellc sc demandait quand Scott le reverrait. Robert n'était de toute évidence pas très pressé de rentrer à New York ni de grandir.

Elle partit alors sans un regard en arrière. Une heure plus tard, la plainte retirée, Robert fut libéré. Il lui envoya un seul mot par SMS : « Merci ». Il était libre ! Il prit une chambre dans un petit hôtel de Haight-Ashbury et sortit s'acheter de l'herbe. Le quartier avait l'air sympa. Au même moment, l'avion d'Ellen décollait, la ramenant à New York avec leur fils.

Le lendemain de la conférence de presse, Helen eut la surprise de recevoir un coup de téléphone de Ben qui voulait prendre de ses nouvelles.

— Ça va, merci, dit-elle, touchée de son appel. Je dois vieillir. Autrefois, je faisais du triathlon. Là, après huit heures seulement dans l'eau, j'ai encore mal partout.

— Je parie que vous mettriez moins longtemps à traverser la Manche à la nage. Vous rigolez ou quoi ? Vous vous êtes trouvée dans une situation de vie ou de mort terriblement stressante. Vous avez posé un avion commercial sur l'eau, sauvé tous vos passagers, été entraînée en mer par le courant, et vous avez tenu bon pendant huit heures. Ce qui m'étonne, c'est que vous teniez debout. Et vos enfants, ça va ?

— Ils sont soulagés, répondit-elle en riant de la façon dont il décrivait ce qui lui était arrivé. Je crois qu'ils ont eu très peur. Pas tant de la chute de l'avion que de ma disparition et des huit heures d'attente.

— Oui, ça ne m'étonne pas.

— Vous avez des enfants ?

Elle ne savait presque rien de lui. Ils avaient vécu ensemble une situation d'urgence, mais n'avaient rien partagé de leur vie privée. Ils n'avaient eu aucune raison de le faire.

— Je n'en ai jamais eu le courage ni le temps. J'ai été marié deux fois, et mes deux épouses estimaient que mon métier n'était pas compatible avec une vie commune normale – c'est vrai que je travaille énormément. J'ai donc arrêté d'essayer de m'y plier. Il n'y a pas de place dans ma vie pour des enfants. Il m'arrive de le regretter, mais je crois que je n'aurais pas été à la hauteur, de toute façon.

— Il n'est jamais trop tard, assura-t-elle en souriant. Vous pourriez vous étonner vous-même. Beaucoup d'hommes de votre âge épousent des femmes plus jeunes qu'eux et deviennent pères sur le tard.

— Voilà une perspective absolument terrifiante !

Elle éclata de rire. Cet homme avait l'air si gentil. Quel dommage qu'il soit seul !

— Nous allons à Disneyland la semaine prochaine, dit-elle pour changer de sujet. Les enfants ne sont pas encore au courant. J'adore cet endroit autant qu'cux.

— Je n'y suis jamais allé, confessa-t-il. Ça ne colle pas avec mon image de grincheux patenté. Mon truc, c'est les matchs de base-ball, et jouer au billard dans les bars.

— Mes deux fils jouent au base-ball. J'envisage de proposer mes services de coach au club. Et à l'armée, j'ai joué au softball dans une équipe féminine. Il faut que je sois à la fois leur père et leur mère, maintenant.

— Ce ne doit pas être simple, compatit-il.

— Pas toujours, avoua-t-elle franchement. Mais c'est comme ça. Tout ne se passe pas comme prévu.

Malgré le drame qu'elle avait vécu, songea Ben, Helen était une femme normale, équilibrée. Elle s'en sortait admirablement et adorait ses enfants, cela sautait aux yeux.

— N'oubliez pas notre dîner à New York, hein. Un bon repas ne vous fera pas de mal. Je parie que vous ne mangez pas grand-chose.

Elle avait toujours été plutôt mince, si c'était ce qu'il voulait dire.

— Mais si, je mange ! Nous sommes très pizzas et hamburgers, chez nous. Et barbecue le week-end. Mais c'était Jack qui s'en occupait. Je fais très mal la cuisine...

— Vous pilotez drôlement bien les avions. On ne peut pas tout faire.

— Vous voulez bien dire ça à mes enfants ?

— Amusez-vous bien à Disneyland.

Au fait, se demanda-t-elle soudain, était-il toujours en Californie ? Elle lui posa la question.

— Eh bien oui, figurez-vous. Je ne rentre que demain. Le chef d'ici voulait me parler de quelque chose. Il est sympa.

Elle lui souhaita bon voyage, et oublia pour ainsi dire son appel dès qu'ils eurent raccroché. Il fallait qu'elle emmène son fils aîné à l'entraînement de base-ball dans une heure. La vie reprenait son cours normal. Dire qu'il y a deux jours à peine, elle bataillait de toutes ses forces pour sauver un avion – et avait bien failli y rester ! – et qu'aujourd'hui elle devait conduire ses enfants à leurs activités. La vie était bien étrange, décidément.

Tom Birney passa prendre Catherine à 19 heures tapantes au Four Seasons, comme il le lui avait promis. Il avait réservé au restaurant The Sea qui proposait de la cuisine française et japonaise. Catherine portait une robe bleu pâle de la couleur de ses yeux et un trench-coat, ce qui lui donnait une allure à la fois sérieuse et sexy. Elle était chaussée d'escarpins semblables à ceux qu'il avait remarqués dans l'avion.

— Jolies chaussures. Manfredo Bizarro ? tenta-t-il.

Il avait manifestement essayé de retenir le nom qu'elle lui avait dit.

— Je crois que tu veux dire Manolo Blahnik. Non, malheureusement, ce n'en sont pas. Mais j'adore « Manfredo Bizarro ».

— Je ne suis pas très versé dans la mode, avoua-t-il en s'asseyant à table.

Ils commandèrent du vin avant de se pencher sur la carte.

— Alors, cet entretien ? reprit-il. Comment ça s'est passé ?

Bien, sans doute, devina-t-il à son air ravi. Quand elle lui coula un regard de conspiratrice, il fut frappé par sa beauté.

— J'ai eu le poste, chuchota-t-elle, rayonnante. Je crois qu'ils m'ont prise parce qu'ils étaient désolés de ce qui m'était arrivé pendant le vol. Du coup, j'ai bénéficié du vote de sympathie. Quoi qu'il en soit, je l'ai eu : c'est ce que je voulais. Je déménage ici dans un mois. Ils vont me prêter un appartement de fonction le temps que je trouve quelque chose. C'est parfait.

Elle sirotait lentement son vin, visiblement heureuse.

— Félicitations. Je suis ravi pour toi.

De son côté, il avait aussi reçu de bonnes nouvelles dans ce domaine. Il lui en fit part après qu'ils eurent commandé à dîner.

— Figure-toi que j'ai un nouveau boulot, moi aussi. Enfin, un ancien. Enfin, un nouveau dans mon ancienne boîte.

— Ce n'est pas très clair, s'esclaffa-t-elle.

— J'avais donné ma démission il y a quelque temps, à la suite d'un désaccord personnel avec le DG. Nos ego s'en étaient mêlés et j'avais peut-être pris ma décision de façon un peu hâtive. Soyons honnêtes, j'étais vexé comme un pou. Bref, j'ai vu le DG aujourd'hui. Nous nous sommes excusés tous les deux et je vais rester. J'en suis ravi. Mon poste a évolué d'une façon qui m'intéresse beaucoup et va me faire davantage voyager entre nos bureaux de la côte Est et de la côte Ouest. J'aurai également plus d'autonomie et de responsabilité. Je reste donc là où je suis. Jusqu'à ce désaccord, je m'étais toujours beaucoup plu dans cette société, et je suis fier de travailler pour elle.

— Ah, c'est une bonne nouvelle. Notre conversation à bord de l'avion m'avait donné l'impression que j'allais venir m'installer ici au moment même où tu partirais à New York.

Par chance, ce ne serait pas le cas, et son travail l'amènerait à passer du temps à San Francisco.

— Ça aurait aussi bien pu être Atlanta ou Houston – j'y avais aussi passé des entretiens. J'avais également envisagé de déménager à

Chicago, où s'est installé mon fils. C'est mon seul enfant, il travaille énormément et je le vois peu. Quoi qu'il en soit, je vais finalement partager mon temps entre San Francisco et New York. Je n'aurai qu'à lui rendre visite plus souvent, voilà tout. Au fait, j'ai des réunions à New York lundi. Tu repars quand ?

— Après le vol qu'on a eu à l'aller, je crois que j'aimerais mieux rentrer à pied, avoua-t-elle, de toute évidence terrifiée rien que d'y penser. À moins que je prenne le train. Ce qui est sûr, c'est qu'il faut que je rentre.

L'idée ne l'enchantait guère, c'était le moins que l'on puisse dire.

— Si tu veux, je peux prendre l'avion avec toi dimanche pour que tu ne sois pas seule. Tu auras droit à trois coupes de champagne à l'embarquement, tu dormiras deux heures, puis trois verres de plus, et on sera arrivés. Si tu ne tiens plus debout, je te porterai.

— Très drôle. Je t'assure que le champagne me fait du bien.

— Écoute, après le vol de mercredi, tout t'est permis pour tenir le coup. Sérieusement, est-ce que tu veux que je t'accompagne ?

Elle y réfléchit un instant et hocha la tête.

— À vrai dire, oui. Ça ne t'ennuie pas ?

— Bien sûr que non, au contraire. Si je te le propose, c'est que ça me fait plaisir. On pourra jouer au Scrabble ou aux cartes, ou regarder des films.

— Ou s'envoyer des e-mails, suggéra-t-elle en souriant. Je suis contente que tu n'aies pas démissionné et que tu continues à venir souvent à San Francisco, ajouta-t-elle en reprenant son sérieux.

— Moi aussi, ça me fait plaisir. Il est certain que se trouver dans la même ville ouvre davantage de possibilités. Tu as des amis par ici ?

— Pas le moindre. J'étais prête à passer à autre chose. À New York, je tournais en rond. Je faisais toujours les mêmes choses, mon boulot m'ennuyait : l'heure du changement a sonné.

— Je te présenterai des gens. Je connais pas mal de monde. Tu joues au tennis ?

— Ça fait longtemps que je n'ai pas tapé dans une balle : je ne fais que travailler. Mais justement, ça fait peut-être partie des choses qui doivent changer.

— Moi aussi, je travaille beaucoup. Et l'évolution de mon poste ne va rien arranger. Au moins, j'aime ce que je fais.

Le serveur apporta leurs plats qu'ils dégustèrent en parlant de leurs métiers respectifs. Il lui offrit de l'aider à chercher un appartement. Elle se faisait une joie de partager avec lui le vol retour qu'elle espérait sans autre drame. C'était un début prometteur, un pas de plus vers sa nouvelle vie.

Il la raccompagna à son hôtel à 22 h 30. Il repasserait la prendre le lendemain midi pour lui faire visiter les environs et lui montrer les plus beaux points touristiques.

— J'ai déjà vu le Golden Gate Bridge de près, remarqua-t-elle, pince-sans-rire. On va pouvoir sauter cette étape.

— Je ne comptais pas l'inclure dans la visite !

Lui aussi le regarderait sans doute d'un tout autre œil, désormais.

— On trouvera autre chose à faire, promit-il. À demain.

Il attendit pour démarrer qu'elle soit rentrée dans l'hôtel, non sans lui avoir fait un dernier petit signe.

Cette rencontre inattendue lui semblait pleine de promesses. Un jour, si on leur demandait comment ils s'étaient rencontrés, ils auraient au moins une histoire originale à raconter. Le courage de Catherine lui plaisait. Pour se lancer ainsi dans une nouvelle vie et un nouveau boulot dans une ville inconnue, il fallait du cran. Et puis, avec elle, il se sentait fort. Oui, vraiment, elle lui plaisait beaucoup, jusqu'à ses chaussures Manfredo Bizarro. Comment disait-elle, déjà ?

15

Helen assista à la cérémonie funéraire de Connor, dans une petite église épiscopale de Marin, près de chez lui. Ses enfants étaient venus aussitôt pour tout organiser. Dans l'église magnifiquement fleurie, une soliste entonna « Amazing Grace ». À l'issue de la cérémonie, son corps serait emporté dans l'Illinois, où vivaient ses filles et où il avait élevé ses enfants, pour y être inhumé dans le caveau familial, près de son épouse. La messe n'avait été organisée à San Francisco que pour permettre à ses amis d'y assister, mais il n'était pas question de l'abandonner dans un cimetière de Californie. De fait, ils étaient une centaine rassemblés ce jour-là. Sa femme et lui avaient longtemps vécu dans le comté de Marin où ils s'étaient beaucoup plu. Ils s'y étaient installés lorsque leurs enfants avaient quitté le nid, comme l'apprit Helen à cette occasion.

Connor avait été abattu par Jason alors qu'il tentait d'aider Helen, ce qui la culpabilisait fort. Elle ne parvenait toujours pas à le digérer ni à l'accepter. Elle fut touchée de la bienveillance des enfants de Connor à son égard. Ils savaient que ce n'était pas de sa faute. Mais il n'y avait rien à faire, elle s'en voulait, et cela la hanterait toujours.

Le séjour à Disneyland fut une réussite et l'aida à se changer les idées. Ils y restèrent trois jours, et les enfants eurent droit à toutes les attractions, même aux manèges les plus effrayants et aux montagnes russes que les garçons adoraient. À la demande de Lally, ils firent également tous les manèges de Fantasyland. À la sortie, Helen lui acheta un costume de Cendrillon à la boutique de souvenirs. Rien ne manquait, pas même les pantoufles de « verre » en plastique. Il faisait un temps superbe à Los Angeles. Pour l'occasion, elle leur avait fait manquer deux jours d'école en cette fin d'année scolaire, si bien qu'il n'y avait pas trop de monde dans le parc. Ce serait autre chose pendant les vacances d'été. Ils avaient proposé à son père de les accompagner, bien sûr, mais il avait préféré passer un week-end tranquille chez lui.

En juin, elle reprit le travail. Se réadapter au rythme de son métier après un mois complet d'arrêt à ne rien faire d'autre que calquer son rythme sur celui des enfants, les conduire au sport, les emmener au cinéma le week-end, recevoir leurs copains et faire du vélo avec eux à Petaluma ne fut facile ni pour elle ni pour eux.

Elle volait de nouveau sur des A321. Le premier jour fut le plus difficile car les souvenirs de son dernier vol l'assaillirent. L'équipage était au courant. Les passagers, quant à eux, ignoraient que c'était elle le pilote qui avait fait amerrir un avion en passant sous le Golden Gate Bridge.

Par chance, Joel était à bord, tout juste rentré de son voyage de noces à Tahiti. Tout bronzé, il montrait son alliance à qui voulait la voir. Il étreignit chaleureusement Helen quand elle embarqua et la servit personnellement pendant tout le voyage. Ce jour-là, elle avait un copilote très agréable avec lequel elle avait déjà volé plusieurs fois. Cela n'aurait pu mieux se passer. En arrivant à l'hôtel à New York, elle hésita à appeler Ben. Il lui avait proposé qu'ils dînent ensemble, mais peut-être était-ce simplement par politesse ?

De toute façon, elle n'avait rien d'autre à faire, et Joel dînait avec des amis. Par cette belle soirée de printemps, il serait agréable de sortir. Elle se lança donc. Encore à son bureau, Ben fut étonné de l'entendre. Elle faisait une rapide escale avant son retour demain à San Francisco, lui expliqua-t-elle.

— Vous auriez pu me prévenir un peu plus à l'avance ! protesta-t-il. Dîner à 20 heures, cela vous irait ? Je passe vous prendre à votre hôtel.

Il se garda bien de lui dire qu'il avait des billets pour un match des Yankees. Dès qu'il eut raccroché, il alla dans le bureau d'Amanda et les lui donna.

— Tiens. Ce sera bon pour ta culture personnelle. Emmène quelqu'un.

Depuis un mois, ils s'entendaient bien mieux. Ils s'étaient même découvert un secret respect mutuel. Il ne lui faisait jamais de compliments directs, mais il répétait à tout le monde combien elle était intelligente, et cela lui revenait aux oreilles.

En sortant du travail, Ben se rendit directement en ville non sans avoir réservé une table dans son grill favori tout près de l'hôtel de Helen. Comme ils pouvaient s'y rendre à pied, il laissa sa voiture dans un parking.

Il était pile à l'heure. Elle le rejoignit dans le hall, vêtue d'un jean et d'un pull rouge. Elle avait l'air bien plus jeune et décontractée que dans son uniforme. En la voyant, il s'empressa d'ôter sa cravate et la fourra dans sa poche. Il régnait dans le restaurant une atmosphère agréable, un peu à l'ancienne, entre le pub anglais et le bar new-yorkais. Il y avait une table de billard. Comme il aimait bien cela et qu'elle y avait beaucoup joué dans l'armée, il lui proposa une partie avant le dîner. Elle le battit à plates coutures. Beau joueur, il déclara qu'il faudrait disputer la revanche après le repas, quand, fatiguée et détendue, elle jouerait moins bien. Comme elle volait dès le lendemain matin, elle resta sobre, mais ils discutèrent longuement. Ben était un homme intéressant avec une vie professionnelle riche et passionnante – à la Sécurité intérieure et, avant cela, au département de la Justice, après des débuts comme inspecteur de police. Il avait monté les échelons peu à peu, comprit-elle. À la fin du repas, il lui fit une annonce surprise : il avait un nouveau boulot.

— Finalement, tu vas quitter la Sécurité intérieure ?

— Pas exactement. Un coup de folie : je déménage. Il y a deux mois, j'étais sur une affaire qui s'est mal terminée, et je crois qu'il me faut un changement radical pour ne plus y penser.

— Je sais ce que c'est...

— Il se trouve qu'Alan Wexler, le chef du bureau de San Francisco, va prendre sa retraite. Et comme il m'attribue une part de responsabilité dans le sauvetage du Golden Gate Bridge, il me propose gentiment le poste. Au début, ça m'a paru de la folie. Plus maintenant.

Il ne précisa pas à Helen que sa psy, Mildred Stern, estimait que cela lui ferait le plus grand bien. Elle risquait de le prendre pour un fou ou un névrosé si elle apprenait qu'il consultait. Mildred avait beau lui dire que c'était des préjugés d'un autre âge, il ne la croyait qu'à moitié. Au contraire, assurait-elle, les fous étaient ceux qui ne consultaient pas. C'était d'eux qu'il fallait se méfier.

— Ils ont une bonne équipe et le bureau est plus petit. Il y aura peut-être un peu moins de pression, ce qui ne me fera pas de mal. Pour tout te dire, rien ne me retient ici : pas d'enfants, pas de petite amie, divorcé depuis longtemps... J'ai seulement quelques copains et mon boulot. Je pourrai toujours revenir à New York si je ne m'y plais pas, mais la Californie me paraît être l'endroit idéal pour changer d'air.

— C'est pour ça que Jack et moi voulions nous y installer, et que mon père y a pris sa retraite. La qualité de vie y est super. Et, dans mon cas, c'est très bien pour les enfants. Toi, la grande ville va peut-être te manquer.

Il secoua la tête.

— Du moment qu'il y a un stade de base-ball, ça suffit à mon bonheur. En plus, c'est une très bonne équipe.

Elle était incollable sur le sujet.

— Mes fils adorent aller aux matchs. Ce sont des grands fans des Giants. Donc tu as dit oui ?

Il hocha la tête. Il n'en revenait pas bien lui-même.

— Oui. Il y a une quinzaine de jours. J'ai failli t'appeler pour te demander conseil, et puis je me suis dit que tu étais déjà bien assez occupée.

— Tu déménages quand, alors ?

— Dans six semaines. La boîte a un appartement dans lequel je pourrai poser mes valises en arrivant. Le quartier est pourri, mais je m'en fiche. Ensuite, je crois que j'aimerais m'installer à la campagne. Dans le comté de Marin, peut-être. J'y ai fait un tour à mon dernier passage à San Francisco.

En souriant, elle dit qu'elle le trouvait bien

courageux, mais que c'était génial. Déménager n'était jamais facile. Cela étant, il n'avait pas à se préoccuper des écoles, ni des enfants et de tout ce qui allait avec.

— C'est vraiment top, Ben, assura-t-elle avec un enthousiasme sincère.

Le dîner fini, il lui proposa une autre partie de billard. Cette fois, ce fut lui qui gagna. Il fallait disputer la belle, déclara-t-il pour ne pas la quitter tant il se plaisait en sa compagnie. La soirée était passée à toute allure pour eux deux.

— Je ne peux pas, répondit-elle à regret. Je me lève à 4 h 30 pour mon vol. Si je ne dors pas un peu, je ne vais être bonne à rien.

Après un mois d'insomnies, elle commençait tout juste à retrouver un sommeil normal.

— Il y a un bar très sympa à Petaluma, là où j'habite. Avec un billard. Je t'y emmènerai, promit-elle.

— Avec plaisir, répondit-il en la dévorant du regard.

C'était exactement le genre de femme qui l'attirait : calme, honnête, courageuse, intelligente, vraie et avec qui on s'amusait bien. Il y avait longtemps qu'il n'avait pas rencontré quelqu'un comme elle, et cela ne se reproduirait sans doute pas de sitôt.

— On se refait un dîner la prochaine fois que tu passes à New York ? suggéra-t-il, hésitant.

— Oui, super, répondit-elle en toute simplicité.

Elle avait parfaitement saisi le sous-entendu de sa question.

— Et toi, il faudra que tu viennes à un barbecue à la maison pour faire la connaissance de mes enfants, ajouta-t-elle, lui faisant comprendre, de la même manière détournée, que lui aussi lui plaisait.

— Un de ces quatre, si ça vous dit, je vous emmènerai à un match.

— Je te préviens, répondit-elle en riant, on chahute pas mal – et je ne suis pas la dernière.

— Je devrais pouvoir gérer.

Ses enfants avaient l'air chouettes. Quant à elle, c'était une femme formidable. Après-coup, il s'était rendu compte qu'elle lui avait plu dès qu'il l'avait entendue au téléphone satellite, alors qu'il la prévenait de se méfier de Jason Andrews. Puis il avait compris combien il tenait déjà à elle quand il l'avait vue poser son avion sous le pont et tout faire pour le maintenir à flot le plus longtemps possible. Ensuite, sa disparition et la crainte qu'elle soit morte l'avaient terrifié. Enfin, lorsqu'ils l'avaient repêchée, il lui avait semblé n'avoir jamais rien vu de plus beau que ce petit rat mouillé au bout du harnais. Alors il avait voulu faire plus ample connaissance avec elle.

— J'ai vraiment passé une très bonne soirée, assura-t-il en souriant.

— Savoure-la bien, parce que je ne te laisserai plus me battre au billard. J'étais fatiguée, ce soir.

— C'est ça. Mauvaise perdante. Tu avais mal à la tête, je parie.

— Exactement.

Ils étaient tous deux excellents, et cela présageait de bons moments. Décidément, pour l'instant, il aimait tout d'elle.

— Tu reviens quand ? s'enquit-il avec une décontraction feinte.

— Deux fois par semaine le mois qui vient.

— Parfait, répondit-il en souriant, ravi. Dîner et billard.

— Tu n'en pourras plus de moi avant même d'être arrivé en Californie, le prévint-elle.

Elle aussi avait passé une excellente soirée.

— J'en doute.

— Tu sais ce qu'on dit : il n'y a pas plus rasoir qu'un pilote.

Il éclata de rire.

— Commandant Smith, si je sais une chose de vous, c'est que vous n'êtes pas rasoir. Tu es la femme la plus captivante que j'aie jamais rencontrée.

Il était sincère, cela se voyait.

— Tu peux me flatter autant que tu voudras, je ne te laisserai plus gagner. Mais, je l'avoue, j'apprécie le compliment.

— Allez, va dormir. Et appelle-moi à ton prochain passage. Si tu peux me prévenir un peu plus tôt que deux heures à l'avance, ça sera encore mieux. J'ai renoncé à un match des Yankees pour toi.

Il ne le regrettait pas le moins du monde, mais elle rougit.

— Oh, je suis désolée, bredouilla-t-elle, gênée.

— C'est sans regret, j'ai passé une bien meilleure soirée avec toi. Bonne nuit.

Il déposa un léger baiser sur sa joue avant de la laisser rentrer dans son hôtel. Puis il marcha jusqu'au parking en sifflotant. Tout compte fait, ce déménagement en Californie n'était pas une si mauvaise idée.

16

Ils apprirent tous la nouvelle le 1er octobre. Helen ne se doutait absolument de rien. Elle ignorait même qui avait pu la recommander. Elle était invitée à une cérémonie de remise de décorations le 15 novembre à Washington, D.C., où le président lui décernerait la Medal of Honor pour acte de bravoure exceptionnel. Cette très haute distinction – la plus prestigieuse du pays – était normalement réservée aux militaires en service, et c'était au titre de ses années dans l'armée qu'elle allait la recevoir.

Elle ne savait pas à qui d'autre en parler que son père. Ce soir-là, lorsque Ben vint dîner avec elle et les enfants comme il le faisait souvent maintenant, elle tourna autour du pot un moment, de peur de le blesser ou qu'il se sente exclu.

— Pourquoi ? Tu vas recevoir une décoration ? demanda-t-il innocemment.

— Non, enfin… j'ai entendu des rumeurs, mais personne ne m'a rien dit.

Il se moqua gentiment d'elle.

— Helen Smith, tu ne sais pas mentir ! C'est la Medal of Honor. Et moi, je vais recevoir la médaille présidentielle de la Liberté – la plus haute décoration que puisse recevoir un civil pour sa contribution à la sécurité et aux intérêts nationaux des États-Unis. Alors pas la peine de faire des politesses. Je passerai des coups de fil demain pour savoir qui d'autre est concerné. Je parierais pour tous ceux qui étaient impliqués dans le sauvetage du Golden Gate Bridge.

— Ah ! Tant mieux. Je ne voulais pas te faire de peine.

Il profita de ce que les enfants étaient sortis de la pièce pour l'embrasser. Ils savaient que Ben et leur mère sortaient ensemble, mais elle estimait qu'ils n'avaient pas besoin de détails ni de preuves à leur âge. L'important, c'était qu'ils l'adoraient et que c'était réciproque. Il emmenait très souvent les garçons à des matchs, et ils dînaient tous ensemble plusieurs fois par semaine.

Le lendemain, il lui fit suivre la liste de ceux qui seraient également décorés. Outre Ben et elle, il y avait Phil, le responsable du bureau de New York de la Sécurité intérieure ; Alan, son homologue de San Francisco au moment des faits ; Tom Birney ; Dave Lee, le responsable de la sécurité de l'aéroport JFK ; Bernice Adams, l'agent de la TSA ; Connor Gray, à titre posthume ; et tout l'équipage de ce jour-là : Joel,

Nancy, Bobbie, Jennifer et les autres. Helen allait recevoir la Medal of Honor, et les autres la médaille présidentielle de la Liberté.

— Waouh, je crois qu'on va devoir y aller, commenta-t-elle après avoir lu la liste.

Personne n'avait été oublié. C'était important car il avait fallu toute une équipe pour sauver les passagers de cet avion. Elle aurait eu horreur d'être distinguée des autres.

— Bien sûr qu'on va y aller. On va même emmener les enfants. Ils ne peuvent pas rater ça !

Elle invita bien sûr son père à les accompagner. Il était infiniment fier d'elle, tout comme les enfants.

Elle réserva les billets d'avion et l'hôtel dès le lendemain. Ben allait faire le voyage avec eux, mais elle lui prit une chambre à part pour le respect des convenances ainsi que pour les enfants même si, d'après lui, ils avaient déjà tout compris. Les garçons, en tout cas, qui étaient plus grands que Lally.

Ben s'entendait également très bien avec le père de Helen. Ils jouaient de temps en temps au golf, et parlaient d'emmener les garçons assister à l'entraînement de printemps des Giants.

Joel, avec qui Helen vola la semaine suivante, lui confirma que Kevin et lui seraient aussi à Washington.

Les enfants étaient fous d'excitation à l'idée

de rencontrer le président en personne. Oliver comptait faire un exposé sur le sujet à l'école.

Dès qu'il reçut l'invitation, Tom appela Catherine pour l'inviter à l'accompagner. Tout allait au mieux entre eux, autant sur le plan personnel que professionnel. Ils étaient l'un et l'autre ravis de leur poste. Tom étant souvent à San Francisco, ils passaient ensemble presque tous leurs week-ends et au moins deux semaines complètes par mois. Catherine avait rencontré le fils de Tom à l'occasion d'un week-end à Chicago. Ils avaient rêvé l'un et l'autre d'une relation comme celle-ci sans jamais l'avoir trouvée auparavant.

Après avoir ouvert l'enveloppe, Bernice dut s'asseoir un long moment, le carton d'invitation entre les mains. En revenant de l'école avec Toby, elle lui dit :

— Tu te souviens de ce que tu m'as dit ? Que tu voulais aller à Washington et rencontrer le président des États-Unis ?

Il hocha la tête.

— Oui.

— Tu en as encore envie ?

Il hocha encore la tête et elle le serra dans ses bras de toutes ses forces.

— Eh bien, il va me remettre une médaille pour ce que j'ai fait dans l'histoire de la carte postale et du méchant qui voulait casser le pont. Et tu vas venir avec moi.

L'être le plus important de sa vie, c'était lui.

En septembre, elle avait été embauchée dans un cabinet juridique de Wall Street, comme elle le lui avait promis. Elle avait passé l'examen du barreau pendant l'été, après son diplôme de droit, et attendait le résultat. Pendant ce temps-là, elle avait le statut d'avocate-stagiaire, et un salaire qui dépassait largement ses espérances. Elle avait donc quitté la TSA en août, et Denise lui avait souhaité bonne chance. Son équipe lui avait organisé un pot de départ et, à sa plus grande surprise, Denise l'avait embrassée. Della avait pleuré quand elle était partie.

— Moi aussi, je pourrai avoir une médaille ?

— Je te donnerai la mienne, lui promit-elle. Il faut qu'on t'achète un costume pour aller à Washington – et, pour moi, une nouvelle robe.

C'était ce qui lui était arrivé de plus extraordinaire. Une médaille présidentielle pour sa contribution à la sécurité et aux intérêts nationaux. Elle ne pouvait s'empêcher de sourire jusqu'aux oreilles rien que d'y penser.

Le matin de la remise des décorations, il faisait gris, mais personne ne s'en souciait. Ils arrivèrent chacun de leur côté à l'entrée de la Maison-Blanche, montrèrent leurs papiers et précisèrent de quel État ils venaient. « Bienvenue à la Maison-Blanche ! » leur dit à chacun un agent de sécurité très affable.

La cérémonie avait lieu dans la Blue Room, au premier étage, où l'on recevait les hauts dignitaires. C'était une magnifique pièce ovale ornée d'un tapis et de rideaux bleus, et décorée de meubles anciens. Avec sa vue sur le jardin sud de la Maison-Blanche, c'était le lieu idéal pour ce genre d'occasion.

Catherine avait donc accompagné Tom Birney qui devait s'installer chez elle à Palo Alto pendant les vacances. Ben fut heureux de revoir Phil, qui le mit au fait des dernières nouvelles du bureau de New York et lui présenta tout le monde. Lorsque Dave arriva, on se serait cru à une réunion d'anciens élèves. Tout l'équipage avait également fait le déplacement : Joel avec Kevin, Bobbie et Annette, ainsi que Jennifer, la cheffe de cabine du vol, et l'autre hôtesse de première. Helen fut aussi surprise que ravie de découvrir que Nancy était enceinte de sept mois. Peter et elle étaient venus accompagnés de leur fille adoptive, qu'ils avaient prénommée Jade. Elle aperçut également les enfants et petits-enfants de Connor Gray, qui se tenaient un peu à l'écart, tristes mais fiers.

Surexcités pour elle, les enfants de Helen avaient du mal à se contenir et demandaient sans arrêt quand cela allait commencer. Elle avait acheté des costumes neufs aux garçons et une robe rose à Lally, et un tailleur blanc pour elle-même. Jamais elle n'avait dépensé autant d'argent pour un vêtement, mais le visage de Ben s'illuminait à chaque fois qu'il la voyait.

La dernière à arriver fut Bernice Adams, très élégante dans une robe rouge et un manteau noir, avec des escarpins à talons en daim, les cheveux retenus en chignon, avec son fils Toby en costume de velours noir. Elle alla parler à Ben, qu'elle reconnut et qui la présenta à Helen et aux enfants. Lally et Toby avaient le même âge.

— C'est un honneur de faire votre connaissance, dit Bernice comme éblouie par Helen.

— C'est vous qui nous avez sauvé la vie, répondit cette dernière. Si vous n'aviez pas donné l'alerte après avoir trouvé cette carte, l'avion et le pont auraient été détruits. C'est par *vous* que tout a commencé. Quel bonheur pour nous tous de vous rencontrer ! Vous êtes toujours à la TSA ?

— J'ai passé mon diplôme de droit en juin et l'examen du barreau cet été, répondit fièrement Bernice avec un grand sourire. Je travaille maintenant chez Harper et Associés.

— Félicitations ! s'exclama Helen, impressionnée. C'est fantastique !

Elle adorait les histoires de femmes qui avaient réussi en partant de rien.

Le président entra quelques instants plus tard et s'adressa à eux tous pour leur dire combien ils méritaient les médailles qu'il s'apprêtait à leur remettre.

— Vous avez sauvé un des plus beaux monuments de notre pays et la vie de tous vos passagers. Nous vous en serons éternellement redevables. Puissiez-vous nous servir d'exemple à tous. Chacun de vous, à sa manière, est un héros.

Il leur remit alors les médailles une à une,

leur serra la main et s'entretint quelques minutes avec chacun, non sans souhaiter le meilleur à Nancy pour son bébé. Le terme était en janvier seulement, mais elle semblait déjà sur le point d'accoucher. Il passa un peu plus de temps avec Helen qui, pour l'occasion, avait épinglé toutes ses médailles militaires sur son tailleur blanc – dont deux des plus importantes, l'Air Force Cross et l'Air Force Distinguished Service Medal. Il y ajouta la Medal of Honor.

— Nous sommes très fiers de vous, commandant. Nous sommes fiers de vous tous, reprit-il à l'intention de l'ensemble du groupe, et en particulier des enfants. Il est très important pour nous tous de nous efforcer de nous conduire en héros dans notre vie de tous les jours.

En l'entendant, Helen songea que ce n'était pas quelque chose à quoi l'on pouvait tendre. Cela vous tombait dessus, par un concours de circonstances, et on devenait un héros sans l'avoir prévu. C'était ce qui leur était arrivé à eux tous. Ils s'étaient levés ce matin-là et s'étaient rendus au travail sans songer un seul instant qu'ils allaient vivre quelque chose hors du commun. C'était pourtant ce qui s'était produit. Quelle que soit la médaille, et sans que cela diminue en rien leur mérite et leur courage, ils avaient tous été les héros d'un jour.

ŒUVRES DE DANIELLE STEEL AUX PRESSES DE LA CITÉ *(Suite)*

Joyeux anniversaire
Hôtel Vendôme
Trahie
Zoya
Des amis proches
Le Pardon
Jusqu'à la fin des temps
Un pur bonheur
Victoire
Coup de foudre
Ambition
Une vie parfaite
Bravoure
Le Fils prodigue
Un parfait inconnu
Musique
Cadeaux inestimables
Agent secret
L'Enfant aux yeux bleus
Collection privée
Magique
La Médaille
Prisonnière
Mise en scène
Plus que parfait
La Duchesse
Jeux dangereux
Quoi qu'il arrive
Coup de grâce
Père et fils
Vie secrète

Imprimé en France par CPI
en février 2021

Composition et mise en pages
Nord Compo à Villeneuve-d'Ascq

MIXTE
Papier
FSC FSC® C003309

L'éditeur de cet ouvrage s'engage dans une démarche
de certification FSC® qui contribue à la préservation
des forêts pour les générations futures.

Pour en savoir plus :
www.editis.com/engagement-rse/

N° d'impression : 3040339